空間魔法使いは
正体隠して
転生した
The reincarnated Spatial Mage
wants to stand out
being masked his identity!
1
目立ちたい!
それ俺ですとは
言いません
JN137286
岳鳥　翁
ILLUST: KeG

マリーン
トーリ

リリタン
アイシャ
ウィーネ
謎の魔法使い
（トーリ）

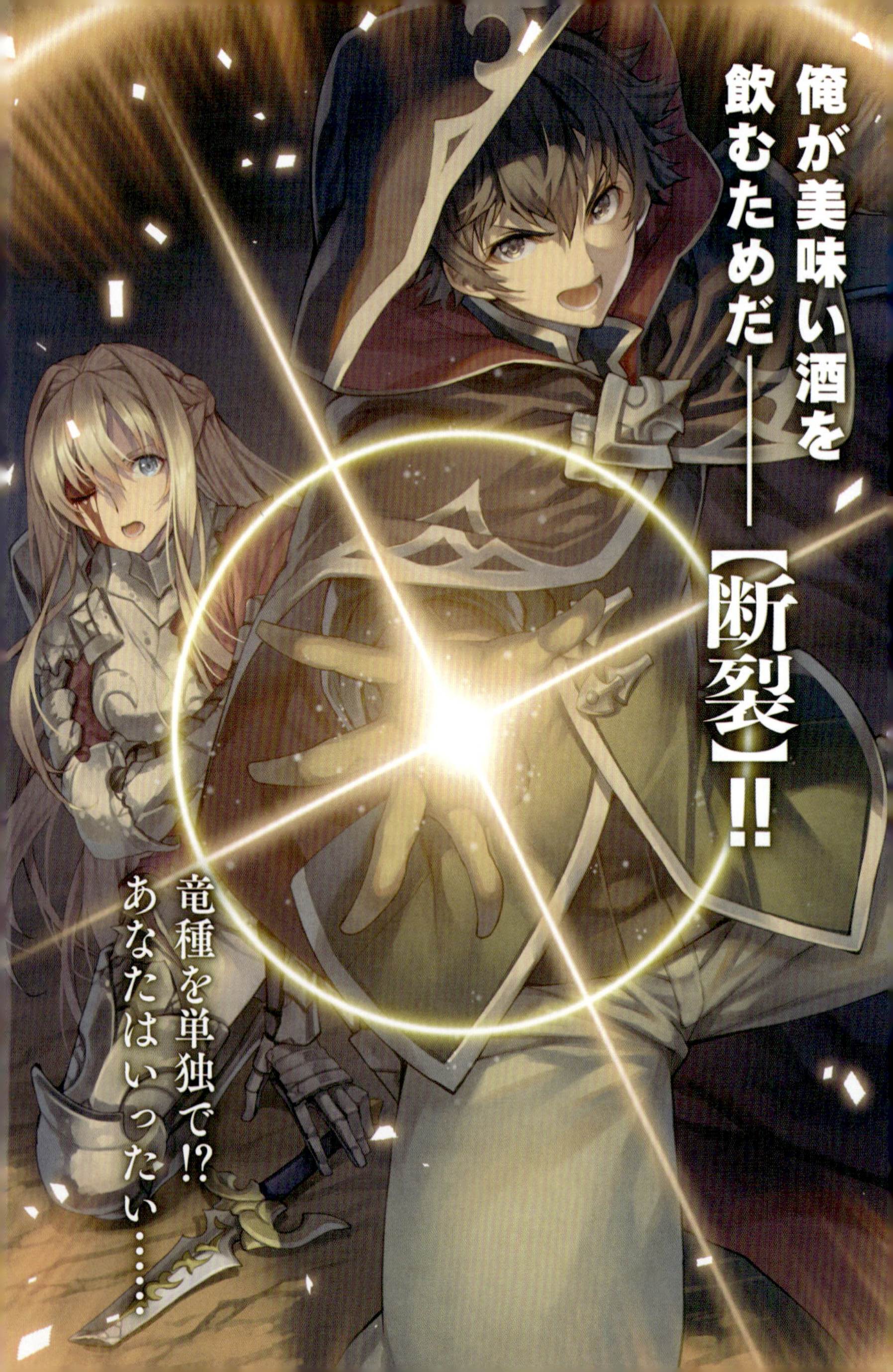
俺が美味い酒を飲むためだ――【断裂】!!
竜種を単独で!?
あなたはいったい……

CONTENTS

The reincarnated Spatial Mage
wants to stand out
being masked his identity!

PROLOGUE

想定外

物語の主人公のように目立ち、そして誰からも好かれるような人気者になりたいと、昔からそう思っていた。

きっかけは、幼いころに見たテレビだっただろうか。悪を倒し、正義を成す仮面のヒーローは、憧れるには十分なほどカッコよかった。

そして考えたのだ。俺も同じように、特別な人間になれるのではないかと。それにふさわしい活躍ができるのではないかと。

だが、現実はそう上手《うま》くできていない。というよりも、出る杭《くい》を打つように、目立とうとすればするほど、大人たちからは控えるように言われ続けた。

大人しくしなさい、静かにしなさい、もうそんな年じゃないでしょ。

言われた言葉は様々だが、結局意味は同じ。つまるところ、あの大人たちにとって目立つことはあまりよろしくないことだったのだろう。

結果、俺は憧れを心の奥の奥へと押し込み、目立つこともなく、ただただ真面目に生きるようになっていった。だって、それが大人たちにとっての常識で良いことなのだから。

別にそれが悪いことだとは言わない。誰にも迷惑をかけず、安定した人生を送れることだろう。きっと幸せにだってなれる。大人たちもそれを望み、両親もそれが最善だと考えてくれていたのだろう。

しかし、だ。

そうやって心の内を抑え込む人生を送っていると、不意にそれが漏れ出しそうになるのだ。

目立ちたいという憧れが。心の奥底でくすぶり続ける大望が。

だから俺は、自分ではない別の自分にその役を押しつけることで、その欲求を満たそうと考えたのだった。

◇

「あの魔法使いは、いないのですか！　黒いローブを目深にかぶった魔法使いの男です！」

「いやぁ……そう言われましても……」

ところどころが砕けてしまってはいるものの、元はかなり良質だったであろう鎧《よろい》を纏《まと》った透き通るような肌を持つ金髪の女性がギルドの受付嬢へと迫る。

語気が強い彼女の圧のせいなのか、相手をする受付嬢はわずかに体をのけ反らせ、目に涙を浮かべていた。

「さ、先ほどお伝えしましたが、そのような人物はこのギルドには訪れておりません。一名はアイシャさんが来る前に新しく登録しましたが、魔法使いではなく剣士の方でしたし……ア、アイシャさんの見間違い、もしくは勘違いということは……」

「わ、私《わたくし》がおかしいと言いたいのですか!?　ちゃんと見ましたのよ!?　う、受け取ったポーションの瓶だってありますわ！」

「アイシャさん」と受付嬢に呼ばれていた彼女が、受付の台に向けて勢いよく拳《こぶし》を振り下ろすと同時に、バキッ！　と台の砕ける音がギルド全体へと響き渡った。

さすがにやりすぎたと感じたのか、どこかバツの悪そうな表情のアイシャさんとやら。

対して、受付嬢はびくりと体を震わせる。

「ひぅっ……!?　す、すみません!!」

「あ、いや……すみません……怖がらせようと思ったわけでは……」

「おい、アイシャ。その辺にしておけって」

気持ちはわかるが、と言わんばかりに大柄な女性がアイシャさんの腕を掴《つか》む。アイシャさんとは対照的に、その女性は褐色の肌に露出の多い鎧を身につけていた。

その身長は一八〇センチ以上あるんじゃなかろうか？　俺よりも大きい。

ただ筋骨隆々というわけではない、女性的な魅力のある体だ。体中の痛々しい傷跡が、彼女がこれまでにくぐってきた修羅場の数を物語っており、ある種のカッコよさすら感じてしまう。

「リリタン……いや、私《わたくし》は……」

「それ以上やっても逆効果だって。すまねぇ、ギルドマスターを呼んでくれ。今回の件について報告したいことがある」

「は、はい……！　わ、わかりました……！」

すぐにでも！　と受付の後ろの扉を開けて、その場を後にした受付嬢。

俺のギルド登録をしてくれたときはものすごく仕事ができる女の人、みたいなイメージだったけ

ど……あれを見るとギャップがすごいなと感じてしまう。

ギャップが見えるのっていいよなぁ、と事の成り行きを見守っていると、やがて扉から顔を出したのは――こちらも大きな体躯《たいく》のおじいさんだった。

上半身裸だった。

なんでやねん。

褐色肌のリリタンと呼ばれていた女性と同じくらい、傷だらけで筋骨隆々のマッチョボディ。

ナイスバルク！　と叫んでしまいたくなりそうなそのおじいさんは、一度サイドチェストを決めた後、クイッと親指で後ろを指し示すと扉の奥へと引っ込んでいった。

おそらくついてこい、という意味だったのだろう。

アイシャさんとリリタンさんの二人は顔を見合わせて頷《うなず》くと、おじいさんの後に続いて扉へと歩を進めた。

そして二人が去った瞬間、息が詰まりそうなほど静かだったギルド内に喧騒《けんそう》が戻ってくる。

ようやく一息つけたかぁ、と俺は現実逃避のため思考を放棄してテーブルに突っ伏した。

だが、そういうときに限って、周りの声というものはよく耳に入ってくる。

「おいおい……いったい何があったってんだよ……なんで《白亜《はくあ》の剣《つるぎ》》の二人が……しかもボロボロになってたぞ……」

「なんだ、おめぇ知らねぇのか？　なんでも、《白亜の剣》でも苦戦するような強力な魔物が出たらしい。噂《うわさ》じゃ竜種が出たって話だが……あの《魔女》や《獣狩り》も、その時の怪我《けが》で治療中だそうだ」

「なっ……!?　竜種!?　伝説とか昔話くらいにしか出てこねぇ魔物じゃねぇか!?　ど、どうする……すぐに逃げるか？　《白亜の剣》でも敵《かな》わねぇなら、俺たちがいても意味は……」

「安心しろって、もう討伐されてるそうだ。どこの誰ともわからない謎の魔法使いが片手間に倒しちまったんだとよ」

「……は？　な、なんだそりゃ？」

その男の言葉に、もう片方の男は「だよなぁー」と言葉を漏らす。

「俺だって知らねぇよ。だから《白亜の剣》の連中も探してるんだろうさ。治療用のポーションだって分けてもらったそうだしな」

「そ、そんなことが……だがたしかに、そりゃあれだけ必死になって探すだろうな。《白亜の剣》にとっては命の恩人だろ？　あんな美女美少女揃《ぞろ》いの《白亜の剣》からのお礼だ、命を救った礼となりゃ夜のお誘いとかか？　カーッ、羨《うらや》ましいねぇ！」

いっそ俺だって名乗り出てやろうか！　と酒でも飲んでいるのか、一転して上機嫌に笑う後ろの冒険者。

だがもう一人は、その言葉に呆《あき》れた様子で首を横に振る。

「そうなりゃ、おめぇの首が胴体とさよならだ、やめとけよ。だが……しばらくはその魔法使いの捜索が始まるだろうよ。このボーリスどころか、国中でな」

「……ま、だろうな。竜種を単独討伐できるって意味でも、当然の話だろうよ」

いったい誰なんだろうな、と話を締めくくった後ろの冒険者たちは、席を立ってその場から去っていった。

そして、そんな彼らの話を盗み聞いていた俺は、うへぇーと心の中で顔を顰《しか》めた。

(すっごい楽しい状況……なんだけどなぁー！　予想以上に話が大きくなりすぎて怖《こえ》ぇよ……！

何だよ竜種って！　国って⁉　まだそこまでの規模を求めてねぇよ‼)

そりゃ目立つなら目立つだけいいのかもしれないけど‼

段階というものがあるだろう⁉　最初は場末の酒場での噂からスタートすればいいかと思ってたのに、なんで初手から最大値引いてくるんですかね⁉

表情にはいっさいそんな感情を出さず、俺は一人立ち上がる。せっかくあの人たちが帰ってくるまで酒を飲まずに待っていたというのに、これでは飲んだところで意味はない。異世界の初酒《はつざけ》は、こんな形で迎えていいものではないのだ。

こうなったら、もう知らん。今はとりあえず金を稼がなければならない。

最悪売れば金になると思っていた虎の子のポーションも、かっこつけのためにあげてしまったのだ。本当にまずい。

まだこの街に、どころか、この世界に来て一日すら経《た》っていないのだ。生活のための資金は必須。ある程度の資金があるとはいえ、油断はできない。働かざるもの食うべからず、だ。

けっっっっっっして、現実逃避ではない。断じて。これは戦略的撤退である。

掲示板に貼り出されていた依頼書の中から、最低ランクの☆1冒険者でも受けられるものを選び取る。

内容はボーリスの街の東門を出た先にある《帰らずの森》での薬草採取。物騒な名前の森だが、採取する薬草が生えているのは森の入り口付近であるため、登録したての新人冒険者でも比較的安全に受けられる依頼だ。

「すみません、この依頼を受けます」

「わかりました。それでは、こちらにサインをお願いします。代筆も可能ですが、どうしますか？」

「書けるので大丈夫です」

受付嬢から依頼書の写しを受け取り、持ってきたほうの依頼書にサインを書き込む。

異世界の言葉で《トーリ》と書かれたその依頼書を見た受付嬢は、「たしかに」と一言告げるとその場で一礼する。

「無事の帰還を祈っております」

「ありがとうございます。それでは」

丁寧にお辞儀してくれた受付嬢の姿を見て、反射的にこちらも頭を下げる。

その様子に、一瞬驚いたような表情を浮かべていた受付嬢だったが、すぐにお仕事スマイルに切り替わる。

そんな感じで表情には出さなかったものの、先ほどのマッチョのおじいさんについていった女性二人がいつ戻ってくるのかと気が気でなかった俺は、足早にギルドを後にすると一直線に街の外へと出る門に向かった。

そして街を出て、少し進んで周りに誰の気配もないことを確認し、森へと続く道から少し逸《そ》れて人目のない木陰で呟《つぶや》いた。

「【転移】」

一瞬の浮遊感の後、俺の視界に映る景色は鬱蒼《うっそう》と生い茂る森へと変化する。

これは幻覚ではなく、俺が魔法を使ってこの森へと移動したことによるもので、つまるところ街から一瞬で森の中に移動したのだ。

街から近い森とはいっても、それなりに距離はある。幸い俺が転生時に降り立った場所が目的地である《帰らずの森》であったため、魔法で楽をさせてもらった。

ここからもう少し街に向かって歩けば、森の入り口付近にまで出られるだろう。今回集める薬草は、だいたい森の浅いところに生えているらしい。

「……どうすっかねぇ」

入り口へと向かう道すがら、依頼にあった薬草を採取し、襲ってくる魔物を【断裂】の魔法を使って引き裂く……のは少々見た目があれだったので【分隔《ぶんかく》】で作った壁で攻撃を防ぎながら言葉を零《こぼ》した。

「いやさ、たしかにそうなれって思って行動したさ。実際？　かわいい女の子たちも助けられたし。なんなら、凄腕《すごうで》の謎の魔法使い！　みたいな噂も広まって一石二鳥だ！　みたいにも思ってたよ？思ってたんだよ？　……でもさぁ！」

《東山東里《ひがしやまとうり》》。二十五歳。神様の力によって現代日本からこの異世界ファンタジーみたいな世界に転生した転生者。

そして俺ではない自分を演じて目立ち、その噂を肴《さかな》にして酒を飲みながらニヤニヤしていたいだけの純粋無垢《むく》な少年心の持ち主である。

決して、イタいわけではない。

「目立ちはした……けど、助けた人たちが国でもトップの実力者で？　倒した魔物が竜種とかいう最強クラスの魔物で？　おまけに話が国規模？　誰がそこまで大事《おおごと》にしろって言ったんだよ本当に……!!」

鬱蒼と茂る薄暗い森の中、一人頭を抱えて悶《もだ》える二十五歳男性。

これはそんな男が、己の内にあった願望を、なんとか叶《かな》えようとする物語である。

EPISODE 1 地竜遭遇

会社への出勤中に人助けをして、その末に死んでしまったことは覚えている。

死ぬ、というのはどういう感覚なのか。意識が薄れていく中でそんなことを考えていた俺は、次の瞬間には意識を持ったまま別の場所にいた。

そこで出会ったのが神を名乗る存在。

曰《いわ》く、助けた子供は本来あの場で死ぬはずだったこと。そして、その運命を覆した俺という存在に興味を持ったことで、俺の死後の魂を呼び出したのだとか。

そんな神は、神を驚かせたことの褒美として、別世界での生と、その別世界で生きるための特別な力を与えてくれた。

……力の決定はくじ引きだったのがちょっと世俗的だなとは思ったが、それでもまだ俺の生が続くというのであれば喜んで受けようじゃないか。

「好きに生きていい、ね……魔王を倒せーとか、そういうのが無いのはありがたい」

ある日森の中、というよりも目を覚ませば森の中、だった。説明がなかったなら、突然攫《さら》われて森の中に捨て置かれた、とか考えてしまいそうなシチュエーションである。

「とりあえず、現状の確認と……あとは日暮れまでに人の住んでいる場所を目指したいな……」

神から与えられた力と、この異世界における文字の読み書きなど最低限の知識。

意識すればそれらが使えるようになっているようで、なんとなく地面に文字を書いてみると、俺が知らないはずの文字が書けた。

知らないはずなのに読めるという、少々気持ちの悪い感覚につい眉を顰《ひそ》める。

一度周囲を見回し、危険そうな生物がいないことを確認すると、俺は傍《そば》に落ちていた背負い袋を開いた。どうやらこの背負い袋も餞別《せんべつ》らしい。

「うーわ、これだけか……。いや、これだけでもありがたいと思わなきゃだ。裸一貫とかだったらシャレにならん」

ありがたいことに、背負い袋の中にはこの世界のお金らしき銀色の硬貨が詰められた巾着が入っていた。

手のひらサイズのその中に、半分ほど銀色の硬貨が詰められている。

「どのくらいの価値かは、人と会ってから確認だな。あとは……これは服か？　いや違うな」

目を覚ました直後から身につけている長袖長ズボンの服に、割としっかりした作りのブーツ。

それに加えて背負い袋の中に入っていた大きな布のようなものを手に取って広げてみる。

「ローブ、か？」

広げてみたそれには、フードっぽい部分と前を閉じる留め具がついていた。

最悪、野宿になればこれを身に纏《まと》って寝ろ、ということなのだろうか。

「……せめて雨風凌《しの》げるところで寝たい」

ローブを脇に置き、背負い袋の中を覗《のぞ》く。

あと入っているものは小ぶりのナイフ、小瓶に入った緑色の液体が四つ。そして一冊の本。

本？　と思って手に取ってみれば、タイトルには《サルでもわかる楽しい空間魔法》と書かれていた。

「いや、ありがたいんだけど……なんでサル？」

神様の感性というものはわからん、と姿形をコロコロと変えていた存在を思い浮かべながら本を開いたが、思いの外わかりやすい内容であったため安心した。

俺が転生したこの世界は、人を襲う《魔物》と呼ばれる危険生物が跋扈《ばっこ》する、剣と魔法のファンタジー世界。

転生前にそんな説明を受けていた俺だったが、当然ながらそんな危ない世界で生きていけるほど俺は強くはない。

敢《あ》えて言おう、カスであると。

そんなわけで、くじ引きで俺が手に入れた力……いわゆるチート、と呼ばれるものは次の三つとなった。

一つ目は剣術の才能（中）。

これはとんでもない剣豪に！　みたいな感じではないらしく（中）の表記どおり、努力すれば並より強い、くらいの使い手になれる才能だそうだ。

二つ目は四属性魔法の才能（カス）。

いや（カス）て……という言葉はさておき、火、水、風、土というこの世界における基本的な魔法の属性を扱う才能を指す。なお、（カス）の文字どおり初歩の初歩、たとえば火種を作る魔法だったり、飲み水を作る魔法くらいしか使えないらしいが。

それでも、この世界では魔法が使えない人が大半らしいので、あるだけいいのかもしれない。

そして三つ目。おそらく、というか間違いなく俺に与えられた力の中では一番の問題児《チート》。

空間魔法の才能（極《きわみ》）。

この世界における基本属性には該当しない、特異属性という部類の魔法らしい。

大昔には存在していたという記録と、その魔法を利用したアイテムなどが残っているらしいが、今ある情報としてはそれくらいだという。

「改めて見ると、とんでもないな……」

ペラリペラリと本の中身を読み進めながら、そんな感想をポロリと零《こぼ》す。

【転移】や【接続】などの便利そうな魔法に加えて、【断裂】や【圧縮】といった危険そうな魔法まで色々と載っている。

「……ふむ。これはもしかしたら、もしかするんじゃないか？」

そんな空間魔法の本を読んでいて、ふと思いついた。

「……謎の魔法使い、みたいな感じで目立てるのでは!?」

普段は一般人みたいなのに、実は裏で大活躍する最強の人物……うん、いいなそれ。正体を隠して活躍する。なんて俺の心を刺激する言葉だろうか。

そして、実力者としての自分の話や噂《うわさ》を酒場の片隅で聞いてニヤニヤしたい。

与えられたこの力は、まさにおあつらえ向きのものだと言えるだろう。

普段はただの剣士として活動し、裏では正体を隠し謎の魔法使いとして活躍。そして、ピンチに陥っている誰かを魔法で助け、「あれはいったい誰だったんだ！」「なんて力の持ち主なんだ……」

という話を耳にしながら酒を飲む。

「実に、いい……!!　最高じゃないか……!!」

想像するだけで、なんとも美味《うま》い酒が飲めそうだ。

自身の力ではない貰《もら》い物の力であるという懸念点こそあるが、これはあくまで才能。使いこなすには、俺の努力が不可欠といえるだろう。

「とりあえず、ある程度はここで使えるようにしておこう」

ちょうど人目もない森の中だ。魔法の試し撃ちにはちょうどいい。

幸い、魔法の使い方に関しても《サルでもわかる楽しい空間魔法》の中に記載されている。

日が暮れるまでとはいかないが、ある程度の時間で記載されている魔法のいくつかは習得しておきたい。

「頑張るぞ、俺！　目指せ空間魔法使い……！」

えいえいおー！　と俺は一人で拳《こぶし》を突き上げるのだった。

◇

「【断裂】！」

手を振り下ろしながら魔法を使用すれば、目の前にあった木がその半ばで斜めにずれた。

まるで巻藁《まきわら》が刀で斬られたように、一直線に切れ目の入った木がゆっくりと地に落ちる。

「よしっ、これで四つ」

額に汗を滲《にじ》ませながら、ガッツポーズを決める。

転生してから何時間くらい経《た》ったのだろうか。先ほどまではまだ低かった太陽も、今では空高くまで昇っている。

インプットされた知識曰く、日の巡りや時間経過などは前世の世界と同じらしい。ならば、今は昼時だと考えたほうがいいだろう。

「しかし、こんな短時間でこれとは……（極《きわみ》）の才能ってすごいな……」

最初こそ苦戦はしたものの、空間魔法を使う感覚を覚えてからの習得は早かった。

拙《つたな》いながらも、現状で習得した空間魔法は【転移】【分隔《ぶんかく》】【断裂】【拡張】の四つ。他にも本に記載されている魔法はあるが、それはおいおい覚えていくことにしよう。

「【転移】は視界内ならともかく、長距離の移動は行ったことのある場所を明確に思い浮かべないと移動できないみたいだしなぁ……」

森の中で視界も悪い上に、転生したばかりでこの森以外知らないのだ。

人のいる場所へ！　という、なんとも曖昧な条件で転移しようとしたが不発。本曰く、一度訪れたことのある場所を鮮明に頭に思い描くことで、一瞬で移動ができる魔法だそうで、曖昧だと発動すらしないのだとか。

熟練するまでは、視界内の移動でも発動には少し時間を要するため、今の段階では瞬時に使うことは難しいだろう。

使いこなして相手の攻撃を避《よ》けながら背後へ移動、「残像だ」とかやってみたい。残像ではないんだけどな。

あとの二つについて、【分隔】は指定した空間を分け隔てる壁を作り出す防御用の魔法。【拡張】は指定した空間を広げる、いわゆる四次元なポケットのようなものだ。

「これだけ覚えといたら、この森を抜けるくらいは大丈夫だろ。……大丈夫だよな？」

これでも対処できない敵が出てきたりしないだろうか？　とちょっと心配になりながらも、背負い袋を肩に担《かつ》いで立ち上がる。

「お？」

さぁ行くか、と歩き出そうとしたところで、近くの木に両手剣と手袋。加えて肩や肘《ひじ》、脛《すね》などを守る防具が置かれていた。見たところ、誰かの置き忘れとは思えない新品のものばかりだ。

剣術の才を与えられたことによる餞別の品なのか。動きやすさを重視した最低限の防具だが、服の他に武器や防具など、金のかかりそうな物ばかりだ。

これだけか、なんて言ってごめんなさい、と【拡張】によって容量を増した背負い袋の中にそれらをしまい込む。

何がどれだけ入っているのか、限界はどのくらいなのかも感覚的にわかるので、しまったまま忘れるということもない。

……できれば、ゲームみたいにリスト表とか欲しいんだが、そこまでの贅沢《ぜいたく》は言えないな。

「んじゃまぁ、夜になる前に街でも探す……ん？」

森を抜けるにはどっちに進めばいいのか、と立ち止まって辺りを見回していると、ふいに森の奥の方から野太い叫びが聞こえた。

獣のような、だが体の芯から恐怖を呼び起こしそうになる、そんな恐ろしい何かの咆哮《ほうこう》。

そしてそんな咆哮に紛れる、微《かす》かに響いた人の声。

「……行くか」

竦《すく》みそうになった足を二度叩《たた》いて、活を入れて走りだす。

にしても、森の中って走りにくいなぁおい！

◇

「ぐぅっ……!?　や、やられましたわっ……まさか地中から奇襲されるなんて……！」

「アイシャ！」

場所は《帰らずの森》の深部。

ボロボロになった鎧《よろい》姿の騎士は、半ばで折れてしまった剣を目の前の魔物へと突きつける。

人の居住域であるグレーアイル王国。その東の端にあるボーリスの街。そしてそのボーリスの街から東へと進んだ先にあるのが、ここ《帰らずの森》だ。

その名のとおり、一度奥まで踏み込んでしまえば二度と帰ることができないと噂されているこの森は、奥へと進めば進むほど魔物の脅威度が跳ね上がる。

腕の立つ冒険者であれば森の中盤までは問題ないが、それよりも奥へと進めるのは高位の冒険者の中でも一握りの実力者のみ。

冒険者の実力を示す☆で表せば、最低でも冒険者として最高ランクとされる☆6の冒険者を有するパーティのみが足を踏み入れることをギルドから許可されるほど。

「一度退《ひ》くぞ！　このままじゃ皆殺《やす》られる……！　殿《しんがり》はオレが務めるから、お前は負傷したマリーンとサランを連れていけ！　マリーンよりもサランの方が重傷だ！」

「でもリリタン！　私《わたくし》はこの《白亜《はくあ》の剣《つるぎ》》のリーダーですのよ……!?　ぐぅっ……!?」

「片腕動いてねぇだろ!?　怪我《けが》してるならオレに任せて退け！　先に逃がしたウィーネが道中の露払いをしているはずだ！」

アイシャが周りを見渡せば、そこには魔法使いのマリーンと斥候を担うサランの二人が負傷して倒れている。

彼女ら《白亜の剣》と呼ばれる冒険者パーティは、ギルドからの依頼でここ最近《帰らずの森》の深部に生息する魔物の動きが活性化している原因の調査に来ていた。

もちろん、油断したつもりはない。

この《帰らずの森》の奥地において、油断すれば瞬く間に自らの命を失うことになるのは常識でもある。何度もこの森の奥地を探索している彼女らでさえ、いつものように十分に警戒して探索を進めていたのだ。

だがそれでも、予想だにしなかった地中からの奇襲には対応が遅れてしまった。

「たく、運がねぇなぁ！　こんなのと対面することになるとはよぉ……！」

「でもマリーンの魔力感知のおかげで、全滅だけは免れましたわ！　絶対に全員で生還しますわよ！」

「そのつもりだってての！」

自身の得物である巨大な槍《やり》《龍狩り》を構えて悪態をつくリリタンが、目の前の魔物を睨《にら》みつければ、ギョロギョロと忙《せわ》しなく動いていた金色の瞳が彼女を捉えた。

「来いよ……！　この槍で……《龍狩り》で、お前を狩る……！」

一〇メートルを超える真っ黒の巨体に、いかなる刃も通さないとされる鱗《うろこ》。

そして地中を掘り進み、硬い岩盤ですら容易《たやす》く掘削してしまう強靭《きょうじん》な爪《つめ》と四肢《しし》。

その名は地竜。

竜種に数えられるそれは、魔物の中でも最上位の危険度を誇り、☆6冒険者が束になってようやく相打ちに持ち込める化物。それが今《白亜の剣》と対峙《たいじ》する魔物であった。

「ゼヤァッ!!」

身の丈以上の《龍狩り》を体ごと振り回し、遠心力も乗せた全力の一撃を叩き込むリリタン。

パーティ随一の怪力を持つ彼女のその一撃は、並の魔物であれば木《こ》っ端微塵《ぱみじん》に叩《たた》き潰《つぶ》すことも可能なほどの威力を誇る。

だが、いま彼女が相手にしているのは、そんな並の魔物とはわけが違った。

「わかってたが、硬《か》ってぇ……!?」

叩きつけられた一撃は、わずかに地竜の鱗を傷つけただけに終わる。

そして代わりに、《龍狩り》を手から零しそうになるほどの衝撃が彼女の両腕を襲った。

その衝撃に、リリタンは思わず顔を顰《しか》める。

だが殿としてここで退くわけにはいかない。痺《しび》れる手で無理やり《龍狩り》を握りしめると、今度は鱗のない目を狙って跳び上がり、穂先を突き出した。

「リリタン！」

「ッ!?　ガッあああ!?」

直後、背後で倒れた仲間たちを抱き起こしていたアイシャの声が響く。

さすが一流の冒険者と言うべきか、リリタンはその声にすかさず反応してみせると、死角から襲いかかってきた地竜の尾の一撃を《龍狩り》を盾にすることで防いでみせた。

しかし、筆舌に尽くしがたいほどの体格差がそこにはあった。

長身の男性と比べても遜色のないほどの肉体を持つリリタンであっても、その差を覆すことはできない。地竜にとっては体の一部でしかない尾であっても、元が一〇メートルを超える地竜のそれは、人にとって巨大すぎた。

そんな硬い鱗で覆われた大質量の尾を勢いよく叩きつけられては、槍を盾にして防いでも無傷とはいかない。事実、宙で受け止めたリリタンは踏ん張ることができず、簡単に地面へと叩きつけられてしまった。

叩きつけられた衝撃で小さなクレーターができあがり、その中心で倒れるリリタンの姿を見たアイシャは「リリタン!?」と悲鳴のような声をあげる。

気を失っているだけで死んではいないようだが、彼女が動けなくなった今、この状況をなんとかできるのは己だけしかいない。

「やはり、私《わたくし》がなんとかしなければ……!」

待っていてくださいまし、とマリーンとサランをその場に横たえ、アイシャは立ち上がる。

高名な鍛冶《かじ》師に鍛えてもらった剣はすでに折れているが、彼女の心はまだ折れていない。

目指すべきは自分も含めた全員での生還。だが片腕が折れた今の体では、三人を担いで逃げることはできない。仮に逃げたところで、この竜は容赦なくその背中に襲いかかってくるだろう。

ならば、リリタンが復帰できるまで一人で耐えるしかなさそうだ。幸い彼女は気を失っているだけで、動けないほどの負傷をしているわけではない。意識が戻るまで地竜と時間稼ぎを続ければ望みはある。

だがその場合、殿を務める自分が死ぬことになるだろうが……全滅するよりはよほどいい。

そして全員で生き残るために最も有効な手は……今ここで、目の前の脅威を、地竜を討伐することだ。

地竜を目の前にして、彼女は必死に思考を巡らす。

（私《わたくし》にできるのでしょうか？　いや、やってみせます……！　そして全員で生き残ってみせますわ……！）

仮に討伐できないとしても、時間さえ稼げばリリタンが意識を取り戻す可能性がある。全員での生還か、あるいは自身を囮《おとり》にして仲間を逃がすか。いずれにせよ、戦うこと以外に選択肢はない。

半ばで折れてしまった愛剣を片手で構えて、彼女は目の前の地竜を見据えた。

（折れはしても、剣の刃はまだ残っています！　なら、斬れる……！　それに刃がなくなったのなら この拳を、拳が潰れれば噛《か》みついてでも、可能性は捨てませんわ……絶対に……！）

私《わたくし》は《白亜の剣》のリーダー。ガーデン家に名を連ねる貴族。

「この命に代えても、私《わたくし》の仲間たちに手出しはさせせ――」

ギョロリと金色の瞳がアイシャを捉え……それと同時に、アイシャに向かって地竜の口が大きく開く。

見れば、その口の奥にはとてつもない量の魔力が集束を始めていた。

(ブレス……!?　まずい、今ここでブレスなんてされたら……!!)

地竜などの竜種と呼ばれる魔物が最上位に分類される理由として、まず第一にその巨大な体躯《たいく》と鱗による防御が挙げられる。

竜種の体は硬い鱗に覆われ、並の武器ではまるで歯が立たない。そしてその膂力《りょりょく》から繰り出される一撃は、あらゆるものを粉砕するほど力強い。

では魔法を使い距離を取って戦えばいいのではないかと、そう考える者もいるが、竜種は魔物の中でも特に膨大な魔力を有する種でもある。

その魔力は鱗の強化や属性魔法などに用いられるのだが、使用用途はそれだけではない。

――ブレス。

これこそが竜種が他の魔物に比べて、隔絶した脅威とされる理由だろう。

体内の魔力を喉元に集束して放つ。ただそれだけのシンプルな攻撃だが、竜種の魔力量から放たれるそれは、容易く街一つを滅ぼせる。

伝承では、数体の竜種のブレスによって一つの国が滅んだとも言われているのだ。

そのブレスが、いま自分に向けて放たれようとしている。

(私《わたくし》だけなら、なんとか避けられる……でもっ、避けたら皆が……!)

チラと背後を振り返れば、そこには動けない仲間たちの姿。抱えて逃げようにも、今の彼女には二人を運ぶ余裕はない。

まして仲間を残して一人逃げるなど、そんなことは彼女にはできなかった。

仲間を守りたいのに、今の自分ではそれすらできない。そんな己の不甲斐《ふがい》なさに、アイシャは思わず折れた剣を握りしめ、そして目尻に涙を浮かべながら目の前の竜を睨みつける。

（まだですわ！　この身を犠牲にすれば、ブレスの軌道が少しでも変わる可能性だって……！）

折れた剣と己の体に全力で魔力を巡らせる。少しでも可能性があるのならと、彼女は自分自身を奮い立たせた。

集束しきったブレスから感じ取れる魔力はとてつもないものになっていたが、それでも彼女は怯《おび》えを見せることなく真っ直《ますす》ぐに地竜を見据える。

「私《わたくし》のすべてをぶつけてでも、皆だけは……！」

目の前にまで迫る死に対し、彼女は覚悟を決めて折れた剣を構え、そして放たれたブレスに叩きつけるように剣を振るった。

傍《はた》から見ればどうしようもない、意味のない行動かもしれない。

それでも仲間が助かるのなら、足掻《あが》くのがリーダーとしての、貴族としての矜持《きょうじ》でもあった。

諦めることだけはしたくなかった。

しかし――

「そこで死なれるのは、ちょっと困るんだわ」

ふと耳に届いた、この場に似つかわしくない軽い声。

いったい誰なのかと彼女が気にするよりも前に、黒ローブを纏った人影が地竜を前にして立っていた。

そして、強大な魔力の奔流が放たれた。

「【分隔】」

手を突き出し、たった一言。

何かを呟いたかと思えば、地竜のブレスは突き出された手の寸前でその奔流を留《とど》め、周囲へと霧散していく。

そこに見えない壁が存在するようにも見える光景に、アイシャは驚きで目を見開いた。

「む、少し地味か……？　なら、こうか」

再び黒ローブの人物が何かを呟くと、もう片方の手でパチンと音を鳴らす。

その瞬間、周囲へと拡散していたブレスが軌道を変えて空へと昇った。

光の柱のようにも見えたそれを前にして、アイシャは思わず目を奪われてしまう。

だが、それも一瞬のこと。すぐさま我に返った彼女は、何が起きたのかと思考を巡らせた。

(竜種のブレスを、防いだ……？　たった一人で……？)

どういうことか、何が起こったのか、この人物は誰なのか。

彼女の頭の中をぐるぐると疑問が巡るが、直後に地竜が辺り一帯に轟《とどろ》くような咆哮をあげ、現実に引き戻された。

そして、地竜の目が黒ローブの人物へと向けられる。

「っ!?　危ないですわ！　あなた、早くそこから逃げなさい！」

力の限り叫んで伝えようとするが、地竜の咆哮に掻《か》き消されてしまう。

地竜はその黒ローブの人物を踏み潰そうとしたのか、人ひとり容易くぺしゃんこにできそうな足を持ち上げた。

とにかく助けなければ！　とアイシャが黒ローブに向かって一歩踏み出そうとしたその時。

「【断裂】」

その黒ローブの人物はゆるりと手を上げ、まるで何でもないことのように、軽い仕草でその手を振り下ろした。

「――は？」

そしてアイシャは、その場で信じられないものを目にすることとなる。

黒ローブの人物が手を下ろしたその直後、地竜の首が簡単に、ボトリと地に落ちた。

その光景が理解できず、彼女はしばらくの間その場に呆然《ぼうぜん》と立ち尽くすしかなかった。

そして、その光景を目にしていた者がもう一人いた。

彼女の名はマリーン。《白亜の剣》の魔法使い。

傷つき、倒れ伏していた彼女は、地竜のブレスによる膨大な魔力に気づき目を覚ましていた。

同時に、そのブレスが人生において最後に見る光景であるとも考えていた。

地竜のブレスが防がれ、そしてその首が地に落ちるその時までは。

（この、魔力……なんでだろう。懐かしい）

どうしてそう考えたのか、目覚めたばかりのぼやけた思考ではわからない。しかし、初めて感じたはずのその魔力には、なんとも言えない懐かしさがあった。

知っている。でも忘れている。思い出せない。そんなスッキリとしない感覚。

だが嫌な気持ちにはならない。不思議と落ち着くような、何かに包まれているような温かさがそこにはあった。

誰かが頭を撫《な》でてくれたような気がした。

(ボクは、何を忘れてるの……?)

視線の先、真っ黒のローブに身を包んだ男の姿。


ここに、再会の約束は果たされた。

どこからか、そんな声が聞こえた気がした。

◇

——数分前。

「うっわぁ……なーんじゃありゃ」

草木の陰からそっと顔を覗かせてみれば、そこにいたのは小さいビルくらいはありそうな巨大な化物……この世界では魔物と呼ばれるそれがいた。

トカゲのようにも見えるが、あんな巨大なトカゲ、前世の地球にいたらたまったものではない。

「クマさんに出会った、の規模がとんでもないぞこれ」

俺の知るクマを百頭けしかけたところで勝てるビジョンは浮かんでこない。あんなのが常日頃から跋扈してるとは、さすが異世界。いくつ命があっても足りる気がしないな。

本当に、くじ引きとはいえ対抗できる力を貰えてよかったと安堵《あんど》する。

「そんで、あのトカゲと対峙してるのが、俺が初めて出会う現地人なわけだ」

目に見える範囲に四人。全員が女性ではあるものの、前世で見た二次元キャラのような髪色だった。

倒れているのは青色と灰色に、フードでわからない女性。そしてトカゲの前に立って折れた剣を構える金髪の女性。

よく見ればボロボロの鎧を纏っている。ファンタジー的に言えば騎士職か何かなのだろうか。

倒れている青い髪の女性も、杖《つえ》とローブのいかにも魔法使い然とした姿だ。

「うーん、さすが異世界。まるでコスプレだぁ……」

……さて、そろそろ真面目にやろう。

無理やりにテンションを上げて誤魔化《ごまか》してみたものの、まだ若干の震えが残る足を拳で二度三度と軽く殴りつける。

どう考えても、彼女たちがピンチなこの状況で、見捨てるなんて選択肢はなしだ。

「大丈夫。俺には無理でも、謎の魔法使い《おれ》ならできる。これが、憧れに向けた第一歩だ」

意識を切り替えて、パンパンと自分の頬《ほお》を軽く叩く。

それだけでいつもどおりだ。すでに不安も怯えもない。震えだって今の俺なら止められる。

だって俺は最強なのだから——きっと、たぶん。

だから自信を持とう。今の俺は別の俺なんだ。

「……よし」

背負い袋にしまっていた黒いローブを取り出して身に纏う。

本当なら顔を隠すための仮面が欲しいところだが、少し前に転生したばかりで、まだ用意ができていない。

顔バレはもっとも避けるべき事故であるため、絶対に顔を見られないようにフードをめいっぱい深くまでかぶった。

……今度仮面を買うか、作ることにしよう。

準備はできた、と背負い袋を【拡張】で広げたローブのポケットにしまい込む。

「ドラゴンでもない、ただのでかいトカゲモドキが相手だ。ここで躓《つまず》いてちゃ、話にならない」

そしてあわよくば、あの金髪の騎士が俺の活躍を吹聴してくれることを願う。

「美味い酒のために！　いくぞ――【転移】！」

◇

（トカゲでも、はか○こうせんみたいなのが出せるのか……異世界こっわ）

ドスゥン！　と傍《そば》に落ちてきた、でかいトカゲの頭を見た俺は、内心で思わず身震いして息を吐いた。

空間ごと対象を引き裂いてしまう【断裂】が強いことはもちろんだが、とっさに【分隔】で防いでいなければ、女性騎士やその後ろの仲間たちがヤバかっただろう。

せっかくの俺の噂を吹聴してくれる宣伝担当。そう簡単にお亡くなりになられては困る。

（しっかし、でかいトカゲでこれじゃあ、ドラゴンなんてどうなるんだ？　飛行するうえに、これ以上の攻撃を出してきそうなんだが……そう考えると、この世界の人たちよく無事だな）

このでかいトカゲも、その大きさに見合う程度には強力な魔物なのだろう。

現状の俺でも難なく倒すことはできたが、ファンタジー世界における最強の存在、ドラゴンが相手だと、どうなるのか見当がつかない。

（そのためには、もっと空間魔法を上達させなきゃだ。正体不明の最強魔法使いなら、ドラゴンが相手でも余裕で勝てるようにならないと）

《サルでもわかる楽しい空間魔法》に記載されてる空間魔法は他にもあるが、サルでもわかるだけあって、その内容は初心者向けだ。

まずは記載されている魔法をすべて身につけるのが最優先だろう。もしかしたら、自分でオリジナルの魔法なんてのも開発できるかもしれない。

「あの……」

（胸が高鳴るな。新しく創るとしたらどんな魔法がいいか……本を読む限り、空間魔法は強力なんだが見た目が地味っぽいんだよなぁ。さっきみたいに、演出で誤魔化すのが一番か？）

「あの、少しよろしいかしら？」

（でもどうせなら、自分の魔法を一番に見せたいし……基本四属性はカスみたいな出力だから、そうなると空間魔法のみで派手に魅せる必要があるな。とはいえ、見た目という点でみれば地味に映るのは事実）

「ちょっと、あなた……」

（でもなんとか派手にしたい……！　そんで『な、なんだあの魔法の威力は⁉』とか、『あんなすごい魔法使いがいるなんて！』みたいな話を聞きたい！　酒場の隅っこで！）

「少しは反応してくださらない⁉」

「……ん？」

思考の海に潜っていた俺だが、こちらに向けて呼びかける声に気づいてそちらを向く。

その際、フードが目深になっていることをこっそりと確認した。

フード確認、ヨシッ。

「やっとこちらを向いてくれましたわ……」

はぁ、とため息をついたのは、先ほどでかいトカゲと対峙していた金髪騎士の女性。

もともとは結っていたのだろうが、土で汚れた髪がゆらりと揺れている。

「助けていただいたこと、感謝いたします。ご存じかもしれませんが、私《わたくし》はアイシャ。《白亜の剣》のリーダーですわ。ボーリスのギルドでは見たことはありませんが、別の街からいらっしゃった冒険者かしら？」

「いや、違う……」

少しだけ、いつもよりも低い声になるよう静かに答える。

地声だと、万が一にでも剣士モードで会話する機会があったときに勘づかれかねない。

できるだけ表《おもて》の俺と結びつかないようにするために、この場はあまり喋《しゃべ》らず立ち去ることにしよう。

「違う……？　なら、あなたはいったい……竜種を単独で狩れるなんて……まさか勇者？　いえ、あれはお伽話《とぎばなし》ですし……」

ぶつぶつと一人で考え事を始めたアイシャと名乗った女性騎士。そんな彼女を見た俺は、とりあえずこれを、とローブのポケットに手を突っ込んだ。

取り出したのは、背負い袋の中にしまい込んでいたポーションらしき液体が入った小瓶。

見たところ、後ろで倒れている彼女の仲間であろう女性陣には必要だろうと、まだ一人でぶつぶつ言っている彼女にそれを四つすべて差し出した。

「も、貰っていいんですの？」

目を見開いた彼女の言葉に肯定の意を返せば、それを受け取った彼女は「感謝しますわ！」とすごい勢いで頭を下げて仲間たちの元へと走っていった。

片腕を怪我しているのだから先に自分で使えばいいのに、彼女にとっては自身よりも優先すべき大切な仲間たちなのだろう。

(自分が有名人だと思っている、ちょっとイタい人かと思ったけど……なんだ、めちゃくちゃいい人だったな)

「マリーン！　サラン！　リリタン！」と仲間たちであろう名を呼びながら、小瓶の中身を振りかけているその様子を眺める。

使い方を見るに、あの小瓶の中身はちゃんとポーションだったようだ。

そして、これで彼女は顔もわからない正体不明の魔法使いを認識したことだろう。

助けられた上に仲間たちの治療のためのポーションまで貰ったのだ。すぐに忘れる、なんてことにはならないはず。

（くふっ……まさか、転生して早々に俺の望んだシチュエーションが巡ってくるとは……あとは彼女たちが俺という謎の魔法使いの存在を吹聴してくれれば、それで完了！　その噂を、酒場の隅っこで聞かせてもらおうか）

依頼を受注し達成することで報酬を得る冒険者という職業と、そんな冒険者たちが集まり依頼の斡旋《あっせん》等を行うギルド。どちらも知識としてインストールされているため理解はできる。

そしてギルド、と彼女たちが言っていたため、ここから近い街にファンタジーでお馴染《なじ》みの冒険者が集まる場所があるはずだ。あとはそこで彼女たちが帰ってくるのを待ち、謎の魔法使いの噂が流れるのを見届ければいい。

すぐにでも美味い酒が飲めそうだ。

「よし……【転移】」

内心で狂喜乱舞しながら、仲間たちの名前を呼ぶアイシャと名乗った女性騎士に気づかれないよう、小さな声で魔法を発動させる。

名も告げず、お礼を要求することもなく、一瞬でその場から消えたようにいなくなる魔法使い。やだもう最高に謎って感じでかっこいいぞ俺。

（しかし……そうだな。噂にするにしても、名前くらいは考えておいたほうがいいか？）

謎の魔法使い、ではさすがに噂も盛り上がらないだろう。ここはひとつ、カッコいい名前を考えておく必要がある。

どんな名前にしようか、と考えながら転生した場所まで【転移】で戻った俺は、その後全速力で森を抜けて街までたどり着く。

しかし、森から一番近い門を使って街に入れば、謎の魔法使いが俺だという証拠につながる危険性もあるだろう。

また、街へ向かうのならば、どこで人が見ているかわからない。そのため、非常に面倒くさいが、駆け足でぐるりと迂回《うかい》し、森とは逆方向の門から街へと入ったのだった。

以上が、事実を知って頭を抱えることになる少し前の出来事である。

◇

「うっ……こ、こは……」

「リリタン!!」

「ッ!?　そうだ地竜!　すまねぇアイシャ、気を失っちまってた……!」

目を覚ましたリリタンは、気を失う前のことを思い出してすぐさま立ち上がると、自身の得物である《龍狩り》を構えて辺りを見回した。

先ほど尾の一撃を防いだためか、ヒビが入って重心のずれてしまった槍に内心で悪態をつく。

「リリタン、大丈夫ですわ。地竜はもう討伐されたの」

「……は?」

一瞬、パーティのリーダーであるアイシャの言葉を理解できなかったリリタンは、警戒しながらもう一度辺りを見回した。

そして、見つけた。

首が落ちた地竜の体と、地面に転がる地竜の首。

「……アイシャ、何があった」

「その話は後ですわ。ポーションで応急措置をしたとはいえ、マリーンとサランはまだ目を覚ましていません。ウィーネと合流して、すぐに教会に向かいます」

「ボクなら……だい、じょうぶ……」

「マリーン!?　目を覚ましましたのね！　よかった……！」

アイシャとリリタンが二人で話す中、マリーンの目がわずかに開く。

彼女はアイシャに体を抱き起こされながら、「ごめん」と謝罪の言葉を口にした。

「ボクの警戒……甘かったね」

「そんなことありませんわ！　あなたのおかげで、全滅は免れましたもの……！　とにかく、あなたも治療のため、すぐ教会に向かいますわよ！」

さぁ早く、とサランと呼ばれていた仲間を担ぐリリタンに続いて、アイシャもマリーンを背負って拠点とする街ボーリスを目指す。

「ねぇ、アイシャ」

「どうしました？」

そんな中、マリーンは小さく呟くようにアイシャに問いかける。

「あの魔法使い……誰？」

「あら、あなたも見ていましたのね」

「ん……少しだけ。ブレスの魔力で、目が覚めた」

「さすが、国一番とも呼ばれる魔法使いですわ。気を失っていても、魔力の気配で気がつくなんて……ただ、詳しいことは何もわかりませんの。魔法使いにしか感じ取れない何かがあったなら、治療が済み次第《しだい》話してくださいまし」

頼みましたわよ、と言いつつ、アイシャはできるだけマリーンの負担にならないよう森の中を疾走する。

そんな彼女の言葉に、小さく頷《うなず》いてみせたマリーンは、リーダーに身を委ねて再び意識を落としていった。

その時、小さくマリーンの口が動いた。

「懐かしい魔力……だった」

「ん？　マリーン、何か言ったかしら？」

背負った魔法使いに問いかけるアイシャだったが、振り返ってみれば落ち着いた寝顔がすぐ傍にあった。

あら、と一瞬目を丸くしたアイシャであったが、笑みを浮かべて前を向く。

「この子ったら……昔から変わりませんわね」

息をついたアイシャは、速度を上げてリリタンに並ぶ。

その道中、退路の確保のためにと先に逃がしていたウィーネが、森を駆ける二人の姿に向けて大きく手を振っているのが見えた。

「リリタンさん、アイシャさん！　道中の魔物はあらかた片づけてあります！　すぐに教会へ！」

「ありがとうウィーネ！」

魔法使いのウィーネを加え、五人が揃《そろ》った冒険者パーティ《白亜の剣》。

ボーリスへと帰還した彼女らは、街の住民たちに何があったのかと心配されながら、怪我を負っていたサランとマリーンの二人を治療のため教会に預けた。

そして看病のためウィーネが教会に残り、アイシャとリリタンの二人は、ギルドマスターに部屋へ招かれることとなるのだった。

◇

「うーむ……普通なら、夢でも見ていたか法螺話《ほらばなし》だと一蹴したんだがな。突然《帰らずの森》から発生した光の柱も、街にいた冒険者どもから複数報告が上がっている。それに、《白亜の剣》のリーダーでもあるお前さんが言うんだ。嘘《うそ》はないんだろう？」

「私《わたくし》、真実しか話してませんわ！」

失礼な、と不機嫌になるアイシャを見て、上裸の老人は悪い悪いと苦笑を浮かべた。

彼こそ、このボーリスの街における冒険者ギルドでトップを務めるギルドマスター。名をゼブルスといい、現役時代は単独で☆6にまで上り詰めたほどの実力者だ。

そんな彼は現在、ギルド二階の執務室にて二人の冒険者と対峙していた。

一人は金髪の女性騎士ことアイシャ・ガーデン。

鎧は地竜との戦闘で半壊しているものの、ポーションと教会での治療によって目立った傷は見当たらない。

ここボーリスの街どころか、ボーリスが属するここグレーアイル王国で見ても、最上位の実力を持つ☆6冒険者だ。

魔法を扱う才能はないものの、魔力を扱うことが可能な彼女は、魔力伝達の高いミスリルで作られた鎧と剣に魔力を通すことで耐久性能を向上させ、さらには斬撃の鋭さや威力を増加させることができる。

家名があることからわかるとおり、ガーデン家に名を連ねる彼女は幼いころから剣術を修めてきた。今ではその剣の実力から《斬姫《ざんき》》と呼ばれるほどにもなっている。

そしてもう一人。

アイシャの隣で静かに目を瞑《つむ》るのは、大柄な男性にも劣らない体躯をした、灰がかった白髪《はくはつ》を持つ褐色肌の女性。

名前をリリタン。

《白亜の剣》に所属する元傭兵《ようへい》の冒険者で、冒険者のランクは☆5。

強さが基準に達していても、魔力を扱う才能がなければ☆6には昇格できないため、その手の才能がない者にとっては☆5が最高ランクとなる。

だが魔力に依《よ》らない無双の怪力は、☆6の冒険者にも劣らないと断言できるだろう。

筋骨隆々の男でさえ持ち上げるのがやっとの武器を、彼女は平然と振り回した挙句《あげく》壊してしまうほど。そんな彼女の怪力にも耐えうる大槍《龍狩り》を振り回して魔物を狩ることから、《剛槍《ごうそう》》とも呼ばれている冒険者である。

……なお、男性も女性もイケるため、夜の街では《性豪》なんて呼ばれていたりもする。

「リリタン。お前もその魔法使いは見たのか？」

「いや、オレは見てねぇ。地竜の攻撃を喰《く》らって、意識がなかったからな」

ゼブルスは彼女の言葉に「そうか」と天井を仰いだ。

「まぁ、お前さんがこんな下手な嘘つかねぇってことは、俺もよく知っている。だが、あまりにも荒唐無稽《こうとうむけい》だ。おまけに突然現れた竜種ってのもなぁ……」

「重々承知していますわ。ですので、これを」

アイシャは懐から何かを取り出すと、それをゼブルスの目の前へと置いた。

まるで闇夜のように暗く、そして黒いモノ。それを手にして目の前まで持ち上げたゼブルスは、

「おいおい」と目を見開いてアイシャを見る。

「こりゃ……鱗か？　それも竜種の、それもかなり魔力を持ってる個体じゃねぇかよ!?」

「ですから先ほどから言ってますのよ。私《わたくし》たちが相対したのは、地竜であったと」

「……んで、☆6が束になってようやくの竜種を容易く狩った魔法使いがいる、と。それもたった一人で」

「ええ」

証明のために、とアイシャが持ち帰っていた鱗をまじまじと見つめるゼブルスは、一度その鱗を置くと改めてアイシャたち二人を見据える。

そして長く、深いため息をつくと、机の引き出しから葉巻を取り出し、指先に灯《とも》した炎で葉巻に火をつけた。

ふぅー、とゼブルスの口から煙が溢《あふ》れる。

「どこのどいつかは知らないが、えらいことをやってくれたなまったく……」

「ちょっと、私《わたくし》たちがいますのよ？」

「うるせぇ！　吸わなきゃやってられねぇよ！」

伝承において、たったの数体で国を滅ぼした化物。それが竜種と呼ばれる魔物だ。

奇襲を受けて満足に戦えなかったようだが、ボーリスが誇る最強の冒険者パーティである《白亜の剣》でも、真正面から地竜と戦って勝てるかといえば「わからない」と言わざるを得ない。

そんな相手を、たった一人の魔法使いが、それも苦戦することなく一瞬で討伐したという。

「どうなさるおつもりで？」

「どうもしない、と言いたいところだがな。そいつが敵か味方かもまだわからねぇんだ。とりあえずは上に報告するしかねぇよ」

冒険者が集うギルドは、どこの国にも属さない中立の組織ではあるものの、国や街に拠点を構える都合上どんな魔物が現れたのか、そして討伐の状況はどうなっているのか、その情報を共有する必要がある。

万が一、冒険者だけでは対応が困難であった場合、街を治める貴族や国から騎士を派遣してもらう必要があるからだ。

当然、その分の出費などで揉《も》める街もあるのだが、ボーリスはすぐ傍に《帰らずの森》という危険地帯が存在するため、街の貴族であるブリテッド男爵家とは比較的良好な関係を築けている。

今回は《帰らずの森》にて、《白亜の剣》が竜種である地竜に遭遇したことを報告しなければならない。

「そうなると……」

「ああ。地竜が討伐されていることも報告しなきゃならん。だが、討伐したのは遭遇した《白亜の剣》ではなく、どこからともなく現れた無名の魔法使い。……こんな話、俺の言葉で信じてくれるのかねぇ」

「私《わたくし》からも一筆認《したた》めますわ。実際見たのは私ですし、ガーデン家の娘としての言葉なら、信用してもらえるでしょう」

「……助かる」

もう一度葉巻を吸って煙を吐き出したゼブルスは、筋骨隆々の体がどことなく小さく見えるほど、疲れた顔を浮かべていた。

だが、それも当然の話だろう。竜種とはそれほどの存在なのだ。

国の名だたる実力者を掻き集め、多大な犠牲を払ったうえでようやく討伐できる真正の化物。

そんな化物を、たったの一人で討伐する魔法使いが現れたのだ。考えなくても厄介事だとわかる。

それも特大の。

隠蔽《いんぺい》したいのはやまやまだが、街の貴族との情報共有は、ギルドマスターに課せられた義務でもある。あとでバレれば、さらに面倒なことになるのは間違いない。

「はぁ……今日ほど、ギルドマスターになったことを後悔する日はねぇよ。竜種の単独討伐たぁ、どんなイカレた魔法使いだまったく……」

「私《わたくし》は、そう悪い人ではないと思いたいですわ」

「助けられたお前からすれば、まぁそうだろうな。だが、こんな大事《おおごと》が街一つで終わるわけがねぇ。

すぐに国の上層部にも話が伝わるだろうよ」

どうなるのかは俺にも予想がつかん、とゼブルスは言う。

「ガーデン家の者として、せめて一言お礼を言いたいですわ」

「見つかればな。それまでは待つか、自分で捜すしかねぇだろうよ。地竜については後で大まかな場所を教えてくれ。《帰らずの森》の奥に入れる奴を選抜して死体の回収に向かわせる。……全部回収できるかはわからねぇがな」

場所が場所だしなぁ、とため息をついたゼブルス。

そんな彼が「さっさと全員復帰してくれ」とアイシャとリリタンに投げかけると、二人はその言葉に頷いて執務室を後にする。

「……で？　捜すのか？」

「当然ですわ」

リリタンの言葉に、アイシャは即答した。

「見当はついてるのかよ？」

「まったく。ですが、どれだけ強くとも人であることに変わりはないはず。となれば、食料の確保のために、このボーリスへ来る可能性もきっとあるはずですわ」

「まぁ、それは食料を買ったりするならの話だけどな。あの森で自給自足してたら、まったく意味はねぇが」

「……あり得そうですわね」

あれだけの強さだ。リリタンの突飛《とっぴ》な予想に、アイシャは一瞬あり得るかも、と考えてしまう。

「まぁけど、街に出てくる可能性もあるわな。それで言うなら、この街は第一候補だろうよ」

「……ゴホン。ええ、そうですわ。それに、あれだけの強さですもの。とうてい隠しきれるものではないはずですわ」

ただ、とアイシャは言葉を続ける。

「今はサランたちの回復が最優先。魔法使いを探すのは、全員が揃った後にしましょう」

「もちろん。同じ魔法使いだし、マリーンがいれば何かわかるかもしれないしな。オレも壊れた《龍狩り》を修理しなきゃだし、当分は娼館《しょうかん》通いでもするかねぇ」

「そこに関しては私《わたくし》、関与はしませんわよ。まぁでも、ウィーネにも心配をかけましたし、しばらくゆっくりすることには同意ですわね。……できれば、ですが」

「……だよなぁ」

きっと、詳細の報告のために王都まで呼び出されるだろうと、二人はため息をついた。

それから少し歩いて見えてきた教会。

その入り口で待っていたウィーネが、こちらを見て駆けだし――そして何かに蹴躓《けつまず》いて倒れるのを見て、二人は慌てて駆け寄ったのだった。

EPISODE 2

冒険者トーリ

「せいっ！」

「GYA!?」

全身が緑色をした子供のような見た目の、しかし醜悪とも言える顔。それが俺の前方でよそ見をしていた魔物、ゴブリンの特徴である。

その背後から奇襲を仕掛けた俺は、容易《たやす》くその首を斬り裂いた。

ここ数日で、生きたモノを自らの手で斬り殺す、という感覚にも慣れてしまったのだが、こんな短期間で慣れるものだろうか。転生した影響で精神が変化しているのかもしれないが……こんな世界だ。病んでしまうよりはいいだろう。

「うっし、依頼分はこれで完了だな……」

フゥ、と息を吐きながら、剣に付着したゴブリンの血を水の魔法で洗い流す。

市場で買ったぼろ布を使い、剣の水気をふき取って鞘《さや》へと戻すと、今度は討伐証明のために右耳の一部を【断裂】で切り落とす。そして落ちた耳に指を当て、【転移】で使い捨ての巾着へと移動させた。

あれから一週間。

予想以上に目立ちすぎたことで、いったいどうなってしまうのかと割と本気でビビりまくっていたのだが、いたって平穏そのものだった。仮に魔法使いの正体が俺だと判明していれば、俺の周囲はもっと慌ただしくなっていたはず。

それこそ、国のお役人が急にやってきて「国のために働け！　でなければ死ね！」みたいな。

それがないということは、まだ正体がバレていないと考えてもいいだろう。

最初の薬草採取以降、手持ちの資金を使って適当な宿を借りて引きこもっていたのだが、転生三日目に改めて冒険者としての活動を再開した。

今では登録したての☆1の冒険者として、なんとかその日暮らしをしながら生活を続けている。

「早いところ、ランクを上げないとだな……報酬が安すぎる」

首から下げた木板に描かれた一つの☆。それに視線を移して、俺は小さくため息をついた。

登録時に説明を受けたこの☆は、その冒険者の地位を表す指標となっている。

俺のように登録したばかりの新人は☆1の冒険者となるのだ。一番上は☆6らしい。

そして、薬草採取の依頼をメインにしていくつかの討伐依頼をこなせば、すぐにでも☆2へと昇格できる。そこからギルドへの貢献度や難易度の高い依頼を達成するなど、条件をクリアすることで☆5まで昇格できるのだ。

ただ条件が異なるのは、☆5から☆6への昇格についてだ。

5から6への昇格は、それらの条件に加えて魔力をまともに扱えるかどうかが基準となっている。魔法を使えないどころか、魔力すら持たない人も大勢いるこの世界において、☆6の冒険者とは選ばれた存在なのだ。

例を挙げるならば、先日俺が助けた《白亜《はくあ》の剣《つるぎ》》。

一人を除いて☆5以上の女性冒険者が集まったパーティらしく、金髪騎士のアイシャさんは☆6のリーダーだという。

「ま、俺には関係ないがね。せめて剣士でも☆3くらいにはなりたいけど」

剣術の才能（中）でどこまでやれるのかはわからないが、謎の魔法使いムーブのために表《おもて》の俺が強いと認識されてはあまり意味がない。

モブみたいな目立たない奴が実は……というのが魅力的なのだ。

まぁでも、生きるためにお金が欲しいことも事実であるため、冒険者として一人前とされる☆3には昇格しておきたいのが本音でもあった。

背負い袋の中に広がる拡張空間へ、討伐証明部位を詰めた巾着を放り込む。

表立って空間魔法は使えないが、【拡張】で容量を増やした背負い袋は使用することにした。

というのも、そういったアイテムボックスのような物が、少なからずこの世界には存在しているからだ。

曰《いわ》く、ダンジョンとやらでこの類《たぐ》いのアイテムが見つかるらしい。親の形見的なカバーストーリーを用意しておけばいいだろう。

だがそれでも、高価なアイテムであることには変わりないため、自ら吹聴することはしない。なんなら、意図して黙っていてもいい。

「それじゃあ、依頼の分は終わったし……あとは魔法を試して帰ろうか」

周囲に人がいないことを確認した俺は、身につけていた鎧《よろい》を取り外すと、剣と一緒に背負い袋の中へと詰め込んだ。

普通は入らないサイズであるが、【拡張】によって広がった背負い袋であれば余裕で入る。

直接的な戦闘能力には関わらないものの、大量の荷物を持ち運べる便利な魔法である。物を隠しておける、というのも利点だろう。

黒のローブを取り出して身に纏《まと》う。さらに、なけなしの金で行商人から購入した服にも着替えた。

万が一、魔法を使用している場面を目撃されたとしても、これさえ着ていれば剣士の俺だとは気づかれないはずだ。

「【転移】」

魔法を使い、森の入り口付近から深部に近い場所へと移動する。

以前地竜とやらを倒したその場所は、この《帰らずの森》の中でも☆5以上が相手にする強力な魔物が跋扈《ばっこ》する危険地帯だ。

だがそんな危険地帯だからこそ、人目を忍んで魔法の試し撃ちをするのにはちょうどいい。

「お、いたな……アーミースケイル」

目についた巨木の天辺《てっぺん》へ【転移】で移動し、眼下の森を観察していると、木々の隙間《すきま》から群れになって移動する魔物の姿を捉えた。

名をアーミースケイル。体高は一五〇センチほどと人より少し低いくらいの大きさであるが、尾まで含めた体長は二メートルを超える魔物だ。

見た目は全身が森に紛れるような緑色をしており、鱗《うろこ》のようなものを身に纏った小型の恐竜……といったところだろうか。

ギルドにあった資料である程度調べてきたが、このアーミースケイルは単体で言えば☆4程度。

しかし、集団であれば☆5にも匹敵する《帰らずの森》の深部ではありふれた魔物であるらしい。

資料によると、竜種には劣るが彼らも硬い鱗を持っているのだとか。

「だからこそ、俺にはちょうどいいんだけど」

単体最強は相手にしたが、群れとなっている魔物にどれほど通じるのかは試していない。

人目につかない場所で、対多数戦ができる、ある程度の強さを持った魔物。そんな条件に当てはまったのがこのアーミースケイルであった。

眼下を悠々と歩くアーミースケイルを、俺はその頭上から見下ろした。

「数は……木が邪魔だが、十四を確認。――【断裂】」

パチン、と構えていた指を鳴らせば、狙いどおりの場所を通ったアーミースケイルの首がズルリと地に落ちる。

突然仲間の首が斬り落とされたことに動揺したのか、残ったアーミースケイルが慌ただしく周囲を見回しているのが見えた。

そんな彼らの中心に【転移】を使って移動すると、アーミースケイルたちの視線が一斉に俺へと向けられる。

「【断裂】の展開位置はドンピシャか。やっぱり、空間認識の力もかなり上がってるのか、感覚で正確な距離が把握できるみたいだな。視界範囲内への【転移】も問題なし。転移距離についてもミスはなさそうだ」

「「「GYAON!!」」」

魔法の使用感を確かめていると、俺を敵だと認識したであろう三体のアーミースケイルたちは、小ぶりながらも鋭い爪《つめ》を振り上げて飛びかかってくる。

その様子を視界に捉えながら、俺は再度パチン、と指を鳴らした。

振り下ろされた三匹の爪が、見えない壁に弾《はじ》き返される。

「【分隔《ぶんかく》】の展開速度、範囲、強度。すべてよし。複数同時展開も問題はないな。——【断裂】」

目に見えない【分隔】の壁により、爪による襲撃を弾かれた三匹のアーミースケイル。俺はアーミースケイルたちの足が地へ着く前に、その三匹の首を斬り落とした。

速度はないものの、移動物体への【断裂】の使用、並びに複数体への【断裂】の使用も、それほど難しくは感じなかった。

「速すぎる相手と、数が多すぎる場合はまた考えないとだが……後者についてはまだまだ余裕がありそうだ」

これで残りは六匹。

「「「「GYAO!?」」」」

最後尾にいた一匹の背後へと転移し、その首を【断裂】で斬り落とす。

「で、これで残りは五匹」

先ほどまで俺がいた場所と俺を見比べ、首を傾《かし》げるような仕草を見せたアーミースケイルは、残った仲間たちと顔を見合わせると一斉に散開した。

敵《かな》わないと判断しての逃走かと思われたが、どうやらそうではないらしく、俺を逃がさないように五匹で円となって俺を取り囲む。そのうち一匹の鳴き声で、五方向からアーミースケイルが襲いかかってきた。

「【断裂】」

瞬間、アーミースケイルたちの首、そして両手両足が胴体から切り離され、飛び上がっていた彼らの体は慣性によって血を噴き出しながら宙を舞う。

俺は【転移】を使用し、血を浴びる前に再び木の天辺《てっぺん》へと移動すると、「ふぅ……」と小さく息を吐いた。

「さて、帰るか」

アーミースケイルの素材は持ち帰ることができないため、土に埋めていくことにした。

売ればかなりのお金になるのだが、☆1でしかない俺が売ればギルドで大騒ぎになるのは明らかだろう。そして売れるようになるまで持っておくことも無理だ。

俺の【拡張】は、容量を増やすことはできても、時間は止められない。入れたままにしていればいつか腐る。爪とか牙なら問題ないかもしれないが、こびりついている肉をきれいに落とせる自信がないため今は却下だ。

【転移】で再び森の浅い場所へと移動し、人目がないことを十分に確認してから黒ローブをしまう。

そして鎧と剣を身につけてから、一人ボーリスの街への帰路に就いた。

その途中で薬草を摘《つ》み、猪のような見た目をした魔物であるランページファングを狩る。

たしかランページファングは、☆2で討伐依頼が受注できたはずだ。☆1では受けられない討伐依頼だが、向こうから襲ってきたのを狩ったのなら問題はないだろう。なんなら、☆2への昇格を考えてくれる可能性だってある。

アーミースケイルとは違い、この程度であれば驚かれるようなこともないだろう。

「お疲れさまです、トーリさん」

ランページファングの血抜きをしてからボーリスのギルドへ向かうと、俺に視線を向けた受付嬢の一人が声をかけてくれた。

彼女は、ここボーリスのギルドの受付嬢であるエリーゼさん。俺の冒険者登録をやってくれた後、アイシャさんたちに詰められて涙目になっていた女性だ。

「ありがとうございます、エリーゼさん。これ、討伐証明です。それから、途中でこいつに襲われまして……できればギルドの方で解体をお願いしたいのですが、いいですか？」

「はい、承りました。ランページファングについては買い取りもありますが、どうされますか？」

「では、肉以外は買い取りで。肉は持ち帰るので、包んでいただけると助かります」

ゴブリンの耳を詰めた巾着を受付に差し出し、少し大変ではあったが、担《かつ》いで持ち帰ったランページファングを買い取りの台へと運び込む。

エリーゼさんが巾着を籠《かご》に移して受付の後ろの扉へ運び込むと、代わりに血だらけの前掛けを身につけた屈強そうなおっさんが出てきた。

「新人。このランページファングでよかったか？」

「はい、お願いします。肉は持ち帰りますので」

「おう、なら少し待っててくれ」

見た目に反して案外気さくな彼は、冒険者ではなく、このギルドで持ち込まれた魔物の解体を請け負う《解体屋》だ。魔物を丸ごと売り払うなら関係ないが、素材や食用部位が欲しい場合は、彼に解体費を払うことで解体してもらえる。

金はかかるが、ランページファングは肉以外にも牙や毛皮が買い取り可能であるため、そこまで痛い出費ではない。

そしてランページファングを担いで奥へと引っ込んでいった解体屋のおっさんと入れ違いに、再びエリーゼさんが現れると、手にしていた依頼書を広げてみせた。

俺が依頼を受けた際にサインしたものだ。

「確認が取れました。ゴブリン三匹の討伐、達成です。おめでとうございます」

「ありがとうございます」

サインした依頼書にエリーゼさんが判を押す。これで俺が受注した『ゴブリン三匹の討伐』の依頼は達成だ。

「それでは解体が終わるまで、しばらくお待ちくださいね」

エリーゼさんの言葉に、「わかりました」と頷《うなず》いて引き下がった俺は、待っている間なにをしようかとギルドの中を見回した。

いちおう酒場も併設されているのだが、今はまだ飲むときではない。異世界最初の酒は、俺の噂《うわさ》を聞くときだと決めている。

(初日は、それどころじゃなかったもんなぁ……)

「おい、あれ……」

「ああ、あれで俺らより年上らしいぞ」

「なんで今更、冒険者になったんだよあいつ」

ふと、そんな声が聞こえてそちらを見れば、何人かの少年冒険者たちがこちらを見てコソコソと話していた。

何を話しているのか、それくらいはだいたいの予想がつく。彼らは俺の胸元……そこにある☆が一つ描かれた木板を見ていた。

（まぁ、気持ちはわからんでもない）

冒険者という職は、早ければこの世界での成人年齢とされる十五歳から登録が可能となっている。そのため、ほとんどは十五歳で冒険者となるのが一般的らしい。故に☆1の二十五歳というのは物珍しいだろうし、陰でそうやって笑われるのも、まぁ仕方のないことなのかもしれない。

二十代半ばの大人が新入生として高校に入学したと考えれば、彼らの反応にも納得はする。

（とはいえ、年齢を聞かれて馬鹿正直に答えたのは、間違いだったのかもしれないなぁ）

新人冒険者は、同じく新人と組んだりつるんだりすることが多いそうだが、俺はその輪に入れないので、こうして一人で過ごすことが多くなる。

まぁ、積極的に関わろうとも思っていないので別にいいのだが、そんな態度が見透かされているのか、他の冒険者からの評価はあまりよろしくないようにも思えた。

（いいさ、一人でも。それに☆3までならすぐにでも上がってやる）

隠すことが多いため、もともとソロで活動する予定なんだ。良く思われていないなら、それはそれで良しとしよう。

ただ俺が本気を出せば、すぐにでも全員まとめてけちょんけちょんにできるのだ。あれこれと言われたところで、別に悔しいとは思わない。

そうしてしばらくの間、ボーリスの冒険者たち相手に無双する自分を想像していると、受付からエリーゼさんに名前を呼ばれた。

ランページファングの肉と報酬を受け取った俺は、エリーゼさんにお礼を言ってすぐに拠点としている宿へと向かう。
☆2の冒険者に昇格できたのは、それから五日後のことであった。

◇

朝陽が差す部屋の中。

目を覚ました俺は、少し寝ぼけたままの体を動かして宿の裏庭まで下りる。

すでに調理担当のオヤジさんは起きているのだろう。途中で通りがかる厨房《ちゅうぼう》の方から、仄《ほの》かに朝食の匂いが漂っていた。

この後の朝ご飯を楽しみにしながら、裏庭の井戸で滑車を繰れば、引き上げた桶《おけ》の中には冷たい井戸水が汲《く》まれていた。

パシャパシャとその水で顔を洗ってから、寝ぐせのついた髪を軽く濡《ぬ》らして整える。

できることなら、火の魔法と風の魔法を合わせてドライヤーのようにやりたいのだが、才能が（カス）な俺には難しいのでこのまま自然乾燥だ。

幸い天気も晴れているため、軽く濡らした程度であればすぐに乾くだろう。

朝食までは部屋で待つか、と再び部屋まで戻ろうとしたのだが、その途中で小さな宿屋さんと鉢合わせた。

「あ！　おにーさん！」

まだ早朝だというのに俺とは違った軽快な足音を響かせるのは、現在俺が拠点としているこの宿《安らぎ亭》の一人娘であるリップちゃん。

小麦色の肌とくせのあるポサポサとした黒髪が特徴の、かわいらしい七歳の女の子だ。

「やぁ、リップちゃん。朝から偉いねぇ……」

「おしごとだもん！　えっへん！」

腰に手を当てて胸を張るリップちゃんは褒められて鼻高々だ。

俺が七歳のころなんて、家のことなんて手伝わずに遊びまわっていたクソガキである。比べるまでもないだろう。

偉いなぁ～、と頭をわしゃわしゃとペットを撫《な》でるようにしてやれば、「わー！」と嬉《うれ》しそうに叫びながら駆け出していった。はい、かわいい。ほっこりする。

一人になったところでもう一度部屋まで戻り、身だしなみを整えたら朝食まで空間魔法の練習だ。

とはいえ、小さな宿の部屋の中なんてできることは限られている。持ち込んだ木の枝を【断裂】で切断したり、一メートルくらいの距離を【転移】で移動する程度だ。

あとは、《サルでもわかる楽しい空間魔法》を読むくらいなもの。だが、最近は新たに【固定】の魔法を覚えたため、この時間も無駄ではない。

「おにーさん、ごはんですよー！」

部屋の外からリップちゃんの声が聞こえたため、読んでいた本を【拡張】した胸ポケットにしまって立ち上がる。

「リップちゃん、呼んでくれてありがとうね。すぐに行くよ」

「えへへ……リップ、えらい？」

「そりゃぁもう、将来は立派な宿屋さんだ。間違いないね」

嬉しそうにはにかむリップちゃんが、こっちこっちと俺の手を引いて一階の食堂へと向かう。

こけないようにと注意しながら階段を下りれば、解体屋のおっさんにも負けない、いやそれ以上の体躯《たいく》をした、三白眼の男が待ち構えていた。

俺とリップちゃんを見た彼は、直後、ゴブリン程度なら睨《にら》み殺せそうな目で俺を――

「おとーさん！　つれてきたぁー！」

「偉いねぇ〜リップゥ〜!!　さすが俺の娘だねぇ〜！　偉いぞ〜！　す〜ごく偉いぞぉ〜！」

「えへへへ、ほめてくれるおとーさん、すきー！」

「ハウッ!?　お、俺の娘がか、かわいすぎるぅ……!!」

――見たかと思えば、リップちゃんの一言で見事に撃沈した。

「朝から何してるんですか、オヤジさん……」

「黙れ小僧……！　貴様にお父さんと呼ばれる筋合いはねぇ……!!」

「言ってないです」

愛する娘を抱き上げ、急に立ち上がって詰め寄ってきたオヤジさん。

この人が、ここ《安らぎ亭》の主人であり、リップちゃんの父親でもあるゴリアテさんだ。

見た目はゴリラか？　と思わなくもないが、俺はオヤジさんと呼んでいる。

この人がリップちゃんの親とは、最初は目を疑ったね。

「それより、今日の朝食はなんですか？　もうお腹が空《す》いてまして」

「ん？　なら早く席につけ。今出してやる」

適当に空いている席を見つけて座れば、少しして「おまたせしましたー！」とリップちゃんが木製のトレイにのせられた朝食を運んできてくれた。

お礼を言って受け取れば、トレイにのせられていたのはいくらかの野菜と肉が入ったスープとパンだった。ただ一口にパンといっても、俺が前世で食べていたような柔らかいものではなく、日持ち重視の固いパンだ。

それをスープに浸しながらゆっくりと食べる。

（まぁ、こういうところは、前世の方が良かったと思えるところだな）

前世の食事と比べてしまうとさすがにやるせなくなるため、これはこれで良いものだと思いながら食事を進める。

するとカタン、と隣でトレイが置かれた音がした。

「リップもごはーんっ！」

笑みを浮かべながら隣の席へとついたリップちゃんは、俺と同じようにスープにパンを浸し、それを「おいしー！」と言いながら食べていた。

後ろでオヤジさんが嬉しそうに泣き崩れていた。

（……まぁでも、最近までのことを考えれば仕方ないか）

ボーリスの街のメインストリートから離れた薄暗く、人気《ひとけ》の少ない場所にある《安らぎ亭》。

なにせ宿はボロいうえに、主人であるオヤジさんの人相は悪い。料理は数年前に亡くなった奥さんに代わり、今はオヤジさんが頑張っているようだが、それでもめちゃくちゃ美味《おい》しい、とまではいかない程度。

(俺が来るまで、客いなかったもんなぁ)

宿としても数人程度しか泊まれないため、一階の食堂もそれに見合った大きさだ。

ただ、客として席についているのが俺一人だけだと、そんな小さな食堂も広く感じる。

宿屋は客がいなければ儲《もう》からない。そして儲からなければどうなるかは想像に容易い。

ここ数日、ランページファングの肉を持ち帰るようにしてから、リップちゃんが元気になっているように見えるのは気のせいではないだろう。

もう数ヶ月でもしっかり食べれば、さらに健康的になるはずだ。

そうしてリップちゃんと同時に食べ終えた俺は、一緒に並んでトレイの食器を厨房のオヤジさんに手渡した。

食べ終わったリップちゃんは、「おへやのおそうじしてくるー！」と二階へと駆け上がっていく。

そんな彼女を見送ると、「今日はどうするんだ？」とオヤジさんの方から声がかかった。

「そうですね。この前☆2に上がりましたし……見学がてら、街を散策してから討伐系の依頼でも受けようかと」

「そうか。気をつけろよ」

「ええ、ありがとうございます。ランページファングでも狩れれば、また肉を持って帰りますよ」

「……わりぃな、気ぃ使わせちまって」

申し訳なさそうなオヤジさんに、いえいえと笑っておく。

「宿泊代のみで、食事もいただいてるんですから」

「当然だろ。情けねぇ話だが、今のうちの食事はおめぇさんの厚意で成り立ってるようなもんなんだ。それにリップもよく笑うようになった。……ありがとよ」

厨房でそっぽを向いているおじさんに需要なんてないだろうに。

照れてもかわいくないですよ、と笑えばオヤジさんは「るせぇ……」と黙ってしまった。

「ほれ、出るなら早く行け。そんで、ちゃんと無事に戻ってこい。まずくはない飯と、うちの天使様が待っててやる」

「ええ、頑張ってきますよ。怪我《けが》してる姿は見せられませんしね。あとできれば、もっと美味しい料理になると嬉しいんですけど」

「ケッ、あと数年は待ってもらわねぇと無理な話だ。それと！　うちの娘はやらねぇ……！」

「はいはい、わかりましたわかりました」

さすがに七歳を相手にそんなこと思わないよ、と内心で零《こぼ》しながら、俺は《安らぎ亭》を出る。

ギルドのあるメインストリートまでしばらく歩く必要があるため、オヤジさんに言ったとおり道中の店を物色しながら歩を進めた。

なぜわざわざ離れた宿を拠点にしたかについてだが、初日にやらかしたことで人目を避けようと宿を探した結果だ。

人通りも少ない場所の、客のいない寂れた宿。それがあの《安らぎ亭》。

予想外にかわいらしい看板娘がいたが……想定外だったのはそれくらいで、俺の求めていた拠点としては最適だったのだ。

「まぁ、今となっては、過ごしやすい良い宿だとは思うけど」

強いて言えば寝具《しんぐ》が固いくらいだろうか。部屋はボロいが、手入れ自体はしっかりされているため、そこまでの不満はない。

というか、前世を基準にしてしまうと、この世界のどんな高級宿も勝てなくなってしまう。そのくらいは妥協点として我慢だ。いっそのこと、追加の敷物でも買うか？

そうだそうしよう、と宿を出て柔らかい敷物はないかと途中の店をぶらついていると、メインストリートの端にある小さい屋台が目についた。

並べられているのは、綺麗《きれい》な色をした小さい石が嵌《は》め込まれた道具の数々。

探していた敷物ではないが、それが気になった俺は店主に断りを入れ、そのうちの一つであるランプを手に取った。

「旦那、お目が高い！　そいつは火の魔力を込めることで光るランプでさぁ！　火の魔力さえあれば油もいらず、そして魔力を溜《た》め込むことで、いつでも好きなときに使用できる優れもの！」

「へぇ……火の魔法は使えるし、ありだな。この赤い石に込めるんですか？」

「へい。純度の高い《ヒヒイロカネ》を使用してるんで、持続時間も相当ですぜ？　へへへ……」

《ヒヒイロカネ》という言葉を聞いて頭に疑問符が浮かんだ。

言葉からして、この世界特有の魔力に関する石なのだろうか。知識にはないのだが、この店主の口ぶりからして一般的に知られていることなのだろう。

必要最低限の知識には、このヒヒイロカネとやらは含まれていないようだった。

ただ、火を使わないランプというのは、たしかに魅力的なようにも思える。最近知ったのだが、蠟燭《ろうそく》も意外と高いため、魔力で明かりを確保できるのはいいかもしれない。

いちおう火の魔法も使えるため、俺にはちょうどいい道具だろう。

「店主、これは――」

「やめたほうがいい。それ、不純物が多い」

気になって店主にランプの値段を聞こうとした俺だったが、不意に横から無機質な声が響く。

その声がしたほうへと目を向けると、俺から少し離れた場所に一人の少女が立っていた。

青いボブカットの髪に、青い瞳。そして白いローブを身に纏い、己の背よりも長い杖《つえ》を手に持った少女だ。

「……魔法使い？」

「ん。そう」

俺の呟《つぶや》きに、その少女はコクリと小さく頷いた。

EPISODE 3

《魔女》との邂逅

「いやぁ、ありがとう。ああいう物の目利きは、まだ慣れてなくてな。俺はトーリ、よろしく」

「いい。少し目についたから教えただけ」

そう言って隣を歩くのは、先ほどの屋台で出会ったマリーンと名乗る魔法使いの少女。

はて、どこかで見たことある気がするのだが、特にこれといって思い出せないので気のせいかもしれない。

まぁ転生してからすでに二週間以上経《た》っているのだ。この街の散策中に見かけた可能性もあるだろうし、そこまで気にする必要はないだろう。

「よーし、なら俺を詐欺から助けてもらったお礼だ。何か奢《おご》らせてくれ」

「……いいの？」

「いいのいいの。見たところ、君も冒険者なんだろ？　多少のつながりはあったほうが、今後も役に立つだろうからな」

どうかな？　とマリーンさんに問いかけてみれば、彼女は表情を変えることなく周囲に目を向けていた。

もちろん、彼女に対するお礼ということもあるのだが、ここでつながりを作る一番の目的は俺が活躍した後の話を聞くためでもある。壁際で噂《うわさ》を耳に酒を飲むこともいいが、近しい人が語る姿を肴《さかな》にするのも乙《おつ》なものだろうさ。

彼女がそういう存在になってくれるのであれば、俺の楽しみが増える。

「……じゃあ、あれ」

「おう、お菓子か。それくらいならお安いご用だ」

まだ冒険者として依頼を受け始めてそれほど経っていないため、そこまでの稼ぎがあるわけではないが、お菓子類くらいなら問題はないだろう。幸い、この世界では砂糖などは手に入りやすいようで、シンプルな焼き菓子程度であればそこまで高くはない。

もちろん、クリームやらをふんだんに……なんてレベルになれば話は別だが。

「で、マリーンさんは何を食べたいんだ？」

二人で近くのお店に入ると、早速《さっそく》とばかりにマリーンさんが店頭に並べられている焼き菓子の前へと歩いていった。目がお菓子にしか向いていないところを見るに、相当なお菓子好きのようだ。

そんな彼女の後を追い、「どれにするんだ？」と後ろから問いかける。

「……ん、決めた。ここからここまで、全部」

「ちょっと待てい」

「……？」

「何か問題あった？　みたいな顔をするんじゃないよ」

遠慮とか限度とかをご存じでない？　と言いたくなる口を我慢して苦笑に留《とど》める。

「あの、たしかに奢るとは言ったけどさ。加減してほしいかなって……」

「……わかった。なら、半分にする」

「もうちょっと手心を加えてほしいなって思うんだぁ、俺。たとえばほら、この辺に置いてる焼き菓子でどうよ？　こっちの方が他よりもおいしそうだし」

そう言って、俺は店舗に並んでいたお菓子の一つを指さした。他のお菓子より大きいからか少し値が張っているが、これならお礼にはちょうどいいだろう。

だが彼女は、そんな俺の言葉に首を振る。

「わかってない。こっちのお菓子は、小ぶりだけどそのぶん歯触りの良いサクサク感が味わえる。それとこっちは、見た目じゃわからないけど中にドライフルーツが入ってる。ひとつひとつ、中のフルーツが違うから一種類でいろんな味が楽しめて楽しい。それとこっちは——」

「オーケーわかった。君がものすごくお菓子好きだということが」

やだこの子、お菓子のことになったらびっくりするくらい話し始めちゃったよ。

途中で遮られたことが不服なのか、マリーンさんはジトーッとした目をこちらに向けたまま黙りこくっている。

そんな彼女による無言の圧力に負けた俺は、最終的に何種類かのお菓子を購入することとなり、店を出て二人で近くにあったベンチに座ってマリーンさんが食べ終わるのを待つことにした。

「おいしかった」

座って数分も経たないうちに告げられたその言葉。

「……は？」

思わず彼女の方を見れば、つい先ほどまで手にしていたはずのいくつかのお菓子は、包み紙のみを残してどこかに消えてしまっていた。

口元にクッキーの欠片《かけら》が残っているところを見るに、どうやら本当に食べ終えてしまっているようだ。

「嘘《うそ》だろ……？」

「お菓子に、嘘はつかない」

フンス、と無表情のままなぜか得意げに胸を張るマリーンさんを見て、「依頼を増やすかぁ……」とため息をつく。

お礼という目的があったとはいえ、手痛い出費だ。だが、このまま終わるわけにはいかない。ただのお菓子を奢ってくれた人ではなく、それなりの交友関係がある人になっておかなければならない。

「そういえばさっきの石……ヒヒイロカネ、だっけ？　見ただけで純度がわかるなんてすごいんだな」

彼女との共通の話題といえば、現状ではあのヒヒイロカネ関連のことしかない。とりあえず話をつなごうと口にしてみれば、興味が湧いたのか彼女の視線がこちらを向いた。

ヒヒイロカネ、という物もそうだが、その純度なども俺にとっては知らない知識だ。実際、彼女は遠くから見ただけでヒヒイロカネとやらの純度を見破っていたし、ある程度仲を深めると同時に何か聞けることがあるのなら聞き出しておきたい。

そう思って、歩きながら先ほどのことを話題に出せば、彼女は「別に」と変わらない無表情で答える。

「魔法使いだから、そういうのは見ればなんとなくわかる」

これ常識、となんでもないことのように言うマリーンさんの言葉に、俺は思わず「ウッ」と言葉が詰まりそうになった。

いちおう隠してはいるが、俺も最強を名乗ろうとする魔法使い。

そんな俺にできないことがこの世界の魔法使いにとっての当然だと言われると、俺もできないまま放置するわけにはいかなくなる。

「もしよかったら、ヒヒイロカネの純度を見抜くコツを教えてもらえないか？　少ないかもしれないが、ちゃんと礼も支払うから……」

「いらない。それよりも聞きたいことがある」

「聞きたいこと？　俺に？」

「そう」

それだけ言って頷《うなず》いた彼女は、一度立ち止まってこちらを見る。

「さっきの魔道具は魔法使い用。剣士のあなたには使えないはず」

「……あー、うん。なるほど？」

「ん」

……

…………

え、そこでやめるの？

それっきりじーっとこちらを見るだけで何も言わなくなったマリーンさんは、元からそうなのであろう感情の乏しい顔で俺の返答を待っている様子だった。

髪色と同じ青い瞳が俺を真《ま》っ直《す》ぐに見つめている。

「えっと……つまり君が聞きたいのは、なんで剣士の俺が魔法使い用の魔道具に興味を持っていたのか、ということで合ってる？」

「そう言ってる」

言ってないのよ。

「剣士でも、魔力を持っている人はいるだろ？　別に不思議なことじゃないと思うけど」

「魔力を持っているのと、魔法が使えるのとは別。魔法が使えない人は、魔力を属性に変換できないから使えない。あの魔道具は、属性に変換した魔力でないと動かない」

「へ、へぇ……そうなんだ……」

その知識は、残念ながら今の俺が持っていないものだった。

なるほど、だからこそ才能なのだろう。

俺が使う空間魔法は、それだけでかなりの魔力を消費する魔法だ。それを扱うためには当然ながら大量の魔力を必要とするため、俺自身の魔力量は相当なもののはず。

貰《もら》い物の才能は、その魔力をどれだけその属性に変換できるかの才能だったのだろう。

タンクだけバカでかくても、出力できる量がカスなら当然だな。

「君の質問に答えるなら、俺も魔法が使えるから、というのが理由だな。物珍しかったし、興味があった」

「……わからない。魔法が使えるなら、どうして剣士なの？」

「別に魔法が使えても、剣が好きだって人もいるかもしれないだろう？」

そう答えると彼女は「なるほど」と顎《あご》に手を当てて俯《うつむ》いた。

そして再び顔を上げると、先ほどと同じように俺に目を合わせる。

「あなたも、剣の方が好き？」

「いや、別の理由だな。俺の場合は魔法が使えても、攻撃じゃ役に立たない。弱い魔法しか使えないんだ」

これがせいいっぱいだよと指先に火を灯《とも》してみせれば、彼女は一瞬だけ目を見開き、その後食い入るように俺の指先を注視する。

魔法使いである彼女にとっては、それほど珍しいものでもないだろう。いったい何をそんな真剣に見ているのか。

「……たしかに。これが限界なら魔法使いは無理」

「ははっ……そりゃそうだ。魔法使いを名乗れる君からすれば、大したことじゃないだろうよ。けど、これくらいでも冒険には便利なんだ」

火種を作るのに苦労しないし、飲み水程度なら用意できる。暑ければ風を吹かして涼めるし、ひと握りの土も魔物相手に目潰《めつぶ》しするならちょうどいい。

実際そうしてこの四属性の魔法を使う機会は、この街で冒険者を始めてから結構あった。文字どおりのカスの出力だが、使えるのと使えないのとでは全く別だろう。おかげで、ソロの冒険者でも割と不自由することなく依頼をこなせている。

そう話をすると、マリーンさんも興味深そうに話を聞いてくれているようだった。

「まぁつまりだ。弱くても魔法が使えるからさっきみたいな魔道具とやらも使えるし、だからこそ購入するかを考えていたわけで……ん？」

とりあえず理由の説明はできただろうと見てみれば、なぜか俺を凝視したまま動かないマリーンさん。

先ほどから全くと言っていいほど変化のなかった無表情だが、気持ち程度だけど目が見開かれている……ような気がする。

どうしたのかと思って彼女の目の前で「もしもーし」と手を振れば、突然その手を掴《つか》まれてしまった。

予想外の彼女の行動に、俺は思わず「うおっ!?」と情けない声をあげてしまう。

「来て」

「……はい？　え、なにちょっとぉ……!?」

そして俺の手を掴んでいたマリーンさんは、俺の反応など無視して、そのままスタスタと歩を進めた。

いったいなんなんだと思ったが、聞いたところで何も答えてくれなさそうな雰囲気に、とりあえずは黙って連れていかれることにする。

やがて目的とする場所でも見つかったのか、俺の手を引いたまま裏路地へと入っていった。

薄暗く、人気《ひとけ》の少ない場所だ。

（いったいこんな場所で何を……？）

人気の少ない裏路地、そんな場所に男女で二人っきりときた。これはつまり……そういうことが起きたりするのだろうか？

（いや、流されちゃだめだ。それならまずはお互いのことをよく知ってからの方がいい。出会ったばかりでなっていい関係ではない……！）

そしてこういうことは、年上である自分がちゃんと言わなければならない。そう思い、俺は「ちょっといいか」と彼女に話しかけた。

「すまないが、出会ったばかりの間柄で……しかもいきなりこんなところに連れ込むのはいささか問題があると――」

「これに火の魔力を込めて」

「……あ、はい」

どうやら俺の勘違いだったらしい。先ほどと変わらぬ無表情で、何かを押しつけられる。その目を見て、勝手に勘違いしていた自分を少しばかり恥ずかしく思いながらも、俺は押しつけられた物を受け取った。

見れば、そこにあったのは赤い石。

先ほど店で見たヒヒイロカネと呼ばれていた石だが、俺がさっき見たものよりも透き通っているように思えた。

試しに陽の光にかざしてみれば、その石は真っ赤な影を俺の顔に落とす。

なるほど、純度が高いとはこういうことか。先ほどの物と比べれば、その差は歴然だろう。

「えっと……それで？　なんでいきなり……」

「いいから、お願い」

有無を言わせぬ、とはこういうことなのだろうか。こういうときにちゃんと断れないのは、俺の悪いところだな。

指先に火を灯すのと同じ要領で赤色のヒヒイロカネに火属性の魔力を込めれば、もともと赤かった石がさらに赤く発光する。

それを見届けたのか、マリーンさんは「わかった」と一言だけ口にして俺の手からヒヒイロカネを奪い取ると、今度は青色の石を俺の手の上に落とした。

これもヒヒイロカネらしい。

「これ。水の魔力」

「え、ああ……」

どうやら今度は、水の魔力を込めろということらしい。

同じように魔力を込めて発光したことを確認すると、続けて緑、茶のヒヒイロカネを順に渡してくる。それぞれ、風、土の魔力を込めていく。

そうして、四つ目の茶のヒヒイロカネが発光したことを確認したマリーンさんは、「これは……」と呟《つぶや》いて動きを止める。

「なあ、気はすんだのか？」

「あなた、名前は？」

「さては話を聞いてないな？　あと、一度名乗ったはずだぞ？」

思わず口にしてしまったのだが、それさえも聞いていないらしい。じっと俺を見上げたまま黙っているマリーンさんの様子に諦めて名乗る。

「……トーリだ。最近冒険者登録して、先日☆2になったぺーぺーだよ」

「トーリ……ん、覚えた。それじゃあ、トーリに質問がある」

名乗って早々に、というかさっきから彼女の行動の一つ一つが突然の連続である。まだ何かあるのか、と俺は内心でため息をついた。

「答えられる範囲で頼むよ……」

「ん。トーリ、もっとすごい魔法使える……？　地竜も倒せるような」

その瞬間、冷や水をかけられたときのように体が跳ねそうになったが、間一髪のところで無理やり抑え込んだ。

なぜ、どうして、と頭の中で今までの行動を振り返ってみたが、思い当たるものはない。あったとしても、それは彼女に四属性がバレてしまったことだが、こんな才能のない魔法を見て空間魔法に……俺が地竜を倒した魔法に気づくはずがない。

大丈夫だ、落ち着け、と心の中で自分に言い聞かせる。

「……それは、あれか？　有名な冒険者パーティを地竜から助けたっていう……」

「そう」

俺の言葉に即答した彼女は、相変わらず俺を見上げて見つめ続けている。そんな彼女に向けて、俺は苦笑と共にため息を零《こぼ》した。

「そんなわけないだろう。第一、そんなすごい魔法が使えるなら、魔法使いとして大成する道を選んでるさ」

「……そう」

「そうそう。なんでこんな木《こ》っ端《ぱ》の剣士と、そんなすごい魔法使いを同一視しちゃったかなぁ……」

やれやれ、と背中に冷や汗をかきながら冗談めかして肩を竦《すく》めてみせれば、マリーンさんは不思議そうに首を傾《かし》げた。

「魔力。少し懐かしい感じがした。気のせい……？」

「気のせいだと思うが……そもそも、俺たちはさっきが初対面だろ？」

「……それもそう」

いったい何を言ってるんだろうかこの子は、と今度は俺が首を傾げる。

裏路地で二人向かい合って首を傾げている光景は、第三者が見れば「何してるんだこいつら」と思うこと間違いないだろう。

「とりあえず、これあげる」

「え……？」

それだけ言って懐から取り出した何かを俺に押しつけるように手渡したマリーンさんは、「またね」と一人裏路地から出ていってしまった。

一人取り残された俺は、壁に背中を預けて大きく息を吐く。

「……なんだったんだ、いったい」

何もかもが急で、まったく理解が追いついていない。バレそうになった理由も意味がわからないが……あの様子だと、無事に切り抜けられたのだろう。

しかし、懐かしいって……ついこのあいだ転生してきたばかりなのに、何を言っているのやら。

「……で、渡されたこれもなぁ。何よこれ」

手にしたものを見れば、そこにあったのは真っ黒に染まった石。黒いヒイイロカネといったところか？

先ほど彼女に手渡されていた四色のヒヒイロカネよりも小さいが、陽の光に透かして見ればなかなかに綺麗《きれい》な石だった。先ほどまでの四色のものと何が違うのか、俺にはさっぱりだが。

「……とりあえず、ギルドに行くか」

なにはともあれ、そろそろ依頼を受けないと帰るころには日が暮れてしまう。

手にした黒いヒヒイロカネをポケットにしまい込み、裏路地を出てギルドへと向かった俺は、エリーゼさんに☆2で受けられる依頼が残っているか聞いてみることにした。

すると、ちょうどゴブリンの討伐とランページファングの討伐依頼、そして、コボルトの巣の調査依頼があるとのこと。

「コボルト……は、一人で受けてもよい依頼ですか？」

「あまり推奨はしませんね。トーリさんはソロの冒険者ですし、調査依頼はどなたかとパーティを組んだほうがよろしいかと思いますよ？」

「やっぱりそうですか。あまり誰かと組むつもりはないのですが。それに、組んでくれる相手もいないでしょうし」

チラと後ろを横目で見てみれば、ギルド内の冒険者たちが俺の様子をうかがっていた。

つい最近☆2に上がったからといって、俺自身の評価はあまり変化がないらしい。

冒険者は☆3になってようやく一人前で、☆1や☆2は見習いのようなもの。

本来ならそんな見習いは成人したばかりの十代が大半だが、そんな中に二十五歳が紛れているのはよほどの笑い話なのだろうか。

一部では《新人遅れ《オールドルーキー》》、などという通り名で呼ばれてるらしい。

誰がオールドだ。二十代は若いだろうに。

まったく、登録したばかりなら何歳でも初心者なのは当たり前だろう。それで笑うような奴とパーティを組むなんて、こちらからお断りだ。お互いに気分のいいものではない。

「ランページファングの討伐依頼を受けますよ」

「わかりました。ではいつもどおり、掲示板から依頼書をお持ちください」

エリーゼさんの言葉に頷き、掲示板へと向かう。

ランページファングであれば☆1の時でも狩っていたため、特に問題になることはないだろう。

それにランページファングには可食部位があるため、ゴブリンたちを相手にするよりはよほど有意義だ。

「さて、依頼書依頼書……お、これか――」

「おっとわりぃな。こいつは俺が受けるんだ」

目当てのランページファングの討伐依頼を見つけて手に取ろうとしたその時。横から割り込むようにして現れた人影が、手にしようとしていた依頼書を掻《か》っ攫《さら》う。

見れば、そこにいたのはニヤニヤとわざとらしい笑みを浮かべる少年の姿。

十五歳程度だろうか？　この世界で言えば成人したばかりのように見える。

「冒険者が受ける依頼は、早い者勝ちだってのは知ってんだろ？　返せ、なんてことは言わないよな？」

「……それもそうだな。ならそれは君が受けるといい。俺は別の依頼を――」

「おぉ～っとぉ～！　こっちは俺が貰うぜぇ～」

仕方ないとゴブリンの討伐依頼書を手に取ろうとすれば、今度は別の、先ほどの少年と同い年くらいの少年が現れる。

案の定、ゴブリンの討伐依頼書まで持っていかれてしまった。

なんだこれは。

「ほれ、おっさんが一人で受けられる依頼はもうねぇんだ。さっさと帰って、ついでに冒険者もやめちまえよ、《新人遅れ《オールドルーキー》》！」

「そうそう。あんたみたいなのがいると迷惑なんだよ！　俺らが受ける依頼も稼ぎも減っちまうんだ」

「それとも一人でコボルトの依頼でも受けるかぁ？　頼まれたら組んでやってもいいぜ？　報酬は全額こっちのもんで、道中俺らの命令に従うならな？」

不快感を抱かせる気持ちの悪い笑みを浮かべる少年、というかガキ。クソガキ。

見れば、彼らの下げている木板に描かれた☆は二つ。

こっそりと周りを見渡してみれば、多くの冒険者がこちらを見て事の成り行きを見守っていた。

どうやら、介入するつもりはないらしい。

「おい聞いてんのか！」

「……ん？　ああ、断るよ」

「はぁ？　なに？　断れると思ってんの？」

選択を委ねておいてそれはないと思う。

「従う理由もないしな。その依頼を受けたいのなら、さっさと受付に行って受注してくればいい。こんなところで時間を食っていても仕方ないだろ？」

しかしどうしたものか。受けようと思っていた依頼はたった今この二人が掻っ攫っていったため、受けられそうにない。

他の依頼を受けようにも、コボルト以外に残っているのは、☆1でも受けられる、常に貼り出されている採取依頼くらいなもの。ただ……報酬が安い。

「どうしようかねぇ」

「チッ……気に入らねぇなぁ！　調子乗ってんじゃねぇぞ、《新人遅れ《オールドルーキー》》！」

「乗ってないし、あまり怒っても疲れるだけだよ。ほら、言いたいことはわかったから、さっさとどこかに行けって。何を言われたところで、相手にするつもりもないからさ」

「……フンッ、行くぞ」

視線を掲示板に固定したまま手をヒラヒラと振ってやれば、最初に絡んできた少年は悔しそうな声色で、手にした依頼書を受付へと持っていった。

その依頼書へのサインを、エリーゼさんとは別の受付嬢に代筆してもらっている様子を眺めていると、「大丈夫でしたか？」と後ろから声がかかった。

見れば、心配そうな表情を浮かべたエリーゼさんが立っていた。

「ええ、問題ないですよ。なぜ絡まれたのかはわかりませんが」

内心とは別にして、努めて心配させないように落ち着いた声で答える。

実際この場で揉《も》めたところで周りへの迷惑にしかならないし、時間の無駄でもあった。それに前もそうだったが、俺の方が大人である。

あれくらいの挑発は、気にせず流すのが一番だろう。

（まぁ、本気出して黙らせることもできるけど、それはそれでダサいしなぁ）

それにここで対抗して彼らを返り討ちにしてしまえば、余計な注目に加えて反感まで買うことになるだろう。

それらは、俺が目指したい姿には似合わない余計なものだ。

「焦ってるんですよ、彼らも」

「焦ってる？」

「ええ。トーリさんは、お一人でもランページファングを狩れるでしょ？　それでランクもすぐに上がりましたし、後から登録した人に抜かされるかもって思ってるんです」

なんでも、ランページファングは☆2の冒険者が一人で狩れる魔物ではないそうだ。☆3ともなれば一人で狩れる冒険者もいるそうだが、あの二人はまだ一人で狩れる実力はないらしい。

後から来た同ランクのおっさんがしゃしゃり出てきたため、焦ってちょっかいを出してきた、と。

なんて迷惑な話だまったく。

あと、まだおっさんではない。

「それより、依頼はどうされますか？　紹介したものだと、もうコボルトの巣の調査依頼しか残っていませんが……」

「あー、たしかに。どうしましょう」

規約上は自身の☆以下の依頼しか受けられないため、俺が☆3の依頼を受けることはできない。

となると受けられるのはコボルトの巣の調査依頼か、☆1の依頼くらいなもの。

「やっぱりコボルトの依頼、一人では受けられませんか？」

「可能ですけど……やはり推奨はできません。討伐ならともかく、調査は人手があったほうがいいかと思いますし……」

「そうなると、☆1の依頼を受けるしかないか……」

「それ、ボクも受ける」

どうしたものかと考えていると、不意に背後から声をかけられた。

誰かと思って見てみれば、そこにいたのは青い髪に白いローブを身に纏《まと》った少女。その姿を見た俺は、ヒヤリとさせられたことを思い出して思わず頬《ほお》を引きつらせてしまう。

「よ、よぉ……マリーンさ――」

「マ、マリーンさん!?　ど、どうしてここに!?　怪我《けが》の治療中だったのでは……!?」

名前を呼ぼうとしたが、その途中でかぶさるようにエリーゼさんが声をあげた。

その声はギルド中に響いたらしく、今までこちらに目を向けていなかった冒険者や、併設された酒場で昼から飲んだくれている冒険者の注目まで集めてしまう。

そしてその全員が息を飲んだり、隣り合った冒険者同士でこちらを様子見しながら、ひそひそと話し始めた。

「ん。もう治った。それより、そのコボルトの依頼。ボクとなら問題ない」

「え……ええ。たしかにそうですが……でも、この依頼はマリーンさんが受けるにはあまりにも――」

「問題ない。休んでた分の肩慣らし」

フンス、とどこか得意げな様子のマリーンさん。そんな彼女を見て、エリーゼさんはため息をつくと、わかりましたと言って受付の方まで引っ込んでいった。

いったい何がどうしたのかと事の成り行きを見守っていた俺だが、ふわりと揺れた青い髪が目に入り、そちらに目を向ける。

「また会った」

「ど、どうも……さっきぶりで。ところで、まだ俺に何か用でもあったか？」

もしかして、さっき切り抜けられたと思ったのは間違いで、未《いま》だに彼女から疑われているのではないだろうか。

そんな不安が押し寄せ、緊張で心臓の鼓動が速くなる。

だがそんな俺の内情を他所《よそ》にして、彼女は一度首を傾げてみせた。そして何かに納得でもしたのか、ポン、と手を叩《たた》いて酒場の方を指さした。

「おすすめは、ランページファングのステーキ」

「俺、いま酒場メニューを聞いたっけ？」

焦りと緊張で思わず口に出てしまった。よーし、落ち着け俺。深呼吸だ。

うっすらとそんな気はしていたが、マリーンさんは思っていた以上に不思議っ娘《こ》らしい。そう思えば彼女の懐かしい発言も納得はできる。それっぽいことを適当に言ってるのではないだろうか？

あれだ。『右手が疼《うず》く！』とか、『前世で契約を交わした盟友！』とか。そういうのだな？

こてーんと首を傾けているマリーンさんの回答になっていない返答に、こんな子に惑わされていたのかと内心で頭を抱えていると、エリーゼさんにサインのため受付に呼ばれた。

一度マリーンさんに断りを入れてから受付に向かうと、サインの途中でエリーゼさんがこそっと俺に耳打ちしてくる。

「トーリさん。いったいいつから、マリーンさんとお知り合いになったんですか？」

「いつからって……今日ギルドに来る前ですね。彼女、そんな有名人なんですか？」

そう聞けば、先ほどよりも深い、すごく深いため息をつかれてしまった。

そしてエリーゼさんは俺に言い聞かせるように、「いいですか」と前置きしてから教えてくれた。

「彼女はあの《白亜《はくあ》の剣《つるぎ》》所属、《魔女》という二つ名で呼ばれる☆6の冒険者ですよ……！」

俺は今度こそ本当に頭を抱えた。

◇

「巣は基本洞窟。鼻がいいから、風向きには注意」

「なるほど」

依頼書には、コボルトの集団が見つかった大まかな場所がいくつか示されている。

今回のコボルトの巣の調査依頼は、ここ最近森の浅い場所でコボルトの出現が相次いでいることから発注された依頼だそうだ。

見た目は二足歩行する犬。単体戦力ではゴブリンと同程度のコボルトであるが、基本的に五匹以上の集団行動を主としていることや群れでの連携、そして森林内に限れば、☆3冒険者でも対応が難しいほど素早いらしい。

野放しにして繁殖されると、いつか低ランクの冒険者たちにも被害が出るとギルドが判断したのだろう。

「洞窟……というと、ここから北にある岩壁の可能性が高いな。あそこには、いくつか穴があったはずだし」

「そう思う」

「じゃあまずは、そこに向かうか」

わかった、となぜか先を歩こうとするマリーンさんだが、いちおう言わせてもらえば彼女は後衛職の魔法使いだ。

こちらが前を歩くと言ってひとまず後ろについてもらい、北を目指すことにする。

しっかし、どこかで見たと思ったら、あの時倒れてた人だったのか。

《白亜の剣》は、俺が拠点としているボーリスどころか、このグレーアイル王国においても超有名なパーティであるらしい。

リーダーである《斬姫《ざんき》》アイシャ・ガーデンをはじめ、元傭兵《ようへい》の《剛槍《ごうそう》》リリタンに《獣狩り》サラン。加入直後からめきめきと頭角を現し、すでに☆4に昇格した《火妖精》ウィーネ。

そして俺の後ろを歩く少女こそ、五人目にして《白亜の剣》における魔法の天才。《魔女》マリーンその人である。

リーダーであるアイシャさんとマリーンさんはどちらも☆6だそうだ。ギルドで見かけなかったのは、教会で治療を受けていたからなのだろう。

よりにもよって、一番会いたくない人たちの一員と縁を作ってしまうとは……それも魔法使いときた。なんだ、厄日か？

いったいどうしてこうなったのかと盛大にため息をつきたくなる。

グレーアイル王国の東の端に位置するボーリスの街は、少し東に行けば《帰らずの森》が存在する危険な街だ。被害は小さかったとはいえ、過去には魔物の大量発生があったとも聞く。

だがそれ故に冒険者が集まり、魔物の素材が手に入ることで発展しているボーリスは、このグレーアイル王国において大きな街の一つだと言えるだろう。

そんな街でピンポイントに会いたくない人と出会うとか、逆に運が良いのではないだろうか。

良くねぇよ。

「どうかした？」

「あ、いや……」

横目で見ていたことに気づかれたらしい。

マリーンさんの問いかけに、誤魔化《ごまか》すように首を振った俺は再び前を向いた。

考え事はしているが、剣はいつでも抜けるように準備はできている。

ここ最近は依頼で討伐をやっていることに加え、《安らぎ亭》の裏庭を借りて素振りもしているため、それなりに振れるようにはなってきた。

かなりの短期間で成果が出ているのも、剣術の才能（中）のおかげだろう。成長の限界こそあるが、そこに至るまでは早そうだ。

「聞きたいこと。まだあった」

いつもはここまでしないのだが、俺はまだまだ新人冒険者。そのアピールのために、今日はいつもよりも辺りを警戒しながら慎重に進んでいるのだが、不意に隣に並んだマリーンさんが俺を見上げてそう言った。

彼女には背後からの奇襲を避けるために、後ろの警戒をしてもらっていたはずなのだが。

「できれば後ろの警戒もしてほしいんだが……」

「問題ない。周りに障壁を張っている」

無表情なのにドヤァッ、と胸を張るマリーンさん。

見ればたしかに、俺たちの周りをうっすらと透明なものがドーム状に展開されていた。

「へぇ……こんな魔法があるのか」

「【水障壁《すいしょうへき》】。奥ならともかく、この辺りの魔物には破れない」

「すごい魔法だな……」

「えっへん。ボクの方がすごい」

何と比べてるんだいったい。

胸を張ってドヤ顔でもしているのだろうが、ジト目の無表情からまったく変化がないので、すごくわかりづらい。

だがしかし、これを見たうえで俺は確信を持てる。地竜の攻撃すら防いだ俺の【分隔《ぶんかく》】の方がすごいと。つまり俺の方がすごい。まぁ水魔法の才能で考えれば圧倒的な敗北なのだが。

俺の水魔法？　水がピュッと出るくらいですが何か？

「それで、何を聞きたいんだ？」

魔法の方にはすごく興味があるのだが、その話は後でもいいだろう。なにより、聞いたところで俺の（カス）では使えない。

本題に戻ると、ハッとした様子のマリーンさんが「出して」とだけ俺に言った。

……なにを？　水ですか？

「渡したもの」

「……ああ、あれか。ヒヒイロカネなのはわかるんだが、黒はなんの属性用なんだ？」

最初からそう言えと思うが、これが彼女のコミュニケーションなのだろう。なんと絶望的なのか。言葉が足りないにもほどがある。

懐にしまっていた黒いヒヒイロカネを取り出して彼女へと見せれば、今度は頷いて「魔力を込めて」と一言。

いや先に質問に答えてくれよとは思ったのだが、彼女の目線が俺の持つ黒いヒヒイロカネから離れないのを見て諦める。質問は後でいいだろう。

ため息をつき、黒のヒヒイロカネに魔力を注ぎ込む。ただ魔力を込めろ、とのことなので属性の意識はせずにそのまま注いだ。

すると、黒いヒヒイロカネは四色のものと同じように光る……なんてことはなく、その石の中身がなぜかグルグルと渦巻いていた。

なんだこれは。

「これでいいのか？」

「…………」

「……あれ、聞こえてない？　もしもーし」

中身が渦巻いているヒヒイロカネをじーっと凝視したまま動かなくなったマリーンさんは、出会ったときのように目の前で手を振ってみても反応がないほどヒヒイロカネの様子に夢中なようだった。

この場を離れるわけにもいかず、手にのせたヒヒイロカネをマリーンさんの前へと差し出したまま五分ほどが経過した。

「ん。堪能した」

「そうか。で？　この黒いヒヒイロカネは、他の四色のやつと何が違うんだ？　できれば、教えてもらえると嬉《うれ》しいんだが」

魔力を込めるのをやめて石の中の渦が止まっていることを確認した俺は、満足げな様子のマリーンさんに尋ねる。

マリーンさんは一度こちらを見た後、コテンと首を傾げた。

「……知らない？」

「知らないから、教えてもらえるととっても助かる」

「……ん。黒は、属性全部に反応してくれる。四色は、対応する属性だけ」

「なるほ……ん？　全部？」

俺の疑問に、彼女は「そう」と短く答えた。

「基本属性の四つ以外も。ボクの先生が特異属性だったけど、それにも反応してくれる。とても優秀」

「そ、そうかー。いやー、そんな優秀なものなら、それはまたずいぶんお高いんだろうなぁ……ハハッ……」

「そう。とても貴重」

だから、もっと喜んでいいよ？　などと無感情な目を向けてくるマリーンさん。もっと感謝しろ、ということなのだろうか。

だがしかし、俺は俺でそれどころではない。

焦りと動悸《どうき》で心臓が爆音を鳴らしながら飛んでいってしまうのを、いま必死で抑えているのだから。

(落ち着け……焦るな、俺。まだ大丈夫だ。大丈夫なはずだ……!!　そうだよな……!?　気づかれてないよな……!?)

きっと玉のような汗をかいている額を、不自然に思われないようさりげなく拭《ぬぐ》う。

つまり、なんだ？　この黒いヒヒイロカネとやらは、特異属性である空間魔法にすら反応してしまう、と？

やっべぇよ今回属性なんて意識せずにそのまま魔力ぶっこんだよ？　どうすんだよこれこの渦、絶対空間魔法的な何かじゃん。これバレてない？　怪しまれてない？　アウトセーフさぁどっち!?

「ち、ちなみに、今のを見た感想は……？」

「良い体験。ボクの三属性だと、三色に光る。けど、四色になると回るのは、とても面白い結果」

結論!!　セーフ!!

渾身《こんしん》のガッツポーズを心の中で決めた俺は、「そうか、それはよかった！」と笑みを浮かべて先を歩く。

まったく……こんなことでヒヤヒヤさせるんじゃないよ。

「……？　トーリ、汗がすごい。疲れた？」

「も、問題ない！　そ、それでマリーンさん。俺への用事は終わりか？　終わってもいい？」

「ん。それはまた別」

「また別かっ……！」

この子、協調性がないってよく言われたりしてないですか？　と言いたくなる彼女の言動に呆《あき》れながら、俺はもう話題にならないようにとヒヒイロカネを懐に戻す。

正直なところ、この聞きたいことというのが本題なのだろう。でなければ、☆6の冒険者が最近登録したばかりの☆2冒険者の依頼に同行する、なんて事態になるはずないのだから。

(嫌な予感しかしない……さっきピンチを迎えてたってのに、もう次が来るのかよ……！)

顔にこそ出さないが、俺の背中はコボルトの調査前であるにもかかわらず、緊張でじっとりと濡《ぬ》れている。

大丈夫だ、落ち着け、ともう一度己の心を落ち着かせる。

(俺は最強の魔法使い。こんなところで焦ってボロを出すようじゃ、今後どこへ行っても正体を隠しての活動なんてやっていけない……！　そうだ。どんな質問がきたところで、冷静に、かつクールに答えてみせればいいだけのこと。それに相手は無表情マイペースで、いかにも素直そうな不思議っ娘のマリーンさんだ。俺の口が上手《うま》ければ、いくらでも誤魔化すことはできるはず……!!　たぶん……!!)

よし落ち着いた大丈夫だ。

内心はともかく、顔は冷静さを保っている俺。さすが演技派。お芝居だってなんのその。

「聞きたいのは、あなたの魔法について」

「……マ、マホウ？」

おかしいなぁ!? その話題は、今さっき解決したはずなんだけどなぁ!?

あばばばばば、とバグりまくっている内心を他所に聞き返せば、彼女はコクリと頷いた。

「四属性なのは、生まれてからずっと？」

そう言って、彼女は再び俺の目を真っ直ぐに見つめる。

変わらぬジト目ではあるのだが、どことなくその視線に真剣な印象を受けたのは、きっと間違いではないのだろう。ちょっと予想していた質問とは違ったため拍子抜けだったが、彼女の質問に
「ああ」と肯定の意を返す。

生まれてからずっと、というか……そもそも俺の存在自体が異質である。

属性に関しても、これらは与えられたものだ。根本から彼女たちとは異なっているため全く参考にはならないだろうが、転生を生まれ直しと捉えるのならば、その回答はこうなるだろう。

「そう」

俺の返答に無表情ながらもどこか残念そうなマリーンさんだったが、すぐに先ほどまでのぼーっとした雰囲気に戻り、先へ進もうと俺を促した。

「マリーンさん。俺からも聞きたいんだが、属性の数は人によって異なるのか？」

与えられた最低限の知識には、魔法の属性についての情報はそれほど多くない。そしてその属性についても、俺が持つ空間魔法以外については出力がカスであるため、そこまで気にしてはいな

かった。

だが今日の彼女の行動からして、俺が考えている以上に重要な情報なのかもしれない。そう思って彼女へと問いかける。

「属性は才能。魔法を使える人の大半は、魔力を一つの属性に変換できる」

「……一つ、なのか。複数は珍しいと？」

「そう。でも、ボクは水、風、土の三つ」

えっへん、とまた胸を張っているマリーンさん。期待するような目で見てくるのはあれか、褒めろということなのだろうか。

「三つ持ちなんてすごいな」

「むぅ。ボクより多い人に言われても嬉しくない」

どないせえっちゅうねん、と内なる関西人をグッと堪《こら》えて苦笑するに留《とど》める。

「生まれ持った属性の魔法しか使えない。もちろん、例外もあるけど……生まれつきなら、あなたの四つはとてもすごい。初めて見た」

「そうは言っても、初歩の初歩程度しか使えないぞ？」

「もし、もっと魔法が使えたら大成してた」

マリーンさんは本当に残念そうに肩を落としてみせると、依頼の続きだと言わんばかりに北へ向かって先に歩き出す。

そんな彼女が追い抜きざまに言った。

「いつか、ボクもそこに追いつく」

まるで宣言するかのように、先ほどまでの彼女と同じ人とは思えないほどの意志の籠《こも》った言葉。言葉の意味はあまり理解できなかったものの、なんとなく彼女の中での俺が、その辺の一般モブから格上げされてしまったような気がした。

危機は乗り切ったけど……別の意味で目をつけられた、かな……？

はぁ、と小さくため息をついた俺は彼女の後を追う。そこからしばらくの間、彼女と俺は特に何も話すことなく黙々と歩き続け、目的地である岩壁へとたどり着いた。

近くの草木に身を隠して様子をうかがってみれば、岩壁にできた洞窟の出入り口付近に二匹のコボルトの姿が見える。

話に聞いていたとおり、見た目は二本足で立つ犬そのもの。鼻をヒクつかせているのを見るに、あれは見張りなのだろう。警戒しているのがよくわかった。

こちらが風下になるように隠れているため、臭《にお》いで見つかることはないと思うが……さて、ここからどうするか。依頼はあくまでも調査であるため、巣の場所とコボルトのおおまかな数さえわかれば撤退してもいいはず。

「マリーンさん。とりあえずは、ここでしばらく様子を――」

「【水牢獄《すいろうごく》】」

隣で一緒に様子を見ていたマリーンさんに声をかけようとしたが、彼女は大きな杖《つえ》をその場で軽く振るって魔法を唱えていた。

すると、洞窟の出入り口で見張りをしていた二匹のコボルトの頭が、たちまち水の塊で覆われてしまう。いきなりの出来事に鳴き声をあげようとしたコボルトたちだったが、ブクブクと口から気泡を吐き出してもがくだけだった。

やがてコボルトたちは白目を剥《む》いて、その場にドサリと崩れ落ちる。

「さ、さすがだな……」

「……まだ。【大瀑水《だいばくすい》】」

その手際の良さに思わず言葉を零した俺だったが、彼女は止まることなく再び杖を振るった。

今度はどんな魔法が出るのかと少しばかり内心でワクワクしていた俺だったが、彼女の頭上に出現した巨大な水の塊を見て思わず顔をひきつらせた。

「……あの、マリーンさん。いったい何を――」

「発射」

何をするつもりなのか。俺がそう問いかける前に、彼女の杖がコボルトたちの巣になっているであろう洞窟に向かって振り下ろされ……そして彼女の頭上に浮いていた巨大な水の塊は、極太のレーザーのようになって一気に洞窟内部へと流れ込んでいった。

ドドドドドドドドォオオ!! という轟音《ごうおん》が辺りに響き渡り、岩壁周辺に生息していた小型の魔物たちが一斉にその場から逃げ出す様子が見て取れる。

その直後。

一部の岩壁の表面が、まるで内部で何かが爆発したように一瞬だけ膨れ上がる。そして最後には、チョロチョロとあちこちの岩壁から水を噴き出し始めた。

思わず、俺の顔が真顔になる。

「討伐、完了。ぶい」

「……調査だって知ってる？」

「……討伐も同じこと」

「違うよ？」

無表情でこちらに向かってピースサインを向けてくるマリーンさんは、俺の言葉にプイとそっぽを向いていた。いやまぁ、危険だったから結局は同じかもだけどさ。

その後、水が引いてから、念のためにと彼女と二人で洞窟内部を見て回ったが、内部にいたコボルトたちはすべてお亡くなりになっていることが確認できた。

帰り道、マリーンさんは再び無表情で俺にドヤってみせた。

……いや、俺がいた意味ありました？

EPISODE 4　昇格試験

「そっち行ったぞ！　気をつけろ！」

「ダメ、魔法が間に合わない！」

「俺が防ぐ……！」

冒険者パーティ《黒鎧《こくがい》の花》。

《白亜《はくあ》の剣《つるぎ》》と同じくボーリスを拠点としている彼らは、リーダーが☆5の冒険者であり、他三人のメンバーも☆4と、ボーリスの中でもそれなりに名の知られているパーティであった。

そんな彼らはこの日、長く活動の中心としていた《帰らずの森》の中層部から深部へと活動域を広げようと、さらに奥へ足を踏み入れていた。もちろんそのための準備も万全。中層部と深部では魔物の強さが桁違いであることも理解したうえで臨んでいた。

「結果、深部に入ってすぐこうなるのか……!?」

辺りを見渡せば、自分たちを取り囲んでいたのはアーミースケイルの群れ。

一匹一匹なら問題はない。しかし……

「数が多すぎる……！」

取り囲むアーミースケイルの数は二〇匹を優に超えている。

調べた限りでは、アーミースケイルの群れは多くとも十匹程度。こんな数が群れとなっているという、彼らにとっては想定外の事態に、リーダーの男は歯噛《はが》みした。

明らかにおかしい。

「それともこれが深部の……《帰らずの森》本来の姿だっていうのかよ……！」

「文句を言うなら生きて帰ってからにしろ！　来るぞ！」

「目眩《めくら》ましの魔法で逃げる!?　それとも最後まで戦う!?」

「まずは包囲網を突破する！　魔法は一点集中で撃ち込め！　空いたところを抜ける！」

四人背中合わせになり、各々《おのおの》の武器を構える《黒鎧の花》。

リーダーの指示に頷《うなず》いた女魔法使いは魔力を練り始め、魔法の発動まで彼女を守ろうと他の面々は一歩前に出た。

そして最奥にいた個体の鳴き声を合図に、取り囲んでいたアーミースケイルが一斉に動き出す。

リーダーが大盾を使ってアーミースケイルの突撃を防ぎ、他二名が斬りかかる。

何匹かを相手にしたところで、土魔法【土喰《どぐう》】が発動。周囲の土が盛り上がったかと思えば、数匹のアーミースケイルを包み込んで土中へと引きずり込んでいく。

「走れ！」

リーダーの合図で一斉に駆け出す《黒鎧の花》の冒険者たち。

走り抜ける際に背後に土の魔法で壁を作り出した魔法使いのおかげもあり、彼ら四人は無事にアーミースケイルの包囲網を脱することができた。

そのことに仲間の一人が「やったぞ！」と声をあげるのだが、最後尾を走っていたリーダーが頭上にさした影に気づいて叫んだ。

「ッ⁉　上だ！」

「「え？」」

前を行く三人の声が重なるのと同時に、三体のアーミースケイルが頭上から奇襲を仕掛けてきた。

着地と共に彼ら三人を組み伏せたアーミースケイルは、獲物を捕らえたことに喜んでいるのか天に向かってギャギャギャギャと吠《ほ》えた。

「待ち伏せだと⁉　いったいどうなってやがる……！」

「ぐぅ⁉　この……離せ‼」

「い、痛いッ！　爪《つめ》が食い込んで⁉」

「お前ら⁉　くそっ！」

三人を助けようと剣を抜いたリーダーであったが、その行く手を阻むように他のアーミースケイルが取り囲んでいた。

仲間を助けることも、逃げることもできない。

ここまでか……！　と《黒鎧の花》のリーダーが諦めかけた、その時だった。

「【断裂】」

ザンッ、と取り囲んでいたアーミースケイルも、仲間を押さえつけていたアーミースケイルも、一匹残らずその首が断たれて地に落ちた。

あまりに突然の出来事に目を見開いた《黒鎧の花》の冒険者たちは、誰かが助けてくれたのかと辺りを見回す。

すると、魔法使いが「見て！」と空を指さした。

「あれは……」

見ればそこには、空に立つ人影があった。

「黒ローブに仮面⁉　もしかして、《白亜の剣》を助けたっていう……」

「おいおい……そいつって、竜種を倒したって奴だろ……⁉」

「助けて、くれたのか？」

四人が見上げる中、件《くだん》の人物は何も告げることなくその場から姿を消した。

まるで夢か幻か。しかし、彼らが助けられたという事実に変わりはない。

「ギルドの冒険者の間で、助けられたという話は聞いたことがあったが……まさか、本当だったとはな……」

「なぁ、その話は帰ってからにしようぜ。まだここは深部なんだ。先に安全圏まで撤退したほうがいい」

「……そのとおりだな。全員、急いで帰還するぞ！」

リーダーの言葉に頷いた仲間たちは、その後無事にボーリスのギルドへと帰還することになる。

そして彼らが助けられたという話もまた、《帰らずの森》での噂話《うわさばなし》に加わることになるのだった。

◇

くふふ……少しずつ、少しずつ俺の噂が広まっている、はず……！　昨日アーミースケイルから冒険者を助けたので、これで人助けは三件目か？

そんな感じで《帰らずの森》での人助けに勤《いそ》しんでいた俺である。

というのも、俺は気づいたのだ。アイシャさんたちを助けてから、謎の魔法使いとしてまともに活動していなかったという事実に……！

いや、警戒しなきゃならない人たちがいるのは重々承知しているんだが、あんまりにも活動してなさすぎて忘れられてしまうのも、それはそれでどうなのかと思った今日このごろ。

そんなわけで、魔法使いとして活動するために仮面を作成した俺は、誰にも見つからないように《安らぎ亭》の部屋から【転移】で《帰らずの森》へと向かい、そこで見つけたピンチの冒険者を助ける、というムーブをここ最近で続けていたりする。

だが、まだ酒は飲まない。これはいわゆる下準備だ。

いつか俺が魔法使いとして大きな活躍をしたときに、この活動はきっと意味のあるものになる……と思う。

「まだギルドじゃ、それとなく噂がある程度だが……何事も継続が大事だ。いつかのために、頑張るぞ俺……！」

えいえいおう！　と一人気合を入れた俺は装備を確認して部屋を出る。

それに一段と気合が入っているのは、☆３への昇格試験を受ける予定だからだ。

昇格すれば、今よりも高い報酬の依頼を受けられるようになるうえに、色々と俺にとっての恩恵も大きい。

「さぁやるぞ、昇格試験！」

俺は街へと繰り出した！

「むむむ……」

「……」

チラと後ろに目を向けてみれば、慌てたように建物の陰に隠れる人影が見えた。なお、隠れているつもりなのだろうが、ローブの裾がチラチラとはみ出ていたりする。

とりあえず気づかないふりをして歩き出せば、後ろの人影も隠れながら俺に合わせて移動を始めた。フードで顔を隠しているようだが、顔が隠れているだけでフードからはみ出ている金髪もそのままだし、なんならローブも前を閉めていないため中の服装が丸見えだ。武器もそう。

いや、なんで《白亜の剣》のアイシャさんが、俺のことをつけてるんですかねぇ……。

《白亜の剣》のリーダー、アイシャ・ガーデン。ボーリスどころか、ここグレーアイル王国でも名の知られた☆6冒険者。そんな彼女がここ最近、なぜか俺の後をつけているのだ。下手だけど。

幸い依頼先にまでついてくるようなことはないのだが、街中を歩く際には隠れて俺のことを見ていることが多い。すっごく下手だけど。

素人の俺にもまるわかりの尾行って何？　頭隠して尻隠さずという言葉は彼女のためにありそうな気さえしてくる。

……まぁ、そんなことはさて置いて。問題は、なぜ彼女が俺を嗅ぎまわっているのかということについてだ。

まさか怪しまれているのだろうか……俺が、彼女らを助けた魔法使いだと。

何を根拠に彼女がその事実にたどり着いたのかはわからないが、そうなると途端にまずい話になってくる。

だがしかし、それならそれでもう接触してきてもいいはずだ。だというのに、彼女は俺の後をつけるばかり。となると、怪しんではいるが確証を持っていない、もしくはそもそも後をつけている理由が全く別のものだという可能性もある。

何はともあれ、彼女の真意がわからない以上は下手にこちらから刺激しないほうがいいだろう。しかし、あれだけまるわかりの尾行はありがたい。要は彼女が見ている前で俺が怪しい行動をしなければいいだけだ。

とはいえ、勝手に後をつけられて監視されているというこの状況。一言くらい何か言ってやりたいのもたしかだ。なので、意趣返しに少しだけ彼女をからかうことにする。

「あ、そういえば忘れ物があったなー」

クルリと踵《きびす》を返して後ろを振り向けば、視線の先にはバッチリと変装しているつもりのアイシャさんがいた。

彼女は急いで物陰に隠れようと辺りを見回すのだが、身を隠せる物陰がないことは俺が確認済みだ。そのまま《安らぎ亭》へ帰るため彼女に向かって歩き出せば、「え、あれ……!?」と慌てふためいている。

この状況で彼女はどうするのか。内心で笑いを堪《こら》えていると、彼女は何を考えたのか急いで近くの壁に駆け寄り、そしてこちらに背を向けた状態で頭を抱えて蹲《うずくま》った。

これに懲りて、尾行をやめてくれるのが一番いいんだが……。

彼女の後ろを素通りしながら苦笑を浮かべた俺は、そのまま《安らぎ亭》へと戻ってから再びギ

ルドへと向かうのだが、《安らぎ亭》を出てすぐのところで待ち伏せしていたアイシャさんを見て、気づかれないように小さくため息をつくことになる。

そしてアイシャさんはバレバレの尾行をやめることはなく、結果的に俺は彼女を連れたままギルドまでやってきていた。わざわざ時間を空けて入ってくると、彼女は一直線に酒場の席に向かっていく。どうやらあそこから俺の様子を見るつもりらしい。

はぁ、とため息をつくと「どうしたの？」とちょんちょん肩を突《つつ》かれた。見ればいつもの無表情でマリーンが首を傾《かし》げている。

特に約束などはしていなかったはずなのだが、ギルドに足を運んでいたようだ。

「いや、なんでもない。それよりもう来てたのかマリーン。早いんだな」

「ん。トーリはどの依頼を受ける？」

尋ねてくるマリーンの言葉に対して、俺はニヤリと笑ってみせる。

「それだが、今日は昇格試験の申し込みをしようかと思ってな。いい加減俺も、☆3くらいにはなっておかないとだ」

「おお……トーリなら、大丈夫そう」

「だろ？　まあ昇格したら教えるよ」

わかったと頷くマリーンに、せっかくだし軽く何か食べようかと酒場の方へ一緒に移動する。

思えば、マリーンとの関係も当初とはずいぶんと変わったものだ。こうして呼び捨てにしていることに、自分でも驚いているくらいだしな。

本当は、あまり関わり合わないほうがいいんだろう。

正体バレの危険がある以上、彼女との接触は極力避けたほうがいいのはわかっている。だが、あれからギルドで顔を合わせれば、彼女の方から話しかけてくるようになったのだ。

俺の立場としても、表立ってこの有名人を邪険に扱うのは気が引けるし、そうでなくても年下の女の子を無視するのは憚《はばか》られるというもの。

その結果、今のようにギルドで会えば話をして、時折俺の依頼についてくるという謎現象が起きていた。

☆6冒険者が☆2冒険者の依頼についてくる理由を聞いてみたのだが、たった一言だけ「興味」という言葉をいただいた。

本当に、コミュニケーション力をなんとかしてほしい。

「そういえば、お仲間さんはもうすぐ復帰するんだろ？」

「ん。杖《つえ》を新調した。見てほしい」

「話を聞けい」

「おまたせしましたー！　こちら注文のお品でーす！」

なんとかしてほしい（懇願）。

酒場の同じテーブルで、一人モゴモゴとパンを頬張《ほおば》るマリーンに突っ込みを入れながら、俺もアッポゥというリンゴによく似た果実のジュースをグイと呷《あお》る。

酒はまだ飲まない。それは以前に決めたことだ。

「そういえば、サランが復帰する」

「そうだな。今まさに、俺はその話をしてたんだよ」

そして思い出したかのように先ほどの話題を振ってきたマリーンに、思わずため息をついた俺は悪くないはずだ。

「よかったじゃないか。また仲間と冒険できるんだし」

「ん。ボクも嬉《うれ》しい。でも、トーリとは一緒に依頼ができなくなる」

心なしか、食べる速度が落ちたように見える。

相変わらず表情の変化は乏しいが、そのぶん行動に感情が出ているのはこいつの癖なのか。

少し俯《うつむ》きがちになりながらモゴモゴとパンを頬張るマリーン。そんな彼女に、俺は「気にすんなよ」と声をかけた。

「そもそもの話、☆2の俺の依頼に☆6のマリーンが一緒に来てくれたのが夢みたいな話だったんだ。他の奴からすれば、喉から手が出るほど羨《うらや》ましいことだろうしな」

「ん。存分に褒めてジュースを奢《おご》ることを許す。友達なら、むしろ当然」

「調子に乗らんでよろしい」
☆2が☆6に向けて言う言葉ではないのだが、いつの間にか頬をパンでいっぱいにして胸を張っている姿を見るに、機嫌は良くなったのだろう。
そんな彼女に呆《あき》れた目を向けながらため息をつくと、パンでパンパンになった口の中を処理したマリーンが「むぅ」と膨れた。

彼女の身の丈以上の杖で足を軽く小突かれる。

「まぁ、俺は俺で頑張るよ。自分のペースで気ままにな」

酒場の店員さんにジュースのおかわりを頼むついでに、もう一杯追加でジュースを注文する。

そしてすぐに注文したジュースが届くと、店員さんが俺とマリーンの前にコップを二つ置いて下がっていった。

「ん？　ボクのジュース？」

「大したことはないが、奢りだよ。友達のパーティメンバーが復帰するんだ。少しくらい、祝ってもいいだろ」

「……ん。ありがと」

どういたしまして、とマリーンと一緒にジュースを呷った。

俺のことを友達だと言ってくれているのは、彼女自身の本心なのだろう。実際、こいつはそんなところで嘘《うそ》をつくような奴ではないし、そもそも嘘が苦手なタイプだ。天然ボケではあるが。

もちろん、異世界で初めての友人認定だ。嬉しくないはずがないし、俺自身も冒険者としてこいつと関わることが多くなったため、情がないと言えば嘘になる。

だがそれは、俺自身の目的から少し遠ざかることと同義だ。

俺は酒場の片隅で噂を聞く程度のモブでいい。剣士の俺が表舞台に上がるのは本意ではない。だからこそ、表舞台にいるであろう彼女と俺自身が関わりすぎるのは、本当なら遠慮するべきことなのだろう。

（ただ、まぁ……）

目的はあれども、それを理由にして友人を蔑《ないがし》ろにするほどではない。

「それで？　たしか今日はパーティメンバーと久しぶりに集まるんだろ？」

「ん。《白亜の剣》のハウス」

「宿暮らしの俺とは、無縁の世界だなぁ……」

街の中央広場付近にあるという《白亜の剣》のパーティハウス。

一度マリーンの用事とやらで近くまで寄ったことがあるが、それはもう《安らぎ亭》がかわいそうに思えるくらいの立派な建物だった。

白亜の名のとおり真っ白の豪邸のような家は、さすがリーダーが貴族なだけはあった。

なお、中に連れ込まれそうになったときは全力で抵抗した。

「あ、そういえばマリーン。そっちのリーダーさんのことで聞きたいことがあるんだがいいか？」

「……アイシャの胸は大きいよ？」

「おい待て。どうして俺がそれを聞くと思った？」

無表情のほっぺたを軽く摘《つ》まんで引っ張ってやれば、彼女は「いふぁい」とだけ口にして、こちらを見ていた。おそらく、これでも睨《にら》んでいるつもりなのだろう。ほんの少しだけ眉を顰《しか》めていた。

「そういうのじゃなくてだ。《白亜の剣》のリーダーであるアイシャさんから、何か俺のことについて聞いたりしているか？」

「……？　どういうこと？」

「いやほら、最近はたまに俺と組んで依頼に来てくれたりしてただろ？　それについて、何か言われてないかと思ってな」

まぁ、すぐそこで俺たちの様子を覗《のぞ》き見していらっしゃるのだが……そのことには触れずに、俺はマリーンに問いかける。

アイシャさんが俺を尾行している理由について何かわかるかと思ったのだが、この様子から察するに、マリーンはアイシャさんから何も聞かされてはいないのだろう。すぐさまそれらしい理由に切り替えれば、視界の端でフードをかぶった人影が大きく息を吐いているのが見えた。

「大丈夫」

「そうか、ならよかった」

「アイシャの胸は、大きくて揉《も》み心地が良い」

「何もよくなかった……！」

ガタンッ！　と視界の端のフードがテーブルに頭を打ちつけて伏せているのが見えた。

俺は全く悪くないんだが……本当、なんとかしたほうがいいと思いますよこの子。

「えーと……あ！　師匠！　そんなところ……にぃ!?」

両手で顔を覆いながら天井を仰いでいると、また新たな冒険者がギルドへとやってきた。

見た目は中学生ほどだろうか。マリーンよりも少し背が高く、淡い桃色の髪をツインテールにした彼女は、マリーンを見つけると嬉しそうに飛び跳ねて手を振っていた。

しかし嬉しそうなその顔は、俺と目が合ったことですぐに引きつったものへと変化し、そして次には敵でも相手にしているような顔で俺を睨んでいた。

いやあの……俺が何かしましたか？

「……ふぅっ。トーリ、ジュースありがとう。迎えが来たから、そろそろ行く」

「お、おう……そうか。なら、俺も依頼を受けてくるかなぁ……」

マリーンがコップに残っていたジュースをグイと呷って立ち上がったのを見て、俺も依頼を受けようかと一緒に席を立つ。

すると彼女は一歩俺の方へと詰め寄り、服の裾を軽く引っ張ってきた。

見れば、いつもの無表情がこちらを見上げている。

「ん。トーリも、友達は頼る」

「……あいよ。ほれ、さっさと行ってこいって。じゃないと、視線だけで呪われそうなんだわ」

ほれあそこ、と彼女にだけわかるように指し示せば、先ほどの少女が遠巻きにこちらを睨み続けていた。

たしか彼女は、《火妖精》のウィーネと呼ばれる、マリーンと同じ《白亜の剣》所属の魔法使いだったはず。

「ん。それじゃあ行ってくる。昇格、頑張って」

「おう、またな」

酒場から立ち去っていくマリーンは、ウィーネさんと合流してそのままギルドから出ていった。

その際、一人俺の方を向いたウィーネさんがガルルル！　とまるで威嚇するように睨んでいた。

そして二人の後を追うように、フードで顔を隠したアイシャさんも一緒にギルドから出ていった。

みんなで集まるという話だったため、パーティハウスに帰ったのだろう。

なんだったんだと苦笑しながら、俺はコップに残ったジュースを一気に呷る。

「さて、と。どうしたもんかねぇ」

マリーンたちが去ってから貼り出されている依頼を見に行くのだが、露骨にこちらを見て陰口をたたき始める周りの冒険者たちの姿が視界の端に映った。

まぁ気持ちはわからなくもない。何せマリーンは☆6の選ばれた冒険者で、本来なら話すどころか関わることさえ難しい雲の上の存在でもある。しかもあの見た目とくれば、彼女を好く冒険者も多いだろう。

そんな相手と、ああして話す上に食事まで共にしているのだ。やっかみを受けるのも納得のいく話ではある。迷惑でしかないが。

(☆2の《新人遅れ《オールドルーキー》》風情が、とか思われてるんだろうなぁ)

おまけに数回とはいえ、俺の依頼にマリーンが同行するのも見られている。当然ながら、最初以外は同行を許しても手を出すことは控えてもらっているし、手を借りるのはどうしても人手が必要なときくらいなものだ。

だがそれを説明したところで理解してくれるような奴はいない。最近ではマリーンに依頼をやらせて楽をしているという、少し考えればおかしいとわかる噂が広がっているとエリーゼさんから教えてもらった。

中には、俺が《帰らずの森》で助けた冒険者の姿もある。なんて恩知らずなんだ。俺だってことが知られていないから仕方ないとは思うけども！

そんなわけで、以前は同ランクの冒険者に嫌われていた俺であるが、この二ヶ月の間ですっかりギルドの冒険者ほぼ全員から嫌われてしまったわけだ。本当になんで？

ちゃんと味方してくれているのは、受付のエリーゼさんとマリーンくらいなものだろう。ギルドからも注意はしてくれているらしいが、そこまで効果があるようには思えない。

ちなみに、《白亜の剣》以外にも女性冒険者は少ないながら在籍しているのだが、そんな彼女らもマリーンにやらせているという話を本気にしているらしい。

（仕方ないか。交流もろくにないんだし）

逆に考えれば非常に楽しいともいえる状況だ。

なぜなら、そんな男がここにいる誰よりも強い魔法使いなんだ。ギルドで一番の嫌われ者が実は最強の魔法使いなんて、最高に盛り上がるじゃないか。

（そんなわけで、嫌いたいならどうぞご勝手に。俺はソロでの活動を続けるし、すぐに☆3に昇格してやるからなぁ！）

そうやって内心で自身を鼓舞するように盛り立てながら、誰にもバレないようニヤリと笑うのだった。


「えっと、トーリさん。☆3への昇格試験なのですが……パーティでの護衛依頼となりますので、どこかのパーティと組んでいただかないと……」

俺はまた頭を抱えた。

◇

「なぁおい。あそこ、受付で頭抱えてる奴。誰かわかるか？」

「へい？」

ギルドの酒場で飲んでいた一人の男が、昇格試験の条件を聞いて頭を抱えるトーリに目を向けると、一緒になって飲んでいた手下の冒険者たちに尋ねた。

そして男の視線の先にいたトーリを見て、「ああ、あの男ですかい」と頷いてみせる。

「たしか、トーリ……とかいう冒険者ですぜ、ありゃ。ここ最近になってから登録した野郎で、なんでもすでに☆2に上がってるんだとか」

「……へぇ」

「ただ二十《はたち》超えてから冒険者になったとかで、《新人遅れ《オールドルーキー》》なんて呼ばれてるんだとか」

「元兵士とか傭兵《ようへい》ならともかく、あの年になってから冒険者登録した変人ですぜ。それに最近じゃ、あの《魔女》のお零《こぼ》れにあずかってるとかで、低ランクの冒険者たちからの評判も悪いって話でさ。それで、あいつがどうかしたんですかい？」

ここそこと、周りに聞かれないように小声で話す手下の言葉に、男はにやりと笑ってみせる。

「なぁに、邪魔になりそうな成り上がりは……いつもどおり減らすに限るって話だ。食い扶持《くぶち》が減っちゃ、お前ら《蛇の巣》もたまったもんじゃねぇだろ？」

「クク……目がそうは言ってませんぜ。弱い者虐《いじ》めが好きなだけでしょう？」

一人の言葉に、他の手下たちも違いねぇと笑い出す。

ゲラゲラと笑い声をあげている酒場の一角を見た他の冒険者たちは、彼らの姿を一目見ると、関わり合いにならないようにと自ら距離を取っていた。

「で、今回はどうするんで？　前は恋人の女で釣って、二人仲良く森でバラしましたが……」

「ああ、あれな。女の方は楽しめたからよかったよなぁ」

「男の方も、結局は行方不明で終わったしな。いや、いい仕事をしたもんだぜ」

手下の男たちが話すのは、以前トーリのように名を上げ始めた冒険者のことだ。

他の冒険者たちよりも才能があった彼は瞬く間に冒険者としての☆を上げていたのだが、そんな折にこの男たちに目をつけられてしまった。その冒険者がどうなったのか。それは彼らが話していたとおりである。

くつくつと、その時のことを思い出して笑う手下の男たち。そんな中、腕組みをして考え込んでいた男は、「そうだな……」と口を開いた。

「奴には、俺たちが英雄になるための生贄《いけにえ》になってもらおうじゃねぇか」

「英雄……ですかい？」

男の言葉に首を傾げる手下たち。そんな彼らの問いに対して、男はにやりと笑って頷いた。

「邪魔な奴は消える。俺たちは英雄になれる。いいことずくめだ。お前らには、近々話してやるよ」

「命乞いしてきたらどうします？　こっちに協力的になるかもしれませんぜ？」

「その時には仲間にして、また別の生贄を適当に探せばいいんだよ。それに、《魔女》と関わりがあることは事実なんだろ？　上手《うま》くやれば、《魔女》どころか、あの《白亜の剣》の女どもの体も好きにできるかもしれねぇぜ？」

男の言葉で、手下たちはそれぞれ思い浮かべる。

冒険者として遥《はる》か高みの《白亜の剣》の面々は、実力とともにその容姿までもが男たちにとって高嶺《たかね》の花だ。

そんな普通に考えれば手も出せない、汚《けが》すこともできない女たちを、己の手で凌辱《りょうじょく》できる未来を想像し、手下たちは気持ちの悪い笑みを浮かべた。

「さて、そうと決まればお前ら。あの冒険者の悪評をもっと流して、パーティを組めないようにしてやれ。孤立させりゃ、俺たちも楽になるからな」

その言葉に、手下の男たちは「おう！」と酒を呷り、男はその光景を見て小さく笑ってみせた。

彼の名はイーケンス。ここボーリスの冒険者ギルドにおいて《王蛇《おうじゃ》》の通り名を持つ、☆５の冒険者である。

◇

「どうしたもんかねぇ……」

依頼をこなして《安らぎ亭》へと戻った俺は、オヤジさんの微妙な料理を食べて部屋に籠《こも》ると頭を抱えて項垂《うなだ》れた。

「まさかここにきて、周りからよく思われていない状況が仇《あだ》になるとは……」

ギルドにおける冒険者のランクを表す☆は、その冒険者のギルドや街、国に対する貢献度で定められている。

そのため依頼を達成すればその分だけ貢献度は上がっていくのだが、☆３以上へのランク昇格には貢献度だけでなく、昇格試験というものが発生する。

ただ依頼をこなすだけでいいなら、☆１の依頼を大量に達成してしまえば昇格の条件を満たしてしまう。

特に☆３からは魔物の討伐や隊商の護衛も依頼として受注できるようになるため、実力の伴わない冒険者に依頼を受けられるのはギルドも依頼主側も困るのだ。

だからこその昇格試験。

エリーゼさん曰《いわ》く、☆3への昇格試験内容は、実際の隊商に見立てた試験官役のギルド職員を護衛しながら目的地へ向かい、帰還することである。

せいぜい一週間程度の試験ではあるが、その中で野営や護衛の立ち回りなどを見るのだとか。

まぁ基本は試験官のギルド職員の指示に従い、夜番や周囲警戒などを行えばいいとのこと。

ただ問題として挙げられるのは、この試験は複数人で行う必要があるということだ。

「そりゃ一人で護衛依頼なんてこなせるわけないもんな……」

そもそもの話、護衛依頼なんて☆3になっても受けるつもりは毛頭ないのだが、昇格すれば色々と便利なため、できれば昇格しておきたい。

まずは受けられる依頼の幅と範囲が広がること。

☆2の状態だと、《帰らずの森》の浅い部分での魔物討伐が主な依頼内容であるが、☆3にもなればさらに奥の魔物の討伐依頼が受けられるようになる。

もちろん、自己責任で☆2でも奥に進むことはできるのだが、そこで☆3の依頼に当たるオークを討伐したとしても素材買い取りの稼ぎのみとなる。

逆に☆3であれば、事前に依頼を受注しておくことでその達成分の報酬が上乗せされる。

ほかにも、☆3になることで近隣の農村部等への遠征依頼を受注できることも利点だろう。

☆3への昇格試験は、言ってしまえば『この冒険者は数日かかる依頼でも道中は問題ない』と判断できる指標になるのだ。

そのため、今まではボーリスから日帰りの距離までの依頼しか受注できなかったが、☆3となればその制限もなくなり、自身の足で遠出して依頼を受けることも可能となる。

俺としては、これが一番の利点だな。

「空間魔法の【転移】を最大限生かすには、最初に自らの足でその場所に赴く必要がある。だからこそ依頼として一度行けば不自然でもないし、次からはすぐに【転移】での移動ができるようになる。生かさない手はないだろうさ」

それにこの世界におけるもっとも速い移動手段は、プロプトホーフと呼ばれる馬に似た魔物に牽《ひ》かせた馬車である。

まだ生物を移動手段として用いているこの世界において、俺の【転移】がどれほど便利なのかは言うまでもないことだろう。

「わざわざ大変な思いをせずとも、国中のあちこちに移動できるんだ。そのうち『ば、馬鹿な!? あいつはつい先日まで○○にいると報告が……!』みたいな感じにできるかもだし」

ちょっとその場面を想像してにやけてしまった。

やはり欲しい。☆3の冒険者の称号を。

「でも難しそうなんだよなぁ……!」

そして現実を思い返してまた頭を抱える。

昇格試験は、同ランクの冒険者が集まって受けることがほとんどだ。そのため俺も昇格試験を受けるなら、同じ☆2の冒険者たちと試験を受けることになる。

だがそこで問題となるのが、俺のこれまでの実績だ。

要は、短すぎたのだ。☆3への昇格が可能な貢献度を溜《た》める期間が……!

「とりあえず、申請は済ませておいたが……まさか俺以外に、昇格試験を受けられる☆2の冒険者が集まっていないなんてな」

エリーゼさんに聞けば、俺以外のもっとも☆3に近い冒険者は、以前俺に絡んできた二人組だという。

昇格試験を受けるには最低でも四人必要なため、その二人を入れてもあと一人足りていないのだ。

他と比べて、比較的冒険者が多いはずのボーリスでこれなら仕方ないだろう。

エリーゼさんの見立てでは、四人揃《そろ》うのはおよそ二ヶ月後とのこと。

だがしかし、こうした待ちの時間が発生してしまう問題点があるため、ギルドでは大変ありがたい制度が導入されている。

それが☆3以上の冒険者に参加してもらう、というものだ。いわば助っ人である。昇格試験を受けるために、他の冒険者が揃うのを待つことには色々と問題点が多い。

たとえば、昇格目前だった冒険者が突然死したりするのも一つの例だ。そうなると、さらに昇格試験を受けるのに待つ時間が長引いてしまう。そんな問題をなんとかするのがこの助っ人である。

これは☆3以上の冒険者に足りていないメンバーとして参加してもらう制度のことで、少ないながらもギルドから報酬が出ることになっている。

だが、助っ人はギルドが集めるのではなく、試験に参加する冒険者自らが誘わなければならない。

そのためこの制度を利用する冒険者は多くの場合、仲良くしている冒険者に助っ人として入ってもらうのだとか。だが、報酬の割に一週間も行動を制限されるため、仲が良くても断られることがあるという。

つまり、現状悪い噂が立ちまくっている俺には難しい話であるということだ。

「いや……いや、まだわからないぞ……！　あんな噂を、心のどこかで信じていない人がいるかもしれない……！」

幸い、噂が立っているだけで、俺自身は周りの冒険者たちに偉そうな態度も、失礼な態度も取ったことはない。ちゃんと向き合って頼み込めば、きっと心が通じて助っ人を引き受けてくれる冒険者が現れるはずだ。

「そう！　まだ俺の希望は潰《つい》えていないんだ！　大丈夫だ、俺ならできる……！」

「おにーさんうるさーい！　もうねるじかんだよ！」

「はい！　ごめんね！」

自分を励まそうと気合を入れたら、部屋の外からリップちゃんに注意されてしまった。

少しのあいだ聞き耳を立てて扉の外をうかがってみれば、隣の空き部屋の片づけを終えたリップちゃんが下の階へと下りていったのがわかった。

いつの間にか止めていた息を大きく吐き出し、さて、と俺は背負い袋を開く。

取り出したのはお馴染《なじ》み、《サルでもわかる楽しい空間魔法》だ。

もし誰か知らない冒険者と組むことになった場合、今の状態では妨害なんてこともあり得るだろう。あくまでも昇格試験であるため、そんなことをしてくる奴はいないと信じたいのだが、備えておくに越したことはない。自分の身を守れるのは自分だけなのだ。

「最優先で覚えるべきは探索系統の魔法……となると、この【探知】ってやつがそれに当たるか」

現状、俺が使用できる空間魔法は攻撃特化の【断裂】に、防御やそれ以外にも使い道がありそうな【分隔】。さらに荷物の容量を増やす【拡張】に、便利でしかない【転移】。そして【固定】の五つ。

これだけでも活躍なんて十分にできそうではあるが、あらゆる状況で活躍の場を増やすために俺自身がさらに成長する必要があるだろう。

今のうちにある程度新魔法を覚え、昇格試験で試し撃ちするのもありかもしれない。

一緒に行動するのは、俺と同じく冒険者として未熟な十代の若者たちばかりだ。こっそり魔法を使ったところでバレることなんてないだろう。

「【探知】の他に、【圧縮】、【接続】……うんうん、夢が広がりまくるなぁ……！」

またリップちゃんに怒られないようにと、小さな声で天井を仰いだ。

基本的に俺の空間魔法は、【転移】の超長距離移動以外は三次元空間における直交座標を元に使用している。縦横奥行きやXYZ軸とも呼ばれるやつだ。

これにおける原点を自分に置き換えることで、自分からどの距離のどの位置に魔法を使うかを判断しているのが俺の空間魔法だ。例を挙げれば、自分の立つ原点から真上……つまり縦方向に五メートルの位置に【転移】、みたいな。

この考え方に則《のっと》れば、この本にある空間魔法はたいていが習得できる。

「くっふっふ……」

見える、見えるぞぉ……！　昇格試験なのに、なぜか大量の魔物に取り囲まれる昇格試験の受験者たち。

だがしかし、その魔物たちは皆が気づかないうちに俺が魔法でこっそり討伐！　なぜか助かったその状況に困惑する受験者たちは、何が起こったんだと困惑することだろう。

そう！　そこで俺が言うのだ！　さっき茂みに、仮面をつけた魔法使いがこちらを見ていたと！

助けられたんだと！

再び現れた仮面の魔法使いの話題は、瞬く間にギルドで広がりだすだろう。

まさに完璧。俺の作戦に間違いはない……！

「くふふ……ハーッハッハッハァー！」

「おにーさん！」

「はいごめんなさいね！」

楽しみで、あまり眠れなかった。

◇

「お断りだ。なんで俺が《新人遅れ》《オールドルーキー》を助けなきゃならねぇんだよ」

「いや、待ってくれ。少しは話を……」

「ケッ、いけ好かねぇ奴め。いつもどおり一人でやるか、《白亜の剣》でも頼るんだな」

そう言って舌打ちして立ち去っていく男の冒険者の背中を見送った俺は、小さくため息をついて酒場へと向かった。

空いてる席に座って店員さんにアッポゥのジュースを注文する。

（まぁ、頼んでも断られるくらいは考えてたさ。俺の今の評判を考えれば、当然のことだろう）

目の前に置かれたいつものコップを一気に呷る。

（でも全滅ってどういうことだよ……!?　一人くらい話聞けよこの野郎……！　俺は最強の……は、明かせないんだった。はぁ……）

誰も彼も、まともに話す前に断られる。あるいは、さっきのように悪態をつかれておさらばだ。どうやら、俺が考えている以上に俺の評判は最悪だったようだ。というか、前よりも俺の評判悪くなってない？　気のせい？

「おい、あれ見ろよ」

「ああ、なっさけねぇ」

くすくすと、こちらを遠巻きにしている冒険者たちの嘲笑《ちょうしょう》が漏れ聞こえてくる。

なるほど、そこまでして俺を笑いものにしたいのか。【断裂】でハゲにでもされたいか？

（出る杭《くい》は打たれるってやつか？　そこまで出しゃばったつもりはないんだが……やっぱり、マリーンと一緒だったのがよく思われなかったかねぇ）

ジュースのおかわりを頼みながら、ぐるりとギルド内を見回した。

主にこちらを見て笑っているのは、☆2の木板を付けた同ランクの冒険者たち。それと、一部の☆3の冒険者といったところか。

ここ数日でできる限りの冒険者……それも☆3より上の☆4の冒険者にまで話しかけてみたが、反応はどれもこれも同じだった。

みんな、俺を見るなり顔を顰《しか》める。少し前は、ここまで酷《ひど》くはなかったはずだ。

（予想だが、こりゃ意図して悪い噂を広められてるな？）

チラと先ほどの笑っていた冒険者たちを見れば、いい気味だとばかりに☆2の依頼書を手にして受付へ向かうところだった。

助っ人が望めない以上、俺に残された手段はあの☆2の冒険者たちが試験を受ける日まで待つことだろうと、新たに運ばれてきたジュースを再び呷った。

「マジでどうしようか……」

はぁ、とため息をつきながらテーブルに突っ伏した。

周りは見ない。笑われているような気がするから。

……いや、実際笑われてるんだけどさ！

「……ん？」

しばらくそのままの状態でいると、先ほどよりもギルド内が騒がしくなった。

何事かと思って顔を上げてみれば、ギルドの中心にものすごく目立つ集団がいた。

金髪の騎士に、巨大な槍《やり》を背負った褐色肌の女性。緑のショートローブを身に纏《まと》い、弓と矢筒を背にしたフードをかぶった女性に、青い髪に白いローブの魔法使い。そしてその魔法使いの後ろに引っつくように歩く魔法使い。

五人組の女性冒険者だ。

「……あ」

そのうちの、青い髪の魔法使いと目が合った。

「行ってくる」

「え？　何を……ちょ、師匠!?」

タタタと軽快な足音の割にジト目をやめないその顔は、仲間と一緒にいたところで変わりがないらしい。

そいつは俺が突っ伏しているテーブルの前までやってくると、断りもなく向かいの席についた。

「元気？」

「ぼちぼちだよ。久しぶり、マリーン」

そう言うと、目の前の魔法使いは「ん」といつもどおりの短い返事を返し、しばらく俺に視線を向けたあと顔を覗き込んでくる。

「……？　元気ない。何かあった？」

「お、そうか？　いやなに、飲んでたジュースがちょっとぬるくてな。辛気臭い顔してたんなら悪いな」

コップに残ったジュースをゆらゆらと振りながら言ってみれば、目の前の少女は「そう」と一言だけ零して黙ってしまった。

挨拶だけなら早く立ち去ればいいものを、なぜ黙ったまま居座るのだろうか。

「ほれ、お仲間さん待ってるだろ？　俺のことは心配しなくていいから、早いところあっちに合流してこいよ」

「……」

仲間の魔法使いが、とてつもない顔で俺を見ているのだ。マリーンにはぜひともあちらに戻ってほしいところではある。

それに、だ。

マリーンに気づかれないように周りを見回してみれば、先ほど俺を笑っていた冒険者たちがこちらを見て睨んでいた。

(こりゃさらに面倒くさいことになるなぁ)

あまり望ましいとは言えない状況に、内心でため息をつく。

おそらくだが、これで俺が昇格試験を受けられる可能性は限りなくゼロになっただろう。なんてこったい。

「ごめん」

「おん？　なんでマリーンが謝るんだ？」

急に目の前の少女が呟《つぶや》いたその言葉に、俺は首を傾げた。

どこか申し訳なさそうに俯くマリーンは、「噂」とだけ一言告げて続けた。

「ウィーネから聞いた。その、トーリの……」

「……あー、なるほど」

どうやら、ギルド内における俺の評判について耳にしてしまったらしい。

その中で、マリーンと行動を共にしていた件について、周囲で何か言われていることを知ったのだろう。表情こそ変わってはいないが、視線が少し下がっているのを見るに申し訳なさそうなのはなんとなく伝わる。

「別にマリーンのせいだけってわけじゃないぞ？　もともと俺の評判が悪かっただけだしな。むしろ、俺がマリーンの評判を下げてないか心配なくらいだ」

「……ん。それはない」

「ならお互い様だよ。ほれ、この話はこれで終わりだ」

「むぅ……トーリはずるい」

「なんとでも言え。こちとら七つも年上なんだ」

いつものジト目でブーブー文句を垂れるマリーンに対して、ジュースを呷りながら笑ってみせる。

おそらくだが、こうして俺のところに駆け寄ってきたのも、その件について謝ろうとしたからなのだろう。

たしかに、さっき俺が言ったとおりマリーンと関わりを持ったことは原因の一端ではあるだろうが、すべてがすべて彼女が悪いわけではない。というか、そもそもの発端は俺の年齢という、まったく意味のわからない部分が原因である。

謝られたところで意味はない。

なんなら《新人遅れ》《オールドルーキー》なんて名前をつけて、人の年齢を笑いものにしやがって、とさえ思う。二十代は十分若いはずなんだ。

だがそんなことより、できるだけ速やかに俺は彼女にこの場から去ってほしい。

チラと見れば、マリーンの仲間……《白亜の剣》の面々がこちらを興味深そうに見ている。

（マリーン、何でもいいから早くあっちに戻ってくれ……！　下手したら、他の《白亜の剣》の人がこっちに来るぅ……!!）

それは避けたい。ものすごく遠慮したい。

俺がマリーンことを知らなかったため、関わりを持ってしまったことについては仕方ないと諦めよう。結果的に友人関係になれたとはいえ、本来なら縁を持つつもりはなかったのだ。

だが、ここで新たに関わりを持つことになってみろ。俺も全力で隠し通すつもりではいるが、何が原因で身バレするかわかったものではない。ただでさえ、なぜか尾行されているような身の上なのだ。これ以上は勘弁していただきたい。

内心でシッシと手で追い払うが、マリーンはそんな俺の気持ちに全くと言っていいほど気づいていないらしい。

調子を取り戻したマリーンは、店員さんを呼びつけると注文を――

「待て待て待て！　仲間を待たせてるのに、なんで自然な流れで注文しようとしてんだよ!?」

「……あ、そうだった」

「つい」と立ち上がった俺を見上げた彼女は少し顎《あご》に手を当てて考えると、ごく自然な流れでスッと手を挙げた。

「ランページファングのステーキ」

「理解したんじゃなかったのかっ……!!　店員さん、注文キャンセルで！」

いつもの調子に戻ってくれたことについては嬉しいが、それはそれだ。この場所に居座ろうとするんじゃない……！　お前がいればいるほど、俺がピンチになるんだよ……！

「ずいぶんと楽しそうですわね、マリーン」

はよ行け、となおも諦めずに店員を呼ぼうとするマリーンを止めていると、いつの間にそこにいたのか俺たちのテーブルの横に立つ人影があった。

視界の端に映るのは、ミスリルと呼ばれる希少金属でできた鎧《よろい》。

見なくてもわかる。俺、大ピンチ。

「ん。アイシャも食べる？」

「あなたのマイペースっぷりには敵《かな》いませんわ。言ったでしょう？　今日は私《わたくし》たち全員で依頼を受けると。忘れましたの？」

「……ギルドに来るまでは覚えてた」

「つまり今は忘れていましたのね……」

まったくもう、と肩を落としてため息をつく、特徴的な口調の女性。

顔を合わせることができず、まだテーブルへと視界が固定されたままではあるが、顔を見なくてもわかる。

アイシャ・ガーデン。

《白亜の剣》のリーダーであり、貴族。そしてあの日、魔法使いである俺と唯一対面した女性冒険者だ。

あと、尾行が下手な人でもある。今まで陰から見ているだけだったのに、とうとう直接接触してきやがった。

「……それで？　こちらの殿方は、マリーンの知り合いですわね？」

「っ……」

明らかに俺を示すその言葉に、思わずピクリと体が反応する。俺に尾行がバレていないという前提だからか、これが初対面という体《てい》であるようだ。

（……ふぅ、落ち着け、俺……大丈夫だ。結局この人に隙《すき》を見せることはしなかったんだ。俺の正体について、勘づいている可能性はないに等しいはず。むしろ、ここで下手に対応すれば逆に怪し

まれるかもしれないんだぞ）

内心で自分に言い聞かせ、俺は笑みを浮かべて「どうも」と会釈する。すると、マリーンはアイシャさんの言葉にコクリと頷き、「友達」と一言だけアイシャさんに説明してくれた。

「なるほど……あなたがそうですのね。マリーンからお話は伺っていますわ」

伺わなくてもあなた最初から知ってたでしょうよ、とは言わない。

しかしマリーンの奴……いったい他の仲間たちに俺のことをなんて伝えているんだ？　未《いま》だにこちらを睨みつけているウィーネさんの視線がものすごく怖いんだが。

「ア、アハハハ……ソレハ、ドウモ……恐縮です」

できるだけ不快感を与えないように、そして自然な感じで言葉を返したつもりだが、どうにも上手く話せている気がしない。テーブルに向けていた視線がスゥーッと自然に動き、彼女とは真逆の方向にあったギルドの壁が視界に映る。

「聞いていますわよ。ここ最近は、うちのマリーンとよく一緒にいたと。依頼もご一緒していたそうですわね？」

「あー……まぁ、そうですねぇ……」

マリーンが俺のことを話していたということは、当然そういったことも共有されているのだろう。わざわざ尾行していたことも考えれば、俺が四属性を持っていること、ソロで活動していること、そしてギルド内での噂についても把握されていると考えていいはずだ。

「この子ペースが独特だから、何かと大変なことも多かったでしょう？」

「む……アイシャ、失礼」

「ならせめて、依頼中ももう少し周りに興味を持ってくださいまし」

少しばかり不服そうな雰囲気のマリーンが抗議の声をあげると、呆れたような声でアイシャさんが言葉を零した。

そしてアイシャさんはマリーンの肩をポンと叩《たた》くと、未だに彼女を待っている《白亜の剣》の面々を指す。

「とりあえず、マリーンは早く戻りなさいな。ウィーネが待っていますわよ」

「……ん。わかった」

アイシャさんの言葉でようやく立ち上がったマリーンは、一度俺を見て手を振り、そのまま仲間たちの元へと駆けていった。

よかった。これで俺にも安寧が――

「……あの、なぜ対面へ？」

「あら、いけなかったかしら？」

マリーンが抜けたことで空いた対面の席。

何を思ったのか、アイシャさんは先ほどまでマリーンが座っていた席に腰を下ろすと、真っ直《ます》ぐに俺の目を見てにこりと笑った。

真正面からこうして、彼女の姿をしっかり見たのはこれが初めてであるが……絹のような金髪が綺麗《きれい》な女性だった。

「まずはお礼を。私《わたくし》たちの活動がなかった間、マリーンの面倒を見ていてくれたそうで……改めて、感謝いたしますわ」

「え……あ、いや。面倒を見るなんて、そんなたいそうなことはしていませんよ。ただ仲良くなって、なんとなくそうなっただけですし」

「それでも、ですわ。あの子、暇を持て余すとどこかへ飛んでいきそうで……」

「……心中お察しします」

蝶々《ちょうちょう》でも追いかけて迷子になる様子が容易に目に浮かんでしまったため、そっとアイシャさんから視線を逸《そ》らして苦笑する。

「魔法の腕はたしかでも、それ以外の部分がどうしても……抜けているというか、常識をあまり知らないというか。昔うちのメイド長に仕込んでもらったはずなのですが、すっかり忘れてしまい……。コホンッ、失礼。ですので、どこの誰とも知れない男性に騙《だま》されている、なんて噂が出ていると、仲間としては心配になってしまいますの」

ブワッ、と彼女から向けられている圧が増した気がした。

いや、圧という曖昧なものではない。この気配を俺はよく知っている。

魔力だ。

彼女の体から発せられた魔力が、指向性を持って俺へと向けられている。俺以外に周りで反応している者がいないということは、きっとそうなのだろう。

面白い魔力の使い方をするんだなと興味を抱きつつも、表情は緊張した面持ちを維持しておく。

「……俺がマリーンさんを騙している、と。そう考えていらっしゃるんですか？」

「無理に口調を取り繕わなくても構いませんわ。そして真実かどうかはこれからですが、噂がある以上は仲間を心配するのは当然のことではなくて？　《新人遅れ》《オールドルーキー》さん」

「……なるほど、心配だからと言われれば納得もできるわな。で？　実際話してお眼鏡にはかなったかな？　さすがにボーリスでもトップと呼ばれる冒険者に敵視されると、この後の活動がやりにくくて仕方ないんだが」

どうなんだ？　と問う俺の言葉に、アイシャさんは小さく笑った後で首を横に振った。

「私《わたくし》相手に、それも魔力の威圧にも耐えてそれだけ言い返せるなんて、本当に新人なのかしら？」

「はい？」

「なんでもありませんわ。ただ、あなたが私《わたくし》のお眼鏡にかなったのかという話ですが、今この場だけでは、さすがの私も判断しかねますわ」

「へぇ……だったらどうする？　あそこに仲間を待たせて、夜が更けるまでここで話し合いでもするのか？」

受付近くにいる他の《白亜の剣》のメンバーに視線を向けると、マリーンは黙ったままこちらを見ており、ウィーネさんはそんなマリーンにしがみついたまま、まるで犬のようにこっちを見て唸《うな》っていた。

他の二人は特に興味はなさそうで、リリタンさんは依頼の掲示板の前に。もう一人は静かに腕を組んだまま、ギルドの壁にもたれかかっている。

「そう慌てずとも、ちょうどおあつらえ向きなのがありますわ。あなた、昇格試験が受けられず困っているのでしょう？」

「は？　あ、ああ。それはそうだが……ッ!?　おい、あんたまさか」

気づいた俺の顔を見て、彼女は再びにっこりと笑ってみせた。

「私たち《白亜の剣》が、あなたの昇格試験に助っ人として参加いたしますわ。夜空の下でゆっくりじっくりと、存分に話を聞かせていただきます。ふふ……覚悟してくださいまし？」

◇

☆３への昇格試験はボーリスの街の西門から隣町のトルキーまで、試験参加者の冒険者が商人役のギルド職員を護衛しながら向かうものだ。
片道三日、往復で六日。トルキーに到着してからの一日は休みと準備にあてるため、計一週間の日程になる。

（いちおう護衛に必要そうなものは集めたが……抜け漏れとかない、よな……？）

試験に当たって参加者には、二日の準備期間が設けられている。

本格的に護衛依頼を受けるとなれば商人側が準備してくれることもあるが、基本的には野営に必要なものは自身で用意する必要がある。あまりないらしいが、場合によっては食料を提供してくれない隊商があるのだとか。

そのため、こうした事前準備から問題ないかどうかも試験の際に見られるポイントになっているらしい。今回は食料自体はギルド側が用意してくれるとのことなので、道具のみ調達してきた。試験当日の朝に準備したものを職員にチェックされたが、幸い、特に指摘されることもなかったので大丈夫だと思いたい。

だがしかし、そんな荷物の心配など、いま俺が抱えている問題の前では塵芥《ちりあくた》にも等しい些事《さじ》である。

「はぁ……憂鬱《ゆううつ》だ……」

「トーリ、元気ない。乗ってく？」

「お前の馬車じゃないでしょうに……大丈夫だ、問題ない」

プロプトホーフに牽《ひ》かれた馬車から顔を覗かせたマリーンが、クイクイと中を指し示すのを断って歩く。

相変わらず表情は同じだが、少し残念そうに目を伏せたマリーンはそのまま中へと引き下がっていった。

そりゃあ歩くよりは馬車に乗って楽をしたいが、今は護衛の試験中。剣士として真っ先に前に出なければならない俺が馬車の中で休んでいては、試験に落ちる可能性が高くなってしまうだろう。

大変不本意な形であるとはいえ、試験を受けられるこのチャンスは無駄にしたくない。

（無駄にしたくない。無駄にしたくはないが……このメンツで受けたくはなかったなぁ……!!）

チラと前を見れば、俺と同じように辺りを警戒しながらも、試験官役のギルド職員と話している☆6の冒険者《斬姫《ざんき》》アイシャ・ガーデン。

さらに馬車を挟んだ向こう側には、明らかに普通の人には持てなさそうな巨大な槍を背負う☆5の冒険者《剛槍《ごうそう》》リリタンに、姿は見えないが、おそらく最低限のレベルで周囲を探索してくれているであろう☆5の冒険者《獣狩り》サラン。

さらに荷車の中にはボーリスどころか、国でも名高い魔法の使い手である☆6冒険者《魔女》マリーンに、先ほどから恨み節のように俺への呪詛《じゅそ》が漏れ聞こえている☆4冒険者《火妖精》のウィーネ。

……最後の奴だけどうしたんだ本当に。

ともかく、だ。ボーリスだけではなく、国でも有名な冒険者パーティ《白亜の剣》が俺の昇格試験における助っ人枠である。

……

…………

なんでこうなった⁉

（マジで……！　マジで意味がわからない……‼）

いったいどこから選択肢を間違えたのかと考えれば、当然あの日マリーンと知り合ったときなのだろう。今では間違っていたなどと言いたくはないが、それでも少しくらい文句を言わせてもらいたい。

おのれマリーン……‼

これでは……これでは、当初計画していた『こっそり活躍大作戦。～助けてくれたのは噂の仮面の魔法使い！～』が実行できないじゃないか‼

「なーにしけたツラしてんだお前」

気をつけているつもりだったが、どうやら顔に出ていたらしい。後ろから近づいていたリリタンさんが俺の肩をバンッ、と勢いよく叩いてきた。

気づいてはいたが、思っていた以上に強い衝撃に思わず「ウッ⁉」と息が漏れる。

「もっとしゃっきりしとけよぉ～。《新人遅れ《オールドルーキー》》。お前強そうなんだからよ」

後ろを振り返って彼女の顔を見てみれば、快活な笑みを浮かべてケラケラと笑っていた。

学生時代のクラスにいた運動部女子に雰囲気は似通っているが、元傭兵だという話を聞いている。

しかし、それを感じさせない明るい性格をしている女性だ。

だが雰囲気がそうであるだけで、彼女の露出の多い肌の傷痕を見れば、戦場を多く経験してきたことは想像に容易《たやす》い。

「ゲホッ……強い？　俺が……？」

「オレの勘がそう言ってるからな！　自信持っていいぞ！」

「ははっ……そりゃどうも。けど俺は、見てのとおり☆2のただの冒険者だ。そこまで強くないよ」

「だな！　あれ？　じゃあなんで強そうなんだ……？」

なぜだなぜだと一人顎に手を当てて考え始めるリリタンさんであったが、しばらくすると「ま、いっか！」と元気よく俺の背中を叩いた。これで二度目である。

しかし……野生の勘とか、そういうものなのだろうか。なんとなくでも、そんなことを言われるとは思っていなかったため少しだけ焦った。

(おっと。前方斜め左の森の中、複数の魔力反応。マリーンから教えてもらったやり方だが、意外とこれも便利だな)

ヒリヒリする背中を後ろ手で摩《さす》りながら歩いていると、魔力感知に反応が見られた。

この魔力感知というのは、自身の魔力をソナーのように周囲に飛ばすことで辺りの魔力反応を索敵することができるものだ。

一般的に魔物という存在は魔力を持っているため、この方法による索敵を行えばその数や位置を知ることが可能となっている。ただし、それがどんな魔物なのかまでは、判断することができないのが難点とのこと。

また、人を相手にした際、魔力を持つ者には反応するが、魔力を持たない者には反応しないため、盗賊などを相手にする場合はあまり有効とは言えないらしい。過信は禁物、ということだ。

そのくせして、習得するのも難しいんだと。さすが俺としか言えない。

（そして俺が新たに覚えた魔法には、そんな弱点はないに等しい……！　【探知】！）

魔力感知と併用して、俺はこの試験のためにと覚えてきた新魔法を早速《さっそく》試す。

【探知】――その名のとおり、俺を中心とした周囲を探ることができる索敵用の魔法で、その使用用途は先ほどの魔力感知と変わりはない。

だがしかし、その中身はまるで別物……いや、超上位互換と言ったほうが正しいだろう。

魔力感知が魔力のみの反応を探るものであることに対して、俺の【探知】は周囲一帯の空間を把握し、その範囲内における物体の動きを形として認識、リアルタイムで把握する魔法である。

そのため、【探知】範囲内のモノの形が手に取るように理解できる。

（見える、見えるぞ……！　俺たちを遠巻きにして今か今かと襲うタイミングを計っているコボルトたちの姿が……！　ついでに反対方向にいるのはサランさんかな？　木の上で周囲を軽く見回しているのが手に取るようにわかるぞ）

コボルトたちがいるのは、距離にして左斜め前方一〇〇メートルといったところか。こちらが風上ということもあるからだろうが、草木に隠れた森の中からよくこちらを監視できているなと感心もする。

しかし、深淵《しんえん》を覗くとき深淵もまたこちらを覗いているとはよく言ったもの。

貴様見ているな……！　がリアルにできてしまうのがこの魔法だ。

そして一つ使ってしまうと、せっかく使えるように習得してきた他の魔法も使ってみたくなる。

そろり、と周囲に目を向けてみれば、《白亜の剣》の面々が俺の【探知】に反応した様子はない。

マリーンでさえ無反応だ。【探知】で馬車の中を確認してみれば、ウィーネさんに膝枕されて横になっているのがわかる。

魔法を使えば多くの魔法使いはその魔力が使われたことを感覚的に理解できるそうだが、眠っているならバレることはないだろう。

ウィーネさんも魔法使いらしいが、この【探知】に気づいた様子は見られない。魔力感知と勘違いしてくれている可能性が高いと判断した。

（……ちょっとだけ。ちょっとだけなら、バレないはず）

ムクムクと心の中で湧き上がってくる高揚感に突き動かされた俺は、続けて【固定】を使用。こちらはだいぶ前に覚えた魔法で、その効果は名のとおりモノを特定の座標位置に固定することだ。

今回はコボルトを固定した形だな。【探知】を使えば、待ちの姿勢のままコボルトたちが、その場で微動だにしないことを確認することができる。

パチン、と小さく指を鳴らし、【断裂】でコボルトたちの首を断ち切る。

（うーん、まさにパーフェクト）

完全犯罪間違いなしの、完璧なワンサイドゲームにしてワンターンキル。いや、【探知】と【固定】、【断裂】の手順だからスリーターン……？　まぁともかく、新しく覚えた魔法を使うことができて俺自身もハッピーである。

惜しむらくは、これを当初予定していた『こっそり活躍大作戦。〜助けてくれたのは噂の仮面の魔法使い！〜』に利用できなかったことであるが、《白亜の剣》と一緒となると諦めるほかない。

とりあえずは、試し撃ちができただけでも上々だとしておこう。

「トーリ。今、魔法使った？」

「……い、いや？　魔力感知ならしていたが……どうかしたのか？」

馬車から顔を覗かせたマリーンの言葉に、思わず心臓が跳ねる。

慌てて否定してそちらを見れば、そこには目をショボショボさせ、いかにも目覚めたところですというマリーンの姿があった。

馬車の中から、「師匠のお昼寝を邪魔するなぁー！」という声が聞こえてくる。なんで起きたのか、こっちの方が聞きたいっての！

「ん……懐かしい感じがした」

「またそれか。気のせいだと思うが……というか、今まで寝てたのかよ……助っ人って知ってる？」

とりあえず、表面上は彼女が寝ていたことに苦言を呈しておくことにする。もちろん、本音としてはこのまま野営の時間まで眠ってくれても結構だ。

「魔力感知は、もう教えた。これはトーリの試験。だから任せてる」

自信持っていいよ、と無表情のままぐでっとしているマリーンは、そのまま馬車の中のウィーネさんに世話される形で引っ込んでいった。

その姿に苦笑を浮かべつつ、あっぶねと冷や汗を流す。

仮にマリーンも魔力感知で周囲を索敵していた場合、彼女の方には突然魔物が消えたように感じ取れるはずだ。そうなれば、何かおかしいと勘づく可能性もあった。本当におねんね様々である。

「……自重しよ」

魔法を覚えたからと、少し調子に乗りすぎた。男の子特有のワクワクを抑えきれなかったとはいえ、もう少し考えてから行動するべきだったな。

反省反省と己の頬を軽く両手で叩いた俺は、そのまま剣士として辺りを警戒しつつ馬車と並んで歩を進める。

幸いなことに、その日は特に魔物や野盗の襲撃が起こることはなく、俺たち一行は野営の目的地に到着できた。

「よし、今日はここで野営します。トーリさんは準備を進めてください。《白亜の剣》の皆さんは、手伝う場合は最低限でお願いします」

「わかりました」

「手伝う。いっぱい寝た」

「そりゃよかったよ。手伝いは最低限で頼むな？」

試験官の職員の合図でプロプトホーフが足を止める。

すでにボーリスの街を発《た》ってからだいぶ時間が経《た》ち、歩き続けて今は陽が落ちる手前だ。前世の現代日本とは違い、街と街をつなぐ道には街灯なんてものはない。そのため陽が落ちれば辺り一面真っ暗な世界に早変わりだ。

晴れた日であれば月明かりなどで視界は確保できるだろうが、やむを得ない場合以外はどんな隊商でも足を止めて朝を待つ。

試験は、そんな朝までの過ごし方も見られることになるのだ。

そして陽もどっぷりと暮れ、皆が寝静まった夜。当然夜番をする必要があるため、最初は俺がやることになった。

一人で朝まで夜番をすることはリスクしかないため、途中でリリタンさんが交代してくれることになっている。それまでは、辺りを警戒しながらこの場で起きているしかない、のだが……

「さぁ、トーリさん。色々と話を聞かせていただいてもよろしいかしら？」

現れたのは、幾分かラフな格好になったアイシャさん。

まぁ、あの鎧ではさすがに眠れないだろうから当然だが、それでも腰には剣が携えられている。

それが逆に怖い。

「といってもなぁ……何から話す？」

「最初から、ですわね。私《わたくし》もマリーンからある程度は聞いていますが、あなたからも話を聞いて確認したほうがよろしいでしょう？」

「そりゃそうだ」

そうして、俺は焚火《たきび》を挟んでアイシャさんに語り聞かせる。

俺がマリーンと出会った日のこと、そしてそこから今日までの彼女との経緯を。

マリーンが《白亜の剣》の面々に対して何を語ったのか定かではないが、ここは俺なりに正直に話すべきだろう。

色々と彼女たちに含むところはあるが、それはそれ。誠意は示そうとできるだけわかりやすいように話した。

「……そうでしたの」

俺がマリーンとの話を語り終えると、アイシャさんは焚火を見つめたまま小さく呟いた。

「マリーンが友人だと、そう言った理由がわかりましたわ」

「……まぁ、実際友人だからな。ありがたいことに」

「ですわね。あなたと話しているときのマリーンはとても楽しそうですから」

それに、とアイシャさんは続ける。

「私《わたくし》たちにあなたのことを話すときのマリーンも、いつもより楽しそうなんですもの。ギルドではあのように言いましたが、最初からあなたのことは疑っていませんでしたわ」

「はい？　でもギルドで話したときはそんな様子は……」

「あの場であまり友好的だと、他の冒険者からあなたが今以上に疎まれるかもしれませんもの。私《わたくし》の名は、私が思っている以上に大きいようですから」

つまるところ、気を使ってくれた……ということなのだろうか？

今の俺に対する他の冒険者からの評価は、マリーンと仲良くしていることも原因の一端であることは間違いない。だからこそ、あの場でアイシャさんが友好的に接すると、俺の状況はさらにややこしくなる可能性もあった、と。もちろん、俺がマリーンの言うとおりの良い奴ではない可能性も考えてのことだったとは思うがな。でなければ、あんな威圧をしてくるはずがない。

「☆2でしかない冒険者を、随分と信用してくれてるんだな。……ありがたい話だが、その場しのぎの嘘かもしれないぞ？」

「あら、あまり見くびらないでくださいまし。これでも私《わたくし》は貴族として育ちましたの。幼きころより人と接する機会も多かったですし、人を見る目はそれなりにあるつもりですわ」

フフンと得意げに笑いながら、綺麗な髪を靡《なび》かせたアイシャさん。しかし彼女は、「ただ」と俺に指を突きつけてくる。

「自分を下げる発言は控えたほうがいいですわよ？　それはあなたを友人と認めたマリーンにも失礼ですもの」

「……そうだな。すまない」

「ええ。非を認められることは良いことですわ」

ニコニコと笑みを浮かべているアイシャさんに言いくるめられたような気がして黙り込む。

そして時折、焚火に枯れ枝をくべて辺りを警戒しながら、お互いに何も話すことなく無言の時間が過ぎていくのだが、不意に「よかったですわ」とアイシャさんが呟いた。

「……何がだ？」

「あなたも、ギルドでの自分の噂は知っているのでしょう？　噂の人物がマリーンの友人だと知ったときは少し心配でしたが……改めて、《新人遅れ《オールドルーキー》》と言ったことをこの場で謝らせていただきますわ。申し訳ございません」

こっちを真っ直ぐに見つめるアイシャさんに目を向けると、頭を下げる彼女の姿がそこにあった。
☆6の、しかも貴族の生まれともなれば、その頭はそんなに軽くないはずだ。そう内心で驚きながらも、気にしないでくれと手で制す。

「実際、この年で登録したのは事実だ。周りからしちゃ、色々と思うところがあるんだろうさ。物珍しいのはそのとおりだし」

「なぜか聞いてもよろしくて？」

「別に、冒険者になる前に色々とやることがあっただけだよ。魔法も、才能はみそっかすだったが、使えるようにはなったしな」

そう言うと、彼女は納得したようにああ、と頷いていた。

「たしか、四属性でしたわね。魔法の威力はともかく、それだけの属性を持って生まれたのは才能ですのよ？」

「だがその威力がなければ、魔法使いにはなれないだろ？　宝の持ち腐れってやつだ」

「ですが、魔力の使い方は相当上手いですわよ？　今日の護衛でも、あなたはずっと周囲に魔力を飛ばしていましたし……あれ、この辺りの魔物を警戒してたのではなくて？」

「……よ、よくお気づきで」

アイシャさんの言葉に、俺は少しだけ顔を引きつらせながら静かに頷いた。

本当に、調子に乗らないほうが身のためだと再認識させられた日である。幸い彼女も魔力感知だと認識してくれているので助かってはいるが、気をつけないととんでもないミスをしそうだ。

「私《わたくし》にかかれば、どうってことありませんわ！」

俺の内心を他所《よそ》に、そう言って胸を張るアイシャさん。

鎧姿ではないゆったりとした服装だが、とても目立つモノが二つ、服を押し上げているのを見て目を逸らした。

わかる。あれは、でかい。

「ふふっ……剣士で、魔法使いとしての才能はない。けれども、魔力の扱い方に関してはマリーンも認めるほどの腕だと聞いていますわ。そういう意味でも、あの子が興味を持ったことには納得しますもの。私《わたくし》も、本当に剣士なのかと疑ってしまいそうになるほどには、ね？」

何か意味ありげに語りながら俺に視線を向けてくるアイシャさん。

そんな彼女の姿に、俺は肩を竦《すく》めて小さく笑った。もちろん、内心はドッキドキである。

「興味を向けてくれることはありがたいが、変な期待はしないでくれると助かる。期待外れだった、なんてため息をつかれたくないからな」

「安心してくださいまし。それにそうなったとしても、きっとマリーンは変わらずあなたと話すことを楽しんでいますわ。……でもあなた、それだけ魔力の扱いは上手いのに【纏《まと》い】はできませんのね。すごくもったいないですわ」

「……【纏い】？　何だそれ」

ふとアイシャさんの口から出たその言葉が気になって問い返すと、彼女は「あら？」と意外そうな顔をこちらに向ける。

「知りませんの？　魔力を武器や鎧に纏わせる技術ですわ。耐久性能や斬撃の威力向上が見込めますわよ」

「もしかして、体に使えば身体能力が上がったり？」

「よくおわかりで。実は知っていましたわね？」

「いや……その技術については初耳だ」

俺の持つ知識にはない言葉だ。

アイシャさん曰く、【纏い】というのは魔力を持っているが属性に変換する才能がない人……魔力持ちと呼ばれる人がよく使うもので、これがあるのとないのとでは個人の戦闘能力が大きく変わるという。

魔力感知とは違って、これは魔力を持っているならだいたいの人が使える技術らしい。

なるほど。魔法が使えなくても、魔力が扱えれば☆6になれるというのは、こういう理由があるからか。

「……トーリさん。一つ私から提案がありますわ」

「ん？　提案……？」

アイシャさんの言葉に、俺は首を傾げて聞き返す。

すると彼女は急に立ち上がり、その手に持った枯れ枝を俺に突きつけてこう言った。

「マリーンの件についてのお礼と、疑ったことに対するお詫《わ》びです。この私《わたくし》が特別に【纏い】を指導してさしあげますわ！　ふふ……存分に学んでくださってもよろしくてよ！」

「……はい？」

EPISODE 5

パーティハウスへご招待

「試験お疲れさまでした。審査の結果、トーリさんは☆３への昇格が認められました。こちらをお受け取りください」

「ありがとうございます、エリーゼさん」

一週間の行程を終え、ボーリスの街へと帰還した俺と《白亜《はくあ》の剣《つるぎ》》の面々。到着早々に彼女らは自分たちのパーティハウスへと向かったため、ギルドには俺一人で向かったのだった。

なお、マリーンの奴は俺についてこようとしたのだが、弟子のウィーネさんに連れていかれた。いいぞ、もっとやれ。

「ふふっ、おめでとうございます。私が思っていた以上に早い昇格でしたね」

「ま、まぁ、他よりも年《とし》食ってるぶん有利だったかもしれません」

転生チートのおかげも多分にあって少しばかり申し訳ないとは思うが、今は無事☆３まで上がれたことを喜んでおこう。

エリーゼさんから鉄製の小さな板を渡される。

首紐《くびひも》がつけられたそれを見れば、三つの☆が描かれていた。どうやら☆３からは金属板になるようだ。

「ちなみに☆４になれば銅、☆５は銀、☆６は金の板になりますよ？」

「知ってますよ。この一週間で見慣れましたから」

「そういえばそうでしたね。でも、本当によかったです。一時はどうなるかと思いましたけど、特にトラブルも問題もなく昇格してくれましたから」

「……ハハッ、そうですね」

エリーゼさんの言葉に思わず顔が引きつった。

たしかに、第三者から見ればそうなるのだろう。それどころか、他の冒険者からすれば、俺を殺してでも代わりたいと思う奴さえ出てくるかもしれない。

この後の予定が頭を過《よぎ》り、思わず肩を落とした。

「トーリさんの実力なら、そう遠くないうちに☆4へ上がりそうですね。期待して待っています」

「ここまで順調すぎるんですよ。もしかしたら、ここからは上がれないかもですから」

またご冗談を、と笑うエリーゼさん。

たしか、☆3から☆4への昇格、および☆4から☆5への昇格には今回のような試験ではなく純粋な強さを測る試験があるとマリーンから聞いている。

内容もそれなりに難しいため、多くの冒険者は☆3で留《とど》まることが多いのだとか。

まぁそもそもの話、上がれたとしても俺自身にその気はない。これ以降エリーゼさんから昇格を祝われることはないだろう。

ゆっくり休んでくださいと頭を下げるエリーゼさんに礼を言った俺は、一度《安らぎ亭》へと戻るために出口へと向かった。

「チッ……《新人遅れ《オールドルーキー》》が調子に乗ってんじゃねぇぞ」

「……ん？」

その途中、すれ違った冒険者の一団の一人が囁《ささや》いたその言葉が妙に耳に残った。

振り返ってみたが、その一団はすでに受付で依頼の受注に入っており、誰が言ったのかまではわからなかった。

（いや、誰か……じゃないなこりゃ）

全員が俺を見ている、というのは自意識過剰になるのだろうか。

だがそう感じるほど、ギルドの冒険者たちの目が俺に向けられている。これが羨望《せんぼう》やら尊敬の目であればよかったのだが、そういったものは一つもないらしく、ギルド内のあちらこちらから、敵意を孕《はら》んだ視線が向けられているように感じた。

特に酷《ひど》いのは、二つ星が描かれた木板を下げた冒険者たち。

（早く出よう）

長々とここにいても仕方がない。

元から彼らにとって俺は敵なのだ。いくら説いても意味はない。願わくば、自分には関係ないことだと思って、何もせずに距離を取っておいてほしい。

彼らの視線を気にしないよう、早々にギルドを出る。

「すみません、部屋は空いていますか？」

「んお？　……おお！　誰かと思えばトーリじゃねぇか。帰ってきたんだな」

「ついさっき到着したばかりですよ、オヤジさん」

「俺をお父さんと呼ぶんじゃねぇ！」

「呼んでないです」

《安らぎ亭》に戻ると、厨房《ちゅうぼう》から顔を出した人相の悪い男が俺を出迎えてくれた。ちょうど仕込みをしていたらしい。

一週間程度ではあったが、随分と懐かしく感じる強面《こわもて》である。

「どうだ、昇格試験を受けに行ってたんだろ？　結果は？」

「このとおり、無事に昇格しましたよ」

そう言って首に下げた金属板を見せると、オヤジさんはまるで自分のことのように「やるじゃねぇか！」と喜んでくれた。

「おとーさん、どうしたの？」

すると、部屋の掃除でもしていたのだろうか。

階段から顔を覗《のぞ》かせたリップちゃんが厨房にいるオヤジさんに声をかける。

「お、リップか。今ちょうどトーリの奴が――」

「あ、おにーさんだー！」

オヤジさんが言い切る前にばっちりと目が合うと、嬉《うれ》しそうに階段を駆け下りてきてくれたリップちゃん。

そのまま俺の前までやってくると、彼女は「おかえりなさい！」と七歳ながらも恭しくピョコリと一礼した。

「うん、ただいま。いつも偉いね」

「えへへー。リップえらい？」

「そりゃもちろん」と、ニパーっと笑う彼女の頭を撫《な》でつける。

厨房で仕込みの途中であるオヤジさんの眼光が俺を射殺そうとするくらいに鋭くなっているのを無視していると、ふと違和感を覚えた。

「そういえば、俺が帰ってくる日は伝えてなかったと思うんですが……なんでオヤジさん、仕込みしてたんです？　他にお客さんいないでしょ？」

「し、失礼な奴だなおめぇ。まぁそう言われても仕方ないんだが……ふふん、なら聞いて驚けよ？　実はうちの――」

「あのね！　うちのやどにね！　おきゃくさんきたの！」

「……そのとおり！　リップ、言えて偉いねぇ～！」

オヤジさんの言葉に、照れくさそうに笑うリップちゃん。

なるほど。なら、仕込みをしていることにも納得だ。

「おお……！　ついに俺以外にも宿泊客が入ったんですね」

「おう！　まぁ、まだお前さん入れて二人だがな。この調子でどんどん客を確保だ！」

「かくほだー！」

えい、えい、おー！　と親子仲良く腕を突き上げるオヤジさんとリップちゃん。

どんな客なのかを聞いてみれば、俺と同じように最近この街にやってきた冒険者であるらしい。

（最近……なら、俺のことはあまり知らないか）

これが俺のことをよく知る冒険者であったなら、気まずいどころの話ではない。

全員ではないと信じたいが、俺はギルドでの評判が悪いのだ。

そんな俺と同じ宿だと知れば、この宿を出ていかれるどころか《安らぎ亭》のオヤジさんやリップちゃんにまで迷惑をかけてしまう可能性がある。できることなら、俺のことを知る前にオヤジさんやリップちゃんの人柄でつなぎ止めてほしいものだ。

「つと、そうだった。オヤジさん、また部屋を借りたいんですが大丈夫ですか？」

「前と同じ部屋を空けてある。リップ、案内してやってくれ」

「はーい！　おにーさんこっちだよ！」

ルンルン気分のリップちゃんの後について階段を上る。

その途中、前までは客がおらず開けっ放しになっていた部屋の扉が一つ、閉じられているのが見えた。

おそらくだが、あの部屋に俺以外でここに宿を取ろうと思った変わり者がいるのだろう。

「はい、おそうじはしてたからきれーだよ！」

「ありがとう。仕事熱心ですごいじゃないか」

「えへへ……うん！　リップ、おそうじとくい！」

以前使用していた部屋へと案内され、荷物を置く。

お駄賃代わりにこっそりとトルキーで購入していた甘味をあげると、目を輝かせて口に放り込んだリップちゃん。

そのままほっぺを落っことしそうな顔で階段を下りていった。

「さて、それでこの後なんだが……行きたくないなぁ～!!」

ああ～！　と簡素なベッドに寝転がる。

なんてことはない。《白亜の剣》のリーダーであるアイシャ・ガーデンから直々にお呼ばれされているのである。

「【纏《まと》い】を教える、ねぇ……」

曰《いわ》く、魔力を持つものであれば使える技術であり、魔法が使えない魔力持ちにとっては必須とも呼べるもの。

彼女らが別件の対応でボーリスから離れていた間、マリーンの面倒を見ていたことのお礼として教えてくれるのだとか。

「断りたかった……けど！　強さを求める俺としては学びたい……！」

そしてあわよくば、その辺の木で相手の武器を断ち切り、「なん、だと……!?」とか言われてみたい！

魔法使い相手に「近接戦ならば……！」って希望を見出《みいだ》した敵に「剣《これ》ができないとでも？」とか言いたい！

だってそれがかっこいいから……!!

（でもこれ以上他の《白亜の剣》と関わりたくないんだよなぁ）

それも相手はアイシャ・ガーデン。

魔法使いとしての俺が唯一対面し、そして言葉を交わした相手だ。何がきっかけで勘づかれるかわかったものではない。

「……いいや。少し休憩してから向かうことにしよう。ちょっと先の未来の俺、頑張ってく――」

「おにーさん。おきゃくさんきたよー」

「……ん？　客？」

静かに目を閉じようとしたところで、扉の向こうからリップちゃんの声が響いた。

さすがに狸寝入《たぬき》りで無視するわけにはいかないためベッドから下りる。

しかし……いったい誰が来たというのだろうか。こちらはまだ宿についたばかりだし、宿まで来るような知り合いもいない。

《白亜の剣》の誰かか？　とも考えたが、彼女らだってボーリスについたばかりなのだ。そんなにすぐ訪ねてくるとは思えない。

「はいはーい、誰が来たんだいリップちゃ――」

「ぶい。迎えに来た」

扉を開けた先には、いつもどおりのリップちゃんと、いつもどおりのジト目でピースしている青い髪の魔法使い。

今さっきその可能性を否定したばかりだというのに、なぜ彼女はこうも俺の想定を超えてくるのだろうか。

「えっとね。おとーさんが大慌てで、まじょがきたぞーっていって、がおー！　ってやってた！　がおーっ！」

「わん」

「そこはがおーに合わせるところ……じゃなくて。せめて、休むくらいはさせてほしかったよ」

オヤジさんの慌てふためく姿が目に浮かぶ。

そしてため息をつく俺の心の内を察してくれない目の前の魔法使いは、そのジト目を向けたまま俺の腕を掴《つか》むと「行こ」と一言呟《つぶや》いた。

俺はもう一度、小さくため息をついたのだった。


オヤジさんが何か言いたそうに、「おまっ……おまっ……！」と百面相している隣をマリーンと共に通り過ぎ、ボーリスの中央部にある《白亜の剣》のパーティハウスへと向かう。

その道中で街往《ゆ》く人々の視線がマリーンに向けられ、さらにその隣に並ぶ俺を見て……となかなかに注目を集めていた。やはりというかマリーンの奴、冒険者の間だけではなく街の住民らにも広く顔が知られているらしい。

さすが最高位である☆6の冒険者といったところか。

「そう。ボクはすごい」

「すごいのはわかったから、さっさと行くぞー」

周りからの視線を気にしてキョロキョロしている俺に気づいたマリーンが、いつものジト目のまま胸を張る。

「それより、ずいぶんと早く迎えに来たな。もうちょっと後に向かう予定だったんだが……アイシャさんからの指示か？」

「ん。今度王都に行く。お土産何がいい？　ボクはお菓子が好き」

「聞けや話を」

聞いてもないことを話すマリーンを呆《あき》れた目で見ていると、不意にこちらを見た青い目と視線が重なった。

あまり真正面から見ることはないのだが、やはりこうしてみると顔立ちが整った美少女なんだと実感させられる。

……っと。今はそんなこと考えているときじゃなかった。

「わかった。トーリの分のお菓子、ボクが食べてくる」

「何をわかったんだお前は」

ペシン、と目の前にあったマリーンの額を軽く指で弾《はじ》けば、表情は変わっていないもののどこか不満げな様子だった。

「……いたい」

「はいはい。それで？　お前が迎えに来たのはアイシャさんからの指示か？」

額を押さえたマリーンがいつものジト目を細めて一歩下がったことを確認し、再び同じ質問を投げかける。

するとマリーンはフルフルと首を横に振った。

「指示はない」

「……つまりあれか？　マリーンの独断で俺のところに来たと？」

「ん……トーリのところ。いたほうがいい気がした。なんで？」

「いや、俺に聞かれても困るんだが？」

二ヶ月の間とはいえ、たまに話しては依頼に赴く間柄だったのだ。俺が寝泊まりする《安らぎ亭》の場所を把握していてもおかしくはないだろう。

自分でなぜなのかもわからないようなので、この話題を終わらせることにした俺は、「ほら行くぞ」とマリーンを促して前を歩く。

マリーンのせいで予定が早まったとはいえ、もう宿から出てしまったのだ。腹を括《くく》って行くしかないだろう。

（一週間の試験期間でも何度か二人で話す機会はあった。それでもバレなかったんだ、案ずるな俺）

内心で言い聞かせる。

それでも、万が一を考えてしまうのは性分なのだろうか。

「ついた」

しばらく歩いていると、いつの間にか並んで歩いていたマリーンが前に出る。

ボーリスの街は中央部が大きな広場になっており、祭事の際にはこの場所に数多くの屋台や人が集まるのだという。

そんな大広場から少し外れた場所に、彼女ら《白亜の剣》のパーティハウスがあった。

「……やっぱり、すごい豪邸だな。さすがは国でもトップレベルのパーティなだけある」

「はやく来る」

「なぜお前が急《せ》かす」

立ち止まって見上げる二階建ての建物。

階数で言えば、俺がよく知る《安らぎ亭》も同様の二階建てなのだが、比べることすらかわいそうになってくる。

《安らぎ亭》はすべて木造なのだが、ここは石造り。おまけに俺の背よりも高い塀に囲まれたその敷地は、広々とした庭も含めれば《安らぎ亭》何個分になるのかとつい目算してしまうほどだ。

……本当に、比べてすみませんオヤジさん。

ちょいちょい、とこれまた立派な門の前で手招きするマリーンに歩み寄る。

「それで？　来たのはいいが……もうこれお邪魔しても大丈夫なのか？」

「問題ない。すぐ来るから」

マリーンの言葉に、「何が？」と答える前に、カチャン、と門から音が響く。

見ればゆっくりと門が開き、その向こう側からピシッとしたメイド服を身に纏った黒髪の女性が現れたのだった。

シックなロングスカートである。

「お帰りなさいませ、マリーン様」

「ルンさん。連れてきた」

「はい、承りました。トーリ様ですね？　アイシャ様がお待ちですので、しばし中庭でお待ちください」

「……あ、はい」

突然メイドが現れたことにちょっと頭が追いつかなかった俺は、そんな彼女の言葉に対してただただ頷《うなず》いていた。

そうしてメイドに案内されるのだが、その道中こっそりとマリーンに問いかける。

「おいマリーン。お前のハウス、メイドも雇ってんのか？」

「もともといる。ルンさん」

「はい。私はガーデン家に仕える、アイシャお嬢様専属のメイド。名はルンと申します。食事などのお世話はもちろんのこと、依頼や遠征で《白亜の剣》の皆様が留守の間、この屋敷の管理を任されております」

「あ、あはは……ご、ご説明どうも……」

けっこう小さい声で話しかけたはずだったのだが、ばっちり聞こえていたらしい。

笑って誤魔化《ごまか》しながら門からハウスの入り口へと続くアプローチを進んでいると、その途中でルンさんが立ち止まってマリーンへと話しかけた。

「マリーン様。私はトーリ様を中庭まで案内いたしますので、ハウスまでは真っ直《ます》ぐにお一人でお戻りください」

「わかってる」

「ありがとうございます。以前もそう言ってくださいましたが、屋根の上で寝ていらっしゃったので今回はお気をつけください」

「ん。任せて」

「今の聞いてまったく任せられないんですけど？」

自信満々といった様子でピースしているマリーンの言葉に、では、と一礼してアプローチから外れるルンさん。

おそらく、俺が待つことになる中庭へと向かうのだろうとその背中についていくのだが、ふと気になって後ろを振り向いた。

「おー……」

庭の隅っこにしゃがみ込んで何かを観察している様子のマリーンがいた。

植物か何かを見ているのだろう。任せて、とはいったい何だったのだろうか。

「ここでしばらくお待ちください。準備が整い次第《しだい》、アイシャお嬢様もこちらにお越しになられます」

「わかりました。ありがとうございます」

「いえ。では失礼いたします」

中庭に用意されていた二脚のイスと丸テーブル。片方のイスに腰を下ろすと、ルンさんが頭を下げて去っていった。

「……やっぱりここ、すごいな」

誰もいなくなった中庭を見回し、一人ボソリと呟く。

人の目を気にする必要のない高い塀に、誰もが憧れそうな広々とした庭。サッカーのミニゲームくらいならできそうだ。

「……お」

そのまま庭をぐるりと見回していると、壁際に自立した丸太があった。

それもただの丸太ではなく、斬った跡や抉《えぐ》られたことがよくわかるボロボロの丸太。この広い中庭は、彼女らの鍛錬場所にもなっているのだろうか。

「お待たせいたしましたわ。中庭で待ってもらってごめんなさいね？」

しばらくボーッとしながら待っていると、二振りの木剣を手にしたアイシャさんが現れた。

中庭とはいえ、外からは視《み》えない敷地だからなのだろう。鎧《よろい》姿ではなく、品と動きやすさを兼ね備えた服に身を包み、ゆるく髪を縛った彼女の姿は新鮮に思えた。

「いや、大丈夫だ。むしろ教わる立場だし、門の外で待たされてもよかったぐらいだからな」

「招いた客人に対して、この私《わたくし》がそのような扱いをするはずがありませんわ」

当然のことですわよ、と腕を組むアイシャさんは、手にしていた木剣のうちの一振りをこちらに投げて渡す。

イスから立ち上がってそれを掴めば、彼女は「構えてくださいまし」と一言告げて俺と対峙《たいじ》した。

「まずは実力を見て差し上げますわ！　全力でかかってきてくださいまし！」

「……え、【纏い】を教えるという話では？」

「もちろん、後で教えますわよ？　ただ、せっかく私《わたくし》が教える相手ですもの。素の実力を見せていただきますわ！」

なぜかやる気満々のアイシャさんは、「さぁ！　さぁ！」とどこか楽しそうな様子だった。

それに対して、俺はどうなのかといえば……当然のごとく、内心で顔を顰《しか》めていた。

（め、めんどくせぇ……教えてもらう立場とはいえ、この人めんどくせぇぇ……！）

木剣を手にしたまま立ち竦《すく》む俺と嬉々《きき》として木剣の剣先を向けてくるアイシャさん。

そんな彼女を前にどうしたものかと思っていると、頭上から視線を感じたため上に目を向ける。

するとそこには、この一週間で見慣れてしまった顔があった。

「おーやってんなぁ。頑張れよー」

「トーリは、ボクが鍛えた。強い」

「え、師匠嘘《うそ》ですよね……!?　師匠の弟子は私だけですよね……!?」

バルコニーから中庭の俺たちを見下ろしていたのは、先ほど俺と別れたマリーンと、昇格試験で多少話したリリタンさん。そしてほとんど交流もないのに、なぜか俺のことを目の敵《かたき》にしているウィーネさんの三人だった。

つーかマリーン。少し魔力感知の方法を教えてもらっただけで、鍛えられた覚えはないのよ。

「ふふ、皆さんもあなたには興味がありましてよ？　サランはともかく、私《わたくし》たちの《魔女》が初めて自分から興味を持った冒険者ですもの。昇格試験は魔物も出ず平和に終わりましたし、剣の腕を見ることは叶《かな》いませんでしたから」

「だからここで見たい、と」

「安心してくださいまし。これでも私《わたくし》は☆6の冒険者ですもの。あなたが全力を出したところで、まったく問題ありませんわ」

「まぁ、そりゃそうだわな」

彼女からすれば当たり前のことを言っただけなのだろう。

いかにも自信満々！　といった様子はまさに☆6の冒険者。

だがあくまでも俺の目的は、この場を穏便に切り抜けて《白亜の剣》の面々に期待するほどではない普通の男、と認識させることだ。

マリーンはもうどうしようもないかもしれないが、それ以外に関してはここで興味を引くようなことをしなければ、今後は絡まれたりなどの問題はなくなるはず。

空間魔法は絶対に使用しない。使うのは、貰《もら》った才能とここまで独学と魔物相手に実戦で試してきた剣術。そして属性の数しか取り柄のないカス魔法。

この手札では、どう考えても彼女に敵《かな》わないだろう。

(何合か剣を打ち合わせて、しょうもなくやられたらそれで――)

「トーリ、ファイト」

むんっ、といつものジト目で、しかし何かを期待するような目で俺を見下ろしているマリーン。

その隣のウィーネさんからものすごい目で見られているが、そこは気にしないでおこう。

「……まぁ、友人を裏切らない程度にはな」

剣を構える。

目の前の相手と比べれば、きっととんでもなくお粗末な構えだろう。

(最高峰の実力を体感できるんだ……と、そう思うことにしよう)

そう内心で考えながら、俺は一歩踏み込む。

手始めに、なんてことはしない。

最初の一振りから全力で踏み込み、自身が出せる最高の一撃をお見舞いしようと、一足でアイシャさんの眼前へと飛び込んだ俺は、その胴を狙って斬り込んだ。

「いい踏み込みですわ」

「どうも……!!」

だが俺以上の速度で反応してみせたアイシャさんは、俺の振りに合わせるように木剣で受け止め、そして片足を引くことで俺ごと受け流してみせる。

ふふん、と横切る際に彼女は笑った。

「ただ、動きが直線的すぎますわ。それでは格上相手には通用しませんわよ」

「そうかよ……！」

受け流された勢いをそのまま利用し、片腕に持った木剣を背後へ薙《な》ぐように振るう。

だがその攻撃も容易《たやす》く木剣で受けてみせた彼女は、器用に木剣を操り、受け止めていた俺の木剣を上に向けて跳ね除《の》けた。

がら空きになった胴を警戒し、慌てて大きく下がる。

流れるような仕草で行われたその技が、彼女の剣の技量を物語っていた。

(わかってはいたが……剣の技量は向こうが圧倒的に上だな……)

距離ができたところで再び剣を構えて対峙する。

計二回、俺の方から攻めてみたが、アイシャさんがその場から動く気配は感じられなかった。

動かなくても、俺相手であれば十分だということだろう。

まぁ相手は☆6の剣士。(中)程度の才能では、どう抗《あらが》おうとしても勝てるはずがないのかもしれない。

その証拠に、だ。

(この人、【纏い】とやらを使っている様子が微塵《みじん》もない……)

この世界に来て二ヶ月以上も経《た》ったうえに、マリーンとの知己まで得ているのだ。俺も魔力を持っているため、相手が魔力を使っているかどうかくらいは感覚的にわかるようになっている。

その感覚からしてみれば、今の彼女からはいっさい魔力が感じられない。

つまり、これは全部アイシャさんの剣の技量によるものなのだろう。

「やっぱ剣の腕が俺と段違いだわ……」

「うふふ……物心ついたときから、私《わたくし》は剣《これ》と寝食を共にしてきましたもの」

「……どうりで。まぁ、俺のは我流の雑草剣術だ。使える手札は全部切らせてもらうよ、っと！」

木剣を中段に構えたまま、再びアイシャさんに向かって踏み込む。

先ほどと同じように受け止めて流すつもりなのか、アイシャさんは両手で握った剣を斜めに構えて待ちの構えを取った。

それに構わず、片手で握りしめた木剣を叩《たた》きつける。

「同じことの繰り返しでは、何も変わりませんわよ？」

「同じならそうだろうさ！」

「ッ、魔法……!?」

空いた片手に生み出していた土を至近距離で放り上げ、さらに風の魔法でアイシャさんに向けて土を飛ばし、続けて彼女の目に向けて剣先から水を放射。

マリーンのように、魔法の発動を補助する杖《つえ》であればもう少し勢いがあったかもしれないが、質がいいだけの剣ではそう上手《うま》くはいかないらしい。けれども、上手くいけば目潰《めつぶ》し程度にはなるはずだった。

だが土を出した瞬間に魔法を使用したことを勘づかれてしまったらしく、土が舞い散る範囲からたった一歩で離脱されてしまう。

水も顔にはかからず、服を濡《ぬ》らす程度に終わってしまった。

剣に集中していることと、突然魔法を使うことの奇襲で気づかれない可能性にかけてはみたが、そう簡単にはいかないようだ。さすが☆6といったところだろう。

動きも素早い上に、想定していたよりも視野が広い。

頭上から「卑怯者《ひきょうもの》ぉ！」という、ウィーネさんのうるさい声が聞こえるが気にしない。

「やりますわね。少し驚きましたわ」

「目潰しくらいはできると思ったんだがなぁ……そうはいかないか」

「でも有効ではありますわよ？　少なくとも、あの場面の奇襲としては上出来ですわ」

「そう言ってもらえるなら、こっちとしても自信に……あ」

「……？　どうされましたの？」

俺の反応を訝《いぶか》しげに思ったのか、木剣を構えたままキョトンとした顔のアイシャさん。

そんなアイシャさんの言葉に、「あー、えー」とはっきりとしない言葉を垂れ流しながらとりあえず木剣を下ろして後ろを向いた。

紳士としては当然の行動である。

「なぜ後ろを向きましたの？」

「いや、その……見ないほうが賢明だと思って」

「はい？」

「おーい、アイシャー」

首を傾《かし》げるアイシャさんだったが、上から見ていたらしいリリタンさんがアイシャさんの名前を呼んだ。

「リリタン、どうしましたの？」

「服を見たほうがいいぜー。透けてっからよぉー」

「え？」

俺からは言いづらいことをリリタンさんが言ってくれた。

一瞬、何を言われたか理解できていなかったらしいアイシャさんであったが、間をおいて俺の背後に響いた叫び声からして気づいてくれたらしい。

大胆なのをつけてるんですね、とは口が裂けても言えなかった。


「もう、お嫁に行けませんわ……」

「まぁそう落ち込むなって、アイシャ。下着の一つや二つ、見られたってどうってことねぇだろ？」

「ね、年中そんな格好のあなたと、同じにしないでくださいまし!?」

「えぇー……楽だぞ？　これ」

落ち着いたアイシャさんが着替えから戻ったのと同時に、上で観戦していた面々も中庭へと下りてきた。

用意されていたイスに座ってテーブルに顔を伏せているアイシャさんと、そんな彼女を慰めているのかフォローとはいえないフォローをしているリリタンさん。

そんな彼女たちを遠巻きにする俺と、その隣でジィ～っとジト目を向けてくるマリーン。

「ガルルルルル……!!」

あとよくわからない、マリーンの弟子のウィーネさん。犬かお前は。

「……なんで俺を見る」

犬は無視して、俺はこちらを見上げているマリーンに話しかける。

「深い意味はない」

「ならその目をやめてくれ。あれは事故だっての」

そう言っても、なおもやめてくれないマリーンの圧に、俺はそっと目を逸《そ》らす。

いや、だってさ。二段構えの目潰しを仕掛けたつもりだったんだよこっちは。

動いた影響で狙いがずれたとはいえ、まさか服に水がかかって下着が透けて見えるようになるとは、いったい誰が予想できるというのか。

はぁ、とため息をつく。

「ちょっと行ってくる」

「ん」

マリーンに一言告げてから、俺は遠巻きにしていたアイシャさんの元へと歩み寄る。

いつの間にかリリタンさんへ文句を言うくらいには元気になっていたらしく、俺が近づいても気づいていないようだった。

「だいたいリリタン！　あなたはもう少し女性としての恥じらいというものを――」

「アイシャさん。今、大丈夫か？」

そんな彼女に声をかけると、リリタンさんへの勢いはどこへやら。先ほどのことを思い出してか、気まずそうに俺から目を逸らし、「ど、どうされましたの……？」と目を合わせずに言う。

「偶然とはいえ、見てしまったことに変わりはない。すまなかった」

「……べ、別にき、気にしてませんわ。この私《わたくし》を相手に、あなたが全力で抗おうとした結果ですもの。むしろ、躱《かわ》しきれなかった私の落ち度ですわ」

「ありがとう。それと、今日の目的でもあった【纏い】なんだが、もし気が乗らないというのであれば後日でも……」

「あ、あまり見くびらないでくださいまし!? あの程度のことで動揺して私《わたくし》があなたに【纏い】を教えられなくなるとでも!? ま、まぁたしかに殿方相手にあのような姿をさらしてしまったのは初めてですが、剣士としてここに立つ私があの程度のことで恥ずかしがるとでも!?」

バッ、と立ち上がったアイシャさんは、腕を組み、視線をあちらこちらに彷徨《さまよ》わせながら早口でまくし立てる。

その勢いは話すだけでは収まらなかったらしく、話している最中に一歩、また一歩と俺へと詰め寄り、終《しま》いには目と鼻の先に彼女の顔があった。

思わず体をのけ反らせた。

「にしては、大胆な下着だったよなぁ。真っ赤な――」

「リリタァァァン!!!!」

頭の後ろで手を組んで笑っていたリリタンさんに向かって、まるで獣のごとく身を翻して襲いかかっていったアイシャさん。そして脱兎《だっと》のごとく逃げ出すリリタンさん。

ずいぶんと愉快なことで、とのけ反らせていた体を元に戻した。

「ハァッ、ハァッ……もう! もう! 歓楽街に逃げるなんて……! 後で覚えておきなさい!!」

しばらくすると、リリタンさんを取り逃したアイシャさんが戻ってきた。

どうやらリリタンさんはそういうところに行ってしまったようだ。風の噂《うわさ》で《剛槍《ごうそう》》とは別の方の名も聞いていたので少し納得する。

「トーリさん!」

「……どうした？」

「これから【纏い】を教えますわよ！　今日だけで基本を習得していただきますので、厳しくいきますわ！」

「なら、改めて。☆3のトーリだ。今日はよろしく頼む」

「あら……コホン、なら私《わたくし》も。ガーデン家の次女にして、《白亜の剣》のリーダーを務める☆6の冒険者、アイシャ・ガーデンとは私のことですわ！」

敬ってもよろしくてよ！　と口に手の甲を添えて高飛車に笑ってみせるアイシャさん。

そしてそんな彼女の背後からヌルッと現れた青い髪の魔法使い。

「同じく。マリーン。☆6。イエイ」

「いつの間に湧いた」

「あの子はウィーネ。弟子。歓楽街に行ったのはリリタン。サランはトーリが来るから狩りに行った」

「話聞こうね？」

そして他のメンバーの紹介。五人のうち二人は不在じゃないか。

マリーンとアイシャさん以外で唯一の残りも、未《いま》だに「ガルルル……！」と人語を話してくれないようだし。

「……さぁ！　始めますわよ！」

「この状況でよく始めようと思ったなあんた……」

「は　じ　め　ま　す　わ　よ　！」

「力押しじゃん……」

締まらない中アイシャさんによる【纏い】についての講座が始まり、彼女から教えを請うこと数時間後。

【纏い】を使用した俺の素振りを見た彼女がおもむろに口を開いた。

「……驚きましたわ。私も今日だけで習得させる心づもりでしたが、まさか本当に使えるようになるなんて。本当に、魔法使いでないことが惜しいですわね」

「いや、まぁ……どうも」

「この私《わたくし》が褒めてますのよ？　もっと自信を持ってくださいまし」

「えへん」

「あなたじゃありませんわよ？」

謙遜も過ぎれば失礼ですわ、と呆れたようにため息をつくアイシャさん。

そんなアイシャさんの隣では、どうだすごいだろうと言わんばかりに胸を張っているマリーンがドヤ顔をキメてクッキーを摘《つ》まんでいた。

「しっかし、こんなに違うもんなんだな……そりゃ、実力差があるわけだ」

【纏い】で強化した木剣を、同じく【纏い】によって強化した体で振るう。

それだけで、本来は斬れないであろう丸太を容易く切断……というか破壊してしまう。

この【纏い】と呼ばれる魔力を扱う技術。正確には魔力を物質や肉体表面に纏わせるものではなく、その内部構造を魔力で強化するものであった。

たとえば、今使用している木剣は文字どおり木でできているわけだが、その木も分子レベルの何かが結合してできている。

【纏い】は物質内部に魔力を通すことで、そういったつながりをさらに強く結びつけ、武器や防具の耐久性能を向上させているのだ。

また、肉体に関しては魔力を体中に通すことで、内部に浸透した魔力が追加の筋肉のような役割を果たしてくれているのだろう。魔力によって筋密度が上がって力や耐久が増す、と考えればいい。

ただこの世界にはそれらの知識は一般的でないため、この理解感覚は前世での知識を持つ俺特有のものだな。

【纏い】というよりは魔力浸透などの方がイメージに合うが……まぁ郷《ごう》に入っては郷に従え、だ。今後は【纏い】と呼ぶことにしておこう。

「普通は魔力を扱う感覚を覚えるのに時間がかかるはずですのに」

「ん。トーリはもともと、魔法も使える。魔力を使う感覚はバッチリ」

「……それもそうですわね。思えば【纏い】は、魔力はあっても魔法の才に恵まれなかった者が使う技術。魔法を使える彼にとっては、魔力の扱いはできて当たり前のものでしたわ」

「ん。トーリは属性がすごくても魔法はだめだめ」

「おいこらマリーン、聞こえてんだぞ」

そりゃそう振る舞ってるが、だからといって俺以外の奴に直球どストレートで言われるのは、それはそれで思うところはある。

抗議するように目を向けるが、当の本人は気にした様子はない。気にしろこっちを見ろ。

「……食べる?」

なぜいま俺がそのクッキーを欲していると思ったのか。

何度か視線を俺とクッキーの間で往復させたあと、プルプル震える手を片手で押さえつけようとしながら差し出される食べかけのクッキー。

せめて渡すなら食べてないのを渡せ。

「いいよいらないから。だからそんなしぶしぶ差し出してくるんじゃないよ」

「よかった……」

あからさまにホッとした様子のマリーンは、また黙ってクッキーを頬張《ほおば》っている。

そんな彼女の様子に、いつもどおりだなぁと呆れていると、「ちょっとよろしくて？」とアイシャさんが歩み寄ってきた。

「どうしたんだ？」

「少し、二人で話をさせてくださいまし。こちらへ」

先ほどまでとは違う、少し真剣な様子の彼女に首を傾げながらもその後についていく。

マリーンがクッキーを頬張っているところから少し離れた塀の壁際。

そこで立ち止まったアイシャさんは、おもむろに「仲がいいですわね」と口にした。

「マリーンとか？　……まぁ二ヶ月ちょっととはいえ、もう慣れたよ。ただの☆3の俺を友人だと言ってくれてるしな」

「ふふっ……あの子はあまり私《わたくし》たち以外に関わろうとしなかったのだけど、いい友人ができたようで私も嬉しいですわ」

本当に嬉しそうに話すアイシャさんだったが、「でも」と口にした途端その表情は真剣なものへと変貌した。

「そしてそれをよく思わない者がいることも、また事実ですの」

「……それは、俺もよくわかってる。ギルドの連中のことだろ？」

「ええ……ごめんなさい。マリーンはあなたと仲良くしたいと思っていますのに……」

「それもわかってるし、アイシャさんが謝ることじゃない。マリーンは自分のやりたいことを優先する身勝手さはあるが、そこに悪意はないしな。全部周りの奴が勝手に妄想掻《か》き立てて、勝手にやっかんでるだけだ」

むしろ、ああいう輩《やから》はこちらから何かアクションを起こせばもっと面倒なことになる。一番いいのは、何を言われても無視することだろう。そうすれば、いつかは飽きて反応しないようにもなるはずだ。

そうアイシャさんに伝えるのだが、彼女はふるふると首を横に振る。

「たしかにそうなる可能性もありますわ。ただ、今回はそう簡単にはいかないと思っていたほうがよろしいですわよ」

「……どういうことだ？」

「良くも悪くも、冒険者の多くはプライドで生きている者が多いですわ。そんな彼らが、ついこの間まで《新人遅れ《オールドルーキー》》とバカにしていた冒険者にランクで並ばれた。それも自分たちが昇格した以上の速さで。もしかしたら次の昇格も……なんて、考える者は大勢いるはずですわ」

今のボーリスの冒険者は、その多くが☆3である。

というのも、☆3は仲間を集めて一週間問題なく護衛を務めれば簡単に昇格できることに対して、

☆4から上への昇格は指定された魔物の討伐が条件となってくるからだ。純粋に強さがあることが☆4以上の冒険者の条件となる。

このボーリスの街は《帰らずの森》という危険地帯が目の前にあるためか、他の街と比べても☆4以上の冒険者が多く在籍している。だが、やはり冒険者の多くを占めるのは☆3。

うだつは上がらない、しかしプライドはある。そんな彼らからすれば、俺という存在は面白くないことなのだろう。

「迷惑な話だな、本当に」

「……そうですわね。加えて、あなたがマリーンを通じて、私《わたくし》たち《白亜の剣》と近しいことも原因の一つですわね」

「まぁ第三者からすれば、ぽっと出の奴が憧れのアイドルと親しげになってる、みたいなもんだしな」

なんとなくわかる、と一人頷いているとアイシャさんは「あいどる……？」と首を傾げていた。

「すまん、こっちの話だ。それで？　俺もよく知ってることをわざわざ伝えるために、こうして呼んだわけじゃないんだろ？」

その言葉に、アイシャさんは「もちろん」と頷いた。

「冒険者の中で、あなたを害そうとする動きがありますわ。あなたに関する噂も、それが原因ですわね。色々とあなたを調べているときに掴んだ情報ですの。ふふ……サランほどではありませんが、この私《わたくし》にも諜報《ちょうほう》の才能があったみたいですわ。驚きました？」

「……まぁ、うん。とりあえず、そんなことになってるのか」

本気で言ってるのだろうかこの人、と変な目を向けそうになったが、そもそも俺は気づいていないふりをしていたため、何も突っ込まずに続きを促した。

「ええ。中心になって動いている者もわかっていますわ。☆5の冒険者、《王蛇《おうじゃ》》イーケンス。ご存じでして？」

「……いや、まったく。もしかしたらギルドで見かけているのかもしれないが、今のところ《白亜の剣》以外の冒険者はまったく知らないからな」

実際最初からよく思われていないことはわかっていたし、そんな奴らと仲良くしようとも思っていない。だから冒険者に誰がいて、どんな奴なのかなど、その辺の事情はまったく調べずに今まで過ごしてきたため、知らないことの方が多いくらいだ。

「……少しは周りに興味を持ったほうがよろしくてよ？」

「自分を歓迎していない奴に興味を持つほど、暇じゃないんでな」

「……それでも、ですわ。何かあったとき、その情報が命を救うことだってありますの。……と、そうでした。イーケンスには十分注意してくださいまし。魔力さえ持っていれば☆6は確実とも噂されていた冒険者ですわ。彼に付き従う冒険者も相当数……ほとんどは☆2、3ですが、☆4の冒険者もいます。おまけに、これまで数多くの冒険者が潰されたという噂もありましてよ」

「おいおい……ギルドは、それに対して何もしないのか？」

ギルドは冒険者たちの依頼で発生する報酬の一部や、冒険者が討伐した魔物の素材を国や商人に売ることで収益を得ているはずだ。

そんな冒険者を減らすようなことをしている輩に対して、何もしないというのは明らかにおかしいだろう。

「あくまで噂ですもの。冒険者が潰されたという噂も、真偽は不明ですわ。ボーリスを出て別の街に行ったという可能性だって考えられますし、わざわざそれを追って確認するほど、ギルドも暇じゃありませんわ」

それに、と彼女は続ける。

「仮に事実だったとしても、相手が☆5のイーケンスとなれば簡単には手を出せないでしょう」

「厄介だな……そんなのが俺を狙うって、暇なら魔物でも狩ってろよ……」
☆5、といえば《白亜の剣》のリリタンさんやちゃんと顔を合わせていないサランさんと同じランクだ。実力者であることは間違いないのだろう。
そのうえギルドにもばれないように裏で立ち回るほど姑息《こそく》で、手下の冒険者も複数人いると。

なんなんだその、明らかに相手したら面倒事しかなさそうな奴は。

「幸いトーリさんは私たちと交流がありますから、私たちがこの街にいる間は下手に手を出してはこないとは思いますわ。ただ問題は……」

「今度、《白亜の剣》が王都遠征に行ったタイミング、だろ？」

「……ええ、そうですわね。彼らが動くならそこかと」

頷くアイシャさんに、そりゃそうかと思わずため息が出る。

つまりあれだ。周りから見れば、俺に手を出すと懇意にしている《白亜の剣》が出てくるかもしれないと思われているのだろう。だからこそ、《白亜の剣》がボーリスにいない間しか俺に手出しができないと考えているわけだ。

「とにかく、私たちの遠征中は十分気をつけてくださいまし。念のためにと【纏い】も教えましたが……危なくなったら撤退も選択肢に入れること。いいですわね？」

「わかったよ。……にしても、【纏い】を教えてくれたのはそういうのも理由か？」

俺の問いかけに、アイシャさんは「そのとおりですわ」と笑う。

「原因の一端は私《わたくし》たちにもありますもの。昇格試験であなたの為人《ひととなり》もわかりましたし……何よりマリーンのお願いを無下《むげ》にはできませんもの」

「マリーンが？　あいつからお願い？」

「ええ。マリーンから、ですわ。剣士で魔力もあるから、ぜひ教えてあげてほしいと。そもそも私《わたくし》たちが昇格試験を請け負ったのも、マリーンのお願いがあったからですのよ？」

「……そうか。なら、後でお礼を言っとかないとだな」

「そうしてあげてくださいまし」

話は以上ですわ、とアイシャさんが片手を上げて去っていく……前に、「ああ、そうでした」とこちらを振り向いて足を止めた。

「まだ何かあるのか？」

「いいえ。ただトーリさんにも聞いておこうかと思いまして」

そう言うと彼女はこちらへと引き返し、そしてずいとその整った顔を俺に寄せた。

思わず体をのけ反らせて後ずさる。

「な……何をだ？」

「私《わたくし》たちが地竜と交戦し、そしてとある魔法使いに助けられたという話はご存じですわね？」

「ま、まぁそれは……ギルドじゃ有名な話だしな」

質問の内容に戸惑いながらも頷いてみせる。

実際に有名な話だ。ギルド内では浮いている俺でも、酒場で飲み食いしていれば耳にする。

何より、彼女たちを助けた張本人であるため、他の奴らより詳しくさえある。

「む……まぁそれはいいですわ。肝心なのは、私《わたくし》たちを助けた魔法使いについてですの。何か知っていることがあれば教えてほしいのですが……どうかしら？」

「なんで俺が、その魔法使いについて知っていると思ったんだよ……」

内心ドキドキしながらも冷静を装って質問を返す。

なぜアイシャさんがそんなことを俺に聞いてきたのか。できればそこははっきりしておきたい。

「別に深い意味はありませんのよ？　ただ助けるだけ助けて何も要求せず、あとは放置とはあまり考えられませんし……私《わたくし》たちを助けて地竜の討伐までやってのけた方ですもの。何かしらの報酬を受け取ろうとして、ギルドに来た可能性だってありますわ。そしてあの日、ギルドに来た新顔はあなただけですの」

「おいおい……その魔法使いが、まさか俺だとか言わないよな？　よく見てくれよこの腰に携えた剣を。魔法使いをやっているように見えるか？」

「ただの剣士であれば、私《わたくし》も気にしていませんわ。ただ、昇格試験の時もそうでしたが、魔法が使えるうえに魔力の扱いにも長《た》けているとなれば……少し気になってしまうのは、当然のことだと思いませんこと？」

何かを探るように、下から覗き込むように俺の目を見るアイシャさん。

そんな彼女に対して、俺はフッと笑ってみせた。

「まぁ、偶然だと考えるにはできすぎてるのかもな。突然現れた魔法使いに、同じ日に冒険者として登録した魔法が使える剣士。何も関係がないって言い切るのは難しいのかもしれない」

「っ！　じゃあトーリさん。あなたは……」

「がしかしだ、アイシャさん。残念なことに、これがなーんにもないんだ。偶然だと思えない部分があるのかもしれないが、本当に偶然だったりする。たしかに俺は魔法が使えるが、使える魔法はみそっかすなやつだけだよ。ほれ、このとおり。だから前にも言ったとおり、変な期待はしないでくれると助かるよ」

「……そうですわね。変なことを聞いてしまいましたわ」

指先に灯《とも》した小さな炎を見てため息をつくアイシャさん見て、俺も内心で安堵《あんど》のため息をついた。

彼女の話はこじつけのようにも思えるが、少しでも可能性があると考えて聞いてきたのだろう。

ただ、事実であるだけに心臓に悪すぎる。これを機会に、俺を候補から外してもらいたいものだ。

「はぁ……調べることも、そう簡単にはいきませんわね。あの尾行……コホン、調査の日々も無駄足だったなんて。もしかしたらトーリさんが剣士だと偽っているだけ、なんてことも考えてみましたが、あり得ませんわよね」

「お、おう……何というか、見つかったらいいな。その魔法使い……」

「ええ。この私《わたくし》、諦めたりなんかいたしませんわよ！　きっとこの手で、あのローブを剥《は》ぎ取ってやりますわ！」

決意を新たに拳《こぶし》を握って突き上げているアイシャさん。

そんな彼女の言葉に「できれば諦めてくれ〜」と聞こえないように呟きながら、ひとまず窮地を脱したことで盛大にため息をついた。もちろん内心で。

ここ最近でヒヤヒヤさせられてばかりなんだが、本当になんで？　俺、悪いことしましたかね？

まったく、下手に話すとボロが出そうだ。

とりあえず、【纏い】もそうだがそれ以上に意義のある話を聞けたんだ。今後はもう少し周りの冒険者たちにも気を配るようにしようと決めて、マリーンにお礼を言うために彼女の元へと赴いた。

マリーンに無言で背中をバシバシ叩かれた。

解せぬ。

◇

《白亜の剣》が王都に向けて出発してから、すでに数日が経過した。

《白亜の剣》が何の用で王都へ行くのかを聞いていなかったためエリーゼさんに聞いてみたところ、王都で行われる緊急会議のため、アイシャさんの実家でもあるガーデン家の人間が王都へ向かうことになっているんだとか。

《白亜の剣》はその護衛として、ガーデン辺境伯……つまりアイシャさんのお父さんの護衛として雇われたらしい。

「辺境伯のご令嬢だったんですね……どうりで」

「結構有名な話ですが、トーリさんは最近ボーリスに来られましたからね。噂では、王女様とも仲がよろしいのだとか」

「それはすごい」

さすが貴族というべきか。王族と仲がいいなんて相当なものだろう。

「つと、話し込んでは悪いですね。オーク三体、討伐してきました」

「はい、ありがとうございます。討伐の証明部位はこちらにお願いします」

業務モードに入ったエリーゼさんの指示に従い、証明部位の入った使い捨て用の巾着袋を籠《かご》に入れる。

オークとは体長二メートル以上もあり、豚のような顔をした二足歩行する魔物だ。

縦にも横にもでかいその体躯《たいく》は見た目どおりのパワー型ではあるが、ゴブリンと同じくある程度の知能があるため、木を削って作った巨大なこん棒などを主な武器としている。

ゴブリンと同じく群れになって巣を作るため、放置しすぎると大量繁殖して面倒になる相手だ。

そのため、ゴブリン討伐と同じく、オークの討伐もまたギルドの常設依頼となっていたりする。

「ではお預かりします。少々お待ちください」

籠を持って後ろの扉から出ていくエリーゼさんの表情は、笑っているようで目が笑っていない。

さすがプロだというべきだろう。なぜならば、俺が持ってきた証明部位はオークの睾丸《こうがん》。

オークの繁殖力はゴブリンには劣るが、それでも一度に数匹単位で生まれ、そして周囲を徘徊《はいかい》して獲物を探せるようになるまでが早い魔物だ。

そして彼らは雑食。肉に植物となんでも食べる。もちろん、その捕食対象には俺たち人間だって含まれている。

なお、性的なR18なんてこの世界のオークに求めてはいけない。捕まれば、みんなもれなくお腹の中だ。

話が逸れた。

ともかく、そんな繁殖力の強いオークの雄の睾丸は精力剤の材料となるらしく、一部貴族にとっての御用達《ごようたし》なんだとか。

なお、メスは巣に引きこもっているため基本徘徊していることはないが、もし討伐できればゴブリンと同じように右耳の一部が証明部位である。

なら雄も右耳にしろよ!! 依頼で睾丸を証明部位に設定するんじゃゃねぇ!!

(そしてその部位を、今はこの手で直接触れて斬り落とさないといけないのが……!!)

エリーゼさんを待つ間にそっと後ろを振り向けば、数人の冒険者がさりげない様子で俺を見張っている。今日ギルドで依頼を受けてからずっとだ。

ずっと、それこそオークを探して討伐している間でさえ、距離を取って木の陰に身を隠しながら見張り続けているのだ。

(《白亜の剣》がボーリスにいない今なら、依頼でも《帰らずの森》で気兼ねなく空間魔法が使えると思ったが……ああやって見られてたら迂闊《うかつ》に使えないな)

いつもなら隠れて使用していた【転移】も、証明部位を斬り落とすのに使用していた【断裂】も見られていては使えない。

空間魔法の練習は宿から直接《帰らずの森》に飛んでからやっていたのだが、あまりやりすぎるとリップちゃんやオヤジさんに怪しまれてしまうため、依頼時にできなくなった分だけ以前よりも練習頻度は減ってしまった。

《白亜の剣》がいない絶好の機会だというのに、おかげでこの数日間は俺のストレスがたまっていく一方だ。

「お待たせしました。こちらオークの討伐報酬です」

「ありがとうございます」

エリーゼさんが戻ってきたため、できるだけ怒りを顔には出さないように報酬を受け取った。

そして報酬を受け取る際にこっそりとエリーゼさんに顔を寄せ、「ちょっと質問いいですか？」と周りに聞こえないよう小声で尋ねる。

「はい、どうされましたか？」

「☆5の冒険者、《王蛇》イーケンス……って知ってますか？」

「っ……はい。ボーリスを拠点にしている冒険者ですね。ですが、あまり関わらないほうが身のためかと」

「ギルドは、やはり確定的な証拠がないと罰せられない、と？」

「……申し訳ございません。一職員でしかない私からは何とも。ですが、注意喚起は積極的に行いますので、どうかトーリさんもお気をつけください」

「わかりました。すみません、ありがとうございます」

きっとそれが、彼女にできる最大限なんだろう。申し訳なさそうに頭を下げるエリーゼさんに礼を言い、俺はギルドを後にする。

ギルドを出る際にも俺を監視している冒険者たちは意外にも邪魔することはなく、にやけ面《づら》を向けたまま。それが逆に気持ち悪い。

(……いや、何もしないってのは違うな)

陽が落ちるまではまだ時間はある。

そう思ってメインストリートの出店を見て回ろうとしたのだが、やはり俺から少し距離を取って背後をつけてきている別の奴らがいた。

「おじさん、これちょっと見てもいいかい?」

「おう! うちの店の商品に目をつけるとはお目が高いねぇ! 今日は新鮮なのが揃《そろ》ってるよ!」

適当に立ち寄った果物屋で、店頭に並んだ商品を見比べながら魔法を発動させる。

使用する魔法は昇格試験でも使用した空間魔法の【探知】だ。《帰らずの森》の鬱蒼《うっそう》とした森の中で、後をつけてくる奴らを発見できたのはこの魔法のおかげだったりする。

(店の店主たちは除外。後ろの通行人たちも除外。不自然なのは、建物の陰で立ち止まっている三人組)

こいつらか、と当たりをつけた。

「おじさん、これ買うよ」

「毎度あり!」

おじさんに銅貨を渡し、受け取った果物にそのままかぶりつく。

その間も【探知】を発動させているのだが、俺が動き出すのと同時に当たりをつけていた三人組が動き出し、ピタリと俺の数メートル背後についた。立ち止まる度に、尾行している奴らも物陰に隠れて立ち止まっている。おそらくだが、このまま帰ればこいつらは《安らぎ亭》までついてくるだろう。

（さすがに、それはできないしな……誘い込むなら……あそこか）

どんな顔をしているのかは確認していないが、こんなことをしている奴らだ。ろくな面構えではないだろう。そんなのを《安らぎ亭》の天使様（オヤジさん談）に見せるわけにはいかない。

そして道すがら見つけた、メインストリートから少し外れた路地裏。どうやらその先は何かの建物らしく、行き止まりとなっている。

【探知】で調べた限り人影はないので、暴れられても他人に被害は出ないだろう。

最後の一口を口の中へと放り込み、タイミングを見計らって一気にその路地裏へと駆け出す。

すると、「あ！　待てっ！」という焦った声と共に【探知】していた三人が慌ただしく動き始めた。

そんな三人組を行き止まりの壁を背にして待ち構えると、現れたのは俺よりも背の高いゴロツキのような男たちだった。

「へへっ……残念だったな。そこから先は行き止まりだぜ？」

「何か俺に用でもあるのか？」

努めて冷静に、男たちに話しかける。

もしかしたら、万が一、たぶん違うだろうけど、暴力ではなく話し合いで解決するべき用件かもしれない。

そう思ってのことだったが、残念ながら彼らの懐から飛び出したナイフで否定されてしまった。

「用ってほどじゃないんだがよ？　有り金と武器。それと身包《みぐる》みも含めて、全部ここに置いていってくれや」

「それだと裸で帰らなきゃならないんだが？」

「そう言ってんだよ！　痛い目見たくないなら、さっさと言うこと聞けや！」

「そうそう。こんな狭い路地じゃ、その剣も使えないだろ？　無駄な抵抗はするだけ損だぜ？」

「……なるほど。たしかに、この剣は抜けないな」

たしかに、この路地裏の幅は大人の男二人並んでギリギリといったところだ。剣を振り回すには狭すぎる。

ただ、こんな街中で人斬りをするつもりもない。

「へへっ、だろう？　わかったなら大人し――ブッ!?」

「けどちょうどいい。最近あとをつけられてばっかりで不満しかなかったんだ……そっちから手を出してくるなら、喜んで買おうじゃないの！」

口を開いた男めがけて一足で懐まで踏み込み、【纏い】で強化した拳を全力で鳩尾《みぞおち》に食らわせる。

それだけで男は白目を剥《む》き、口から泡を吹きながら崩れ落ちた。

なるほど、それほど強い相手ではなさそうだ。

「なっ、てめぇ!!」

「ぶっ殺されてぇのか!?」

「それもお断りだよ!!」

出されたナイフは剣に比べれば小ぶりではあるが、それでも刃渡りは目算二〇センチ近くはありそうだ。刺されれば、とても無事ではすまないだろう。

両脇から迫るナイフの位置を継続して発動させていた【探知】で把握し、拳でナイフの腹を叩く。

【纏い】で強化された一撃に耐えきれなかったのか、半ばからパキンと折れたナイフを見たゴロツキの二人は、一瞬にして折られたナイフに呆然《ぼうぜん》としていた。

そして俺と折れたナイフを見比べた後、短い悲鳴をあげ、白目を剥いて気絶した男を担《かつ》いで逃げてしまった。

「……ふぅっ」

息を吐いて、拳の構えを解く。

あれで終わり、なんてことはないんだろうなぁと屋根上に潜んでいた気配も消えていくのを【探知】で把握しながら大きなため息をつくのだった。

◇

「で？　どうだったよ」

とある一室で、男……イーケンスは傍《そば》に控えた眼鏡の男に尋ねた。

「数日間監視を続けていますが、それなりに剣術を使えることと、カスみたいな魔法が使えることはオーク討伐の依頼でも確認しています。また、路地裏にて彼を襲わせたナラズオンたちも軽く一蹴されました。おそらく、【纏い】はすでに習得しているかと」

「ナラズオン？　……ああ、あいつか。だがあいつら、元冒険者でも☆3じゃなかったか？　負けたのかよ」

使えねー、とため息をついたイーケンスは、二本指で挟んだボロボロのナイフを的《まと》に向かって投げつける。

イーケンスの膂力《りょりょく》によって投擲《とうてき》されたナイフは、そのまま真っ直ぐ、的となっていた女の足へと突き刺さった。

直後、猿轡《さるぐつわ》を噛《か》まされて縛られた女が声にならない悲鳴をあげる。

そんな彼女の反応を目にして上機嫌なイーケンスに対して、眼鏡の男は首を横に振った。

「魔力もない冒険者では、【纏い】を使った冒険者には勝てないかと。見ていた限り、おそらく☆4相当の実力はあるかと思います」

「ほぉ、調子づくだけのことはあるってことか。計画の前にある程度の実力を見るつもりだったんだが、そりゃ予想以上だな。なら、今後も手下のゴロツキどもを使え。頻繁に相手してれば、どんな冒険者だって疲弊するだろうから……な！」

「ッ――――!?　ッ～～!?!?」

笑みを浮かべたイーケンスがボロボロのナイフを数本同時に投擲し、そのすべてが女性の体へと突き刺さる。

どれもこれも、女性の急所を外している。死にたいほどの痛みによって、涙目になって呻《うめ》き声《ごえ》をあげる女は、やがて耐えられない激痛によって沈黙した。

「……チッ、反応がないとつまらねぇな。おい、代わりの女を連れてこい。そうだな……次は趣向を変えて子供がいいな。どんな声で泣き叫ぶか楽しみだぜ」

反応が消えた女に腹を立てたイーケンスは、「片づけておけ」と眼鏡の男に指示を出す。

たしか先日攫《さら》ってきた女だ、と眼鏡の男は目を向けた。生きてはいるだろうが、それも時間の問題だろう。あちこちを斬られ、血を流しすぎている女の姿を見た眼鏡の男は、「かしこまりました」と頷いた。

「それで？　あの冒険者を森に誘い込む準備はできてんのか？」

イーケンスの問いかけに、眼鏡の男は薄く笑みを浮かべる。

「問題ありませんね。私にお任せください」

「そりゃ頼もしいな。なら、これはお前が管理しておけ」

ほらよ、とイーケンスが台座の上に置かれたものを手に取って眼鏡の男に手渡した。

「あの、イーケンスさん。これは？」

手渡されたのは一つの木箱。

眼鏡の男が尋ねて中を覗き込もうとすると、「やめとけ」と声がかかる。

「ここで使うなよ？　途端に魔物どもが光につられて、ワラワラ寄ってきやがるからよ」

「っ!?　まさか、《魔暴走の灯《スタンピードランタン》》!?　あの《魔物の大暴走《スタンピード》》を意図的に引き起こすという……」

その言葉に、イーケンスはにやりと笑ってみせる。

《魔暴走の灯《スタンピードランタン》》と呼ばれるそれは、魔力を込めることで魔物のみに効果を表す明かりを周囲にまき散らす違法魔道具。

その効果とは、魔物の凶暴化。

過去、敵国を攻め滅ぼすために使用されたとも噂されるそれは、現在ではどの国においても禁止とされている魔道具だ。

そんなものが、この木箱に入っている。

「クク……これで《魔物の大暴走《スタンピード》》を起こして、俺たちが集まった魔物を狩るんだ。そうすりゃたちまち、俺たちは街を救った英雄よ。そうなりゃ、俺たちの街での立場は、より強固なものになるはずだぜ」

「これが、私たちが英雄になるための魔道具、ですか。こんなものを、いったいどこで……」

「なに、裏でたまたま見つけてな。しかも、どっかの誰かが手を加えた特別製だぜ？　もちろん、使えば違法だが……その罪は、あの冒険者に被《かぶ》ってもらおうじゃねぇか。まぁ、そのころには死体だろうがな」

「しかし、失敗すれば街も滅びかねませんよ？　今は《白亜の剣》もボーリスにいませんし……」

《魔暴走の灯《スタンピードランタン》》を手にした眼鏡の男は、その手を震わせながらイーケンスに問いかける。

しかし、そんな問いかけに対して、イーケンスは「ああ？」と不機嫌そうに眉を顰《ひそ》めた。

「《白亜の剣》の女どもがいないからチャンスなんだろうが。それとも、なんだ？　この俺が、《王蛇》がいるってのに、お前は失敗すると思ってんのか？」

「い、いえ、そんなことは……」

「……ふん、安心しろ。込める魔力にさえ気をつければ、☆3相当の魔物くらいしか集まらねぇよ。どれだけ群れたところで俺がいれば問題ねぇ。お前らは黙って俺の指示に従ってればいいんだよ」

イーケンスはそう言って笑うと、一人、部屋を出ていくのであった。

◇

『一緒に行こう』

ふと聞こえた声にマリーンがゆっくりと目を開けると、目の前には見知らぬ男が立っていた。

その彼は、こちらに手を伸ばして優しく笑いかけてくる。

『大丈夫、僕は君の味方だから』

まだ寝ぼけているのか、男の姿ははっきりとはわからない。だがよくよく見てみれば、その男の背後には仲間らしき人影が三つ見えた。

いったい誰なのか。そう問いかけようとしたマリーンだったが、そこで声が出せないことに気がついた。

いや、声だけではない。

(動けない?)

試しにと立ち上がろうとしたマリーンだが、それでも体は動かすことができず、地に伏して倒れたままピクリとも動く様子はない。

『たとえ君が原因だとしても、そこに君の意思がないのなら僕は……』

どういうことなのかと彼女の思考が巡る前に、再び目の前の男が話し始めた。

だがその言葉は最後まで聞き取ることができず、途中から雑音のようなものによって掻き消されてしまう。

(……ボクに言ってる?)

だがそれでも、その言葉が自身に向けられているものであることは理解できた。

原因とは何か、自分の意思とはどういうことなのか。そもそも、ここはどこでこの男は誰なのか。

わからない。わからないことだらけだ。何もかも、今の彼女が覚えていないことであった。

（……？　今、何か……）

『さぁ、僕と行こう』

一瞬覚えた違和感。しかしそんな言葉と共に差し出された手に対してマリーンの体が彼女の意思に反して動き始めたため、彼女の思考は目の前の男へと引き戻される。

マリーンの体が、差し出された手を取った。

『ありがとう。もう誰も、君を傷つけられないように。そして君が、誰も傷つけないようにしよう』

その瞬間だけは、男の、嬉しそうに笑う顔がはっきりと見えた。

だがその顔を見て、マリーンは考える。やはり自分の知らない男だと。

（……知らない人には、ついていかない）

アイシャからもよく言い聞かせられた約束を思い出したマリーンは、掴まれた手を振り払おうとする。しかし、彼女の意思はやはり関係ないのか、体は掴まれた手を離そうとはしていなかった。

『おっと、そんな顔をしないでよ。大丈夫、なんたって僕は――』

再び男の言葉に雑音が混じる。

満面の笑みと共に向けられたその言葉が何なのか、それはマリーンには見当がつかない。

だがしかし、掴まれた手から感じる男の魔力には覚えがあった。

懐かしいような、温かいような。そんな魔力。

（この魔力……ボク、知ってる）

目が覚める。

宿泊していた宿のベッドからのそりと起き上がったマリーンは、ゆっくりと辺りを見回した。

月明かりが照らす部屋の中、隣のベッドでは一緒の部屋に泊まったアイシャが眠っているのが見える。

どうやらまた夜中に目が覚めてしまったらしい、とマリーンは小さく息を吐いた。

「どんな夢、見てたんだっけ……」

何か重要な夢を見ていた気がする、としばらく思い出そうと頭を働かせるマリーン。

しかしいくら考えても思い出せず、仕方ないと諦めてベッドを抜けようとするのだが、ベッドの中で足に抱き着いている何者かの存在に気づいた。

見れば、そこにはだらしない顔で眠るウィーネの姿。

たしか彼女は隣の部屋でリリタンたちと共に寝ていたはず、と考えたマリーンだったが、ボーリスのパーティハウスではいつものこと。

彼女の拘束を外して改めてベッドから抜け出すと、マリーンは窓から外に出て屋根の上へと登る。

そして無言で東へと目を向けていたのだが、しばらくして下から「よいしょっ」という聞き慣れた声が聞こえた。

「アイシャ、起きたの？」

「もう……マリーンったら。そんなところにいましたのね」

捜しましたのよ、と宿の屋根へと登っていたマリーンを見つけてため息をついたアイシャは、自らも彼女と同じように屋根へと登る。

「こんな夜に寝間着で外に出るなんて、体調を崩しても知りませんわよ？」

「その時は、ウィーネに看病を任せる」

「不必要な心配をかけないでくださいまし。いえ、ウィーネなら喜んでやりそうですけど……ともかく、上に何か着なさい」

ほら、と部屋から持ち出してきたのか、アイシャは折りたたんで抱えていたマリーンのローブを差し出した。

それを見たマリーンは「さすがアイシャ」とほんの少しだけ口角を上げてローブを受け取り、体に巻き付けて羽織る。

「まったく……どこの世界に、主人に世話をしてもらう従者がいますの？」

「ここ」

「胸を張って言うことではありませんわ。……隣、失礼しますわよ」

呆れたようにため息をついたアイシャは、そう言ってマリーンの隣に腰を下ろす。そしておもむろに、「気になりますの？」と問いかけた。

「……何が？」

「野宿でも宿でも、毎晩心配そうに東の方を見ていればわかりますわ。ボーリスが……トーリさんのことが気になるのでしょう？　彼の置かれている状況を知ってから、ずっとそうなんですもの」

確信を含むアイシャの言葉に、いつもの無口をさらに閉ざしてローブを強く体に巻き付けた。

その行動を見て、アイシャは「もう……」と小さく呟くと、マリーンの頭にそっと手を置いて優しく撫でる。

「……？　アイシャ？」

「心配なら、相談くらいしてくださいまし。たしかにあなたは感情が表に出にくいですし、お菓子のことと魔法のこと以外は口数が少ないこともたしかですわ。でもその分、行動に表れることもよくわかっていますのよ？」

「……でも、これはボクのわがまま。記憶がなくて、誰でもなかったボクをボクにしてくれたアイシャに、これ以上迷惑はかけたくない」

だから大丈夫、と少しだけアイシャに笑ってみせるマリーン。ところが、そんな彼女の表情を見たアイシャはマリーンの頬を両手で挟み込み、生地をこねるように弄《もてあそ》ぶ。

「アイシャ、ちょっと痛い」

「変なことを言うお口はこれでいいんですの！　まったく……たしかに私《わたくし》たちは冒険を共にするパーティですわ。お互いがお互いを支え合うことが基本。けどね、マリーン」

グリグリと頬をもみくちゃにしていた手を止め、アイシャはニッと笑う。

「それ以前に私《わたくし》とあなたは友達であり、そして家族ですわ！　迷惑だなんて、いったいいつ私がそんなこと言いましたの。家族ならそんなものかけて当たり前！　それにもうそんなこと、慣れっこですわよ！」

「……ん。たしかに、そうだね」

「ええ。そうですわ」

ローブを巻き付けていた手を離し、その場に立ち上がるマリーン。それにつられるようにアイシャも立ち上がれば、マリーンは一度目を伏せてからアイシャを見上げた。

「アイシャ。ボク、トーリが心配。だから、ボーリスに戻りたい」

真っ直ぐ向けられた珍しく意志の籠《こも》った目に、アイシャは嬉しそうに頷いてみせる。

「《白亜の剣》のリーダーとして、許可しますわ！　実はボーリスへの馬車も押さえていますの。明日にでも出発できますから、今から準備しておくといいですわ」

「……いいの？」

「ええ。今回の王都への招集は、地竜とあの魔法使いの件についてですもの。私《わたくし》とリリタンだけで対応は可能ですし、こっちを気にする必要はありませんわ」

それに、と彼女は屋根の下へと視線を向ける。

気になったマリーンがアイシャの視線を追ってそちらを見ると、窓からリリタンとサランの二人がアイシャと同じように笑顔で頷いていた。

「あなたがボーリスに戻るかもしれないことは、他の皆にも伝えていますわ。ウィーネもあなたに同行すると言って聞かなかったのですが……さすがに魔法使いが二人ともいなくなるのは困るので、無理やり納得してもらいましたわ」

「みんな……ありがとう」

小さく呟いたその言葉に、《白亜の剣》の三人はお互いの顔を見やって笑みを浮かべる。残った約一名は、ふてくされて部屋の隅でいじけていたが。

そしてその翌日。マリーンはボーリスに向けて出発するのであった。

EPISODE 6

蛇の巣

「く、くるんじゃねぇ……！　いいのか、俺に手を出して……!?　俺はあの《蛇の巣》の――ブゲッ!?」

「ったく、暇な奴らだな本当に」

つい先ほど、ぶつかってもいないのに「どこぶつけてんだオラァ！」と絡んできた奴の意識を飛ばし、その場に寝転がす。

まったく、難癖にもほどがある。

ゴロツキ三人組からの襲撃にあってからというもの、顔も知らない、話したこともない奴らに、やれ「有り金全部出せ」だの「身包《みぐる》み置いてけ」だの言われてちょっかいを出されるようになった。

さっきの当たり屋みたいな台詞《せりふ》は新バージョンだったな。

「増えたよなぁ……最近。いや、そのぶん多少のストレス発散にはなってるんだけど」

全部街中で仕掛けてくるため、仕方なく【纏《まと》い】を使った無手で相手をしているのだが、さすがにこう何度も絡まれては面倒というもの。

監視も相変わらずだ。

今も依頼の受注から達成報告まで、隠れ潜んで監視を続けていらっしゃる。

そんなことするくらい暇なら、冒険者らしく依頼でも受ければいいのにとも思う。

というわけで、ここ数日は依頼で街の外へ出ているときは冒険者たちに監視され、街中ではゴロツキに襲われる日常を過ごしているトーリくん（二十五歳）です。

ふざけんな。

「……やっぱりあるな」

先ほど絡んできた男の肩をチラと見れば、蛇を模したような彫り物がされていた。

最初の三人は確認していないが、これまで街中で襲ってきた奴は、みんなこの彫り物を体のどこかに刻んでいることを確認している。

また監視の冒険者も、ギルド内で見かけた際に同じ彫り物が刻まれていた。

全員同じ組織か何かなのだろう。

（蛇、ねぇ……）

《王蛇《おうじゃ》》と呼ばれる☆5の冒険者イーケンス。

アイシャさんから気をつけるようにと言われてから俺なりに情報を集めてみたのだが、わかったのは蛇腹剣《じゃばらけん》なんていかにもファンタジーな武器を使用していることと、彼を筆頭とするグループがあることだった。他にも、アイシャさんの話にあった冒険者潰《つぶ》しの噂《うわさ》に加えて、彼と関わりのあった女冒険者が突然姿を消す、なんて話もあった。

冒険者潰しについてはあくまでも噂だが、将来有望な冒険者に傘下に入るよう勧誘し、それを断れば潰されるのだとか。

いちおう、その潰されたという冒険者についても調べてみようと思ったのだが、勧誘を断ったと噂される冒険者はみんなこの街にはいないらしい。

別の街で冒険者を続けているのか、それとも街どころかこの世界からもすでにいなくなったのか。

それも不明だ。

（ギルドが動けないんじゃ、俺一人でなんとかするしかないよな……）

あくまでも噂であり、それを証明する被害者もいない。

そんな状況ではギルドも動けないのだろう。

加えて《王蛇》イーケンスは三十人近くにも及ぶ冒険者を付き従えているらしく、一部ではイーケンスを含めたグループを《蛇の巣》と呼ぶ冒険者もいるそうだ。

（《蛇の巣》ねぇ……冒険者以外にもいるみたいだけど）

チラと足元に視線をやれば、未《いま》だに白目を剥《む》くゴロツキの姿。

こんなのが仲間という時点でお察しである。

「……帰るか」

【探知】で探ってはみたが、もう俺をつけているような奴がいなくなったため、《安らぎ亭》へと戻ることにした。

ここ最近は変な奴に目をつけられているため、リップちゃんたちに迷惑をかけないようにと《安らぎ亭》に帰るのも遅くなっている。

それもまた腹立たしい。

「戻りましたよっと」

気疲れからか、《安らぎ亭》についた途端にため息が出てしまう。

そんな俺を、厨房《ちゅうぼう》から顔を覗《のぞ》かせたオヤジさんが「おかえり」と出迎えてくれた。

「また今日もずいぶん遅かったじゃねぇか」

「野暮用《やぼよう》ですよ。それより、まだご飯は残ってますか？　お腹が空《す》いちゃって……」

「おう！　すぐ温めなおしてやらぁ」

まかせな！　と厨房へと下がっていったオヤジさんを見送り、そのまま席につく。

しばらくすると、リップちゃんではなくオヤジさんが料理を運んできてくれた。

いつもの固いパンとスープ。そしてメインには、ランページファングのステーキだ。

「すみません、時間に間に合わなかったのに……」

「いいってことよ。お前さんには食材の提供で助けられてるからな！　このランページファングの肉もそうだしよ」

「そう言ってもらえると助かります。それより、リップちゃんはどうしたんですか？」

「リップなら、今は勉強中だな」

オヤジさんの言葉に、思わず「勉強？」と首を傾《かし》げる。

「おう。新しくここに泊まってくれている冒険者が、読み書きの他に計算もできるらしくてな。ここ最近、時間があるときに見てくれてんだよ。曰《いわ》く、リップは筋がいいらしくてな？　親としては鼻が高いってもんよ！」

さすが我が天使！　と呵々大笑《かかたいしょう》するオヤジさん。

たしか、他の街から来た冒険者だとオヤジさんが言っていた客だ。

「まだ会ったことがないんですけど、どんな方なんですか？」

「あ？　……そういや、トーリはまだ顔を合わせてないんだったっけか？」

「ええ。人見知りの方だったりします？」

「いんや、別にそういう感じには見えなかったぞ？　飯の時も普通に喋《しゃべ》ってるしな。お前さんみたいに、物腰の柔らかい優男《やさおとこ》って感じだったぜ。☆3の冒険者らしいし、トーリとは気が合うかもだな」

そんなオヤジさんの言葉に、「へー」と返した。

街にやってきた当初ならともかく、その冒険者だという彼もすでにギルドで俺の話を知っているかもしれない。

果たして、顔を合わせたところで仲良くなれるのだろうか。

「あ！　おにーさん！　おかえりなさーい！」

「ああ、ただいまリップちゃん。お勉強頑張ってたんだって？　偉いね」

「えへへ……リップ、たしざんできるの！」

みててみててー！　と指を折りながら、一桁の数の足し算を一生懸命披露するリップちゃん。そんな彼女の姿を見たオヤジさんは、うるさいくらいに泣きながら膝を折って頭を撫《な》でている。

せめて俺のいないところでやってくれ。

「おや？　なかなか愉快なことになっていますね」

オヤジさんのいつもの奇行に呆《あき》れていると、階段から初めて聞く声が響いた。

俺が誰かと確認する前に、計算中だったリップちゃんが「せんせー！」と手を振っている。

「珍しいな、先生がこの時間に下りてくるなんて」

「これだけ騒がしければ、気になって下りてきても不思議ではないでしょう？　それより、そちらの方は初めましてですね。ゴリアテさん、紹介していただいても？」

　男はそう言って階段を下りてくると俺と対峙《たいじ》するように目の前に立った。緑の髪を後ろに撫《な》でつけた、女性受けのよさそうな顔をした眼鏡の男だ。

「それもそうだな。トーリ、この人はアラウンさんつって、お前さんと同じ☆3の冒険者だ。今は時間があるときにリップの勉強も見てくれている先生でもある」

「初めまして。アラウンと申します。以後、お見知りおきを」

　ニコッ、と効果音でもつきそうな笑みを浮かべるアラウンと名乗った男は、そう言ってこちらに手を差し伸べてきた。

　俺はその手を取る。

「ああ、初めまして。同じく、☆3のトーリだ。この宿に泊まる物好きがどんな奴か気になっていたんだが……ようやく顔合わせができて嬉《うれ》しいよ」

「おいこらトーリ。どういうことだ？　あ？」

「まあまあ、ゴリアテさん。そうカッカなさらないでください」

　苦笑しながら、俺にガンを飛ばすオヤジさんをなだめるアラウンさん。

　リップちゃんの先生役も務めてくれている彼の言葉は無下《むげ》にはできないのか、渋々といった様子で下がったオヤジさん。

　そんなオヤジさんは無視して、俺はアラウンさんへと話しかける。

「アラウンさんは他の街から来た冒険者だと聞いたんだが、どこから来たんだ？」

「トルキーです。危険ですが、稼ぐには《帰らずの森》に近いボーリスの方がいいですからね」

「なるほど、トルキーからか」

トルキーといえば、俺が昇格試験の際に訪れた隣町だ。

ただ周囲に出没する魔物は《帰らずの森》に近いボーリスと比べると弱いのが多い。彼の言うとおり、稼ぐのならボーリスの方が都合がいいだろう。

「そうだ。もしよければ、《帰らずの森》を案内してもらってもよろしいでしょうか？」

「案内？　俺が？」

「ええ。何度かあの森で討伐依頼はやっているんですが、まだ慣れたとは言い難《がた》くて……トーリさんはこのボーリスで活動されているんですよね？　なら、私よりは詳しいかと思いまして」

「たしかにそうだが……」

別に案内することに関して問題はない。

問題はないのだが、現状を考えると俺と一緒に行動するのは、あまりよろしくないのではないかと考えている。

一緒に行動すればこの人も一緒に目をつけられるかもしれない。

どうしようかと返答に困っていると、そんな俺を見かねたのかオヤジさんが肩を叩《たた》いた。

「いいじゃねぇかよトーリ。何をそんなに悩んでんだ？」

「ああ、いや……」

「何か心配事でもあるんですか？」

言い淀《よど》む俺に対して、アラウンさんが問いかける。

オヤジさんたちに余計な心配や不安を感じさせたくない俺にとっては、いま変なのに目をつけられているとは言いづらい。

「……わかった。じゃあ今度オークの討伐にでも」

「ええ！　よろしくお願いしますね」

嬉しそうに笑ったアラウンさんは、そう言って眼鏡をクイと直すのだった。


そして翌日。

早速《さっそく》アラウンさんに、《帰らずの森》での案内を頼まれてしまった。

今朝リップちゃんとの朝食中に頼まれたときの俺は、それはもう全力で嫌な顔をした。心の中で。

準備をして集合ということだったので、朝食後に部屋へと戻るといつもの防具と剣を携える。

いちおう手入れも自分でできる範囲でしてはいるのだが、少々草臥《くたび》れているようにも思える。やはり、修繕は本職に任せたほうがいいのだろう。

もしくは、武器を新調するのも手だろうか。

冒険者としての稼ぎもそれなりに貯《た》まってきた。今の防具も剣も、あの神と名乗る存在からの餞《せん》別《べつ》ではあるが特別すごいモノ、というわけではない。せいぜい同じ素材のものと比べれば質が良い、という程度だ。

「俺もミスリルの剣とかに変えてみるか……？」

一瞬よぎったアイシャさんの剣。

ミスリルは魔力の通りがよいため、【纏い】を使う剣士としてはぜひ揃《そろ》えておきたい一品だろう。

今の剣でも十分ではあるが、剣士として強くなるには武器も……

「って、違う違う。そうじゃない」

慌てて首を振って思考を紛らわせる。

そもそも、表《おもて》の剣士としてはそこまで大成しようとしているわけではない。

あくまでも一般的な剣士を演じ、その裏で活躍する最強の魔法使い。誰もがその姿を知り、しかしその正体を知ることはなく、事実と噂が独り歩きするのを肴《さかな》に美味《うま》い酒を飲む。

これこそが俺の求める理想形。

【纏い】は魔法使いとしての俺の強化にもつながるため習得したが、剣をミスリル製になんてした日には、一般モブ剣士など名乗ることはできなくなる。

よし、新調するなら普通の鉄製だな。

討伐証明を詰める使い捨ての袋に、剣を拭《ぬぐ》うためのボロ布。さらには飲料や回復用のポーションなども準備して背負い袋へと詰め込んだ。

「……まぁ、持っておいて損はないしな。うん」

魔法使い用の黒のローブと服。そして自作の仮面。

どうしようかと思ったが、とりあえずこれは【拡張】した懐に詰めておくことにする。

「トーリさん。私の方は準備できましたが、そちらはどうですか？」

「ああ、いま行くよ」

扉の外からアラウンさんの呼び声が聞こえたため、慌ててローブと仮面を懐にしまい込む。

部屋から出ると、すでに準備を整えていたアラウンさんがいた。

「待たせた。それじゃあ出発しよう」

「はい。今日はよろしくお願いしますね」

「こちらこそ。まぁ、せいいっぱい努めるさ」

「お、二人とも。もう出るのか？」

二人で話しながら階段を下りると、厨房にいたオヤジさんが顔を出した。

その言葉にアラウンさんが「ええ」と優しく笑って答えると、オヤジさんが「ちょっと待ってろ！」と厨房の奥へと引っ込んでいく。

二人で顔を合わせて首を傾げていると、厨房の奥から現れたのはリップちゃんだった。

その手に二つ、植物で編まれた籠《かご》を重ねてこちらへやってくると、「おひるだよー！」と笑顔で差し出してきた。

「いいの？」

「うん！　おとーさんとつくった！」

「リップがな、お前らにお昼を作ってあげたいって言ったもんでよ。パンでランページファングの肉を挟んである。簡単な料理だが、昼にでも食ってくれ」

「あのね！　リップね！　おにくはさんだの！」

ほめてほめてー！　とぴょんぴょんしているリップちゃんだが、その籠を持ったままだと非常に危ないため早々に回収する。

そしてそのうちの一つをアラウンさんに渡し、自分の分を背負い袋へ詰めた。

「リップちゃん、ありがとう。お兄さん頑張ってくるね」

案内するだけだけど。

軽く頭を撫でてから、アラウンさんとともに《安らぎ亭》を出る。

その際に「あ、そうだ」と何かを思い出したのか、アラウンさんはオヤジさんとリップちゃんを呼んだ。

「すみません。私が出た後になるんですが、友人がここを訪ねてくるかと思います。部屋に準備している資料が目的なので、部屋まで案内してもらってもよろしいでしょうか？」

頼めるかな？　とリップちゃんに目線を合わせて話しかけるアラウンさん。

「わかった！　リップあんないする！」

「自分から進んで手をあげるリップ……！　俺の天使だ尊い……！　じゃあ案内はリップに任せるとして、そのご友人に伝えておくことはあるか？」

号泣から急にスンッ、と真面目な顔になったオヤジさんに恐怖を覚えたのは、今この場では俺だけだったのだろうか。

アラウンさんはそんなオヤジさんの変化には特に何も言わず、「そうですねぇ……」と顎《あご》に手を当てていた。

「では、『よろしく』とだけお伝えください」

「そうか？　それだけでいいなら構わねぇんだけどよ」

「はい、よろしくお願いします。ではトーリさん、行きましょうか」

「わかった。ではオヤジさん、また夜には戻ります」

「おう！　美味い飯作って待っとくから期待しておけ！」

「いってらっしゃーい！」

手を振りながら飛び跳ねているリップちゃんに手を振り返して、俺もアラウンさんに続く。いつもどおり、飯にはあまり期待せずに帰ることにしよう。

「子供って、いいですよね」

ぽつりと隣で呟《つぶや》いたアラウンさんの言葉に、思わずぎょっとする。

「……あの、もしかして子供が恋愛対象だったりします？」

「何を言ってるんですか？　子供相手に、そんな感情を抱くわけがないでしょ？」

「ですよね！」

よかった。いや本当に。

もしかしたらすごく真面目で優しそうに見えて実はそういう嗜好があったりするのかと疑ってしまった。

その場合、俺は昨日初めて会った仲良くなれそうな人を、早速牢《ろう》にぶち込まなければならなかったぜ……オヤジさんから助けるために。

どんな形相するんだろうかと、一瞬だけ考えてやめた。

「勉強を教えているときもそうなんですが、あの子すごく感情が顔に出るみたいなんですよね。難しかったり、わからなかったりするとしかめっ面《つら》で悩みますし、正解すると跳び上がって喜びますよ」

「すごく目に浮かぶな、それは」

「ええ。そういった、感情の変化がわかりやすい子はいいですね。そういえば……かなり仲良くされていますが、あの宿はもう長いんですか？」

「いや、俺も二ヶ月と少し前にこの街に来たところなんだ。《安らぎ亭》は、その時から利用してる」

なるほど、と納得するように頷《うなず》いてみせるアラウンさん。聞けば、リップちゃんに勉強を教えている合間の休憩時間で、俺のことをよく聞いていたんだそうな。

時間が合わず機会はなかったが、俺に会ってみたいとは思ってくれていたらしい。

「最初はギルドの方で悪い噂も聞いていましたが、あの子との話に出てくる人物像とは一致しませんでしたから。やはり、伝聞ではなく、自分で見聞きすることは大事ですよ」

「ははっ……そう言ってもらえると助かるよ」

やはりというか、まぁギルドで依頼を受けているのなら当然だろう。俺についての話は知っていたようだが、リップちゃんのおかげで誤解されずにすんでいるようだ。

心の中でリップちゃんに手を合わせ、今度何か甘味でも買ってあげようと心に決めるのだった。

そうしてしばらく二人で話をしながら《帰らずの森》へと向かうその途中、ギルドを横切る際にアラウンさんがこちらを向いた。

「それではトーリさん。私はギルドで依頼を受注してきます。先に東門付近で待っていてください」

「おん？　依頼を受けるのか？」

「いやぁ、お恥ずかしい話ですが、懐が寂しいものでして……トーリさんへのお礼も、その報酬から出そうかと考えているくらいなんですよ」

どうもすみません、と頬《ほお》をかきながら苦笑するアラウンさん。その姿も絵になっているのは、さすがの顔立ちと思わされる。

「それなら、俺もついでに依頼を……」

「大丈夫ですよ。トーリさんには、私を案内するという仕事があるんですから。無理に仕事を増やす必要はありません。それより、私はスウォームクローの討伐があれば受注してきますので、スウォームクローが出現しそうな場所の案内も頼みますね」

「スウォームクローとなると……☆3で行ける範囲でも、結構森の奥になりますね」

スウォームクローとは、群れで行動している狼《おおかみ》のような魔物だ。似た魔物で言えばコボルトが挙げられるが、スウォームクローはコボルトよりも凶暴だと言われている。

個々の強さはランページファングに劣るが、獲物を追い詰める個体、待ち伏せする個体など役割を持って群れで狩りを行うので厄介だと言えるだろう。

それを俺がいるとはいえ一人で受けようとするなんて、相当腕に自信があるようだ。

それでは行ってきます、とギルドへ入っていくアラウンさんを見送った俺は、いちおう【探知】で周囲を探る。

どうやら今回も隠れ潜んでいるらしく、ここから少し離れた建物の陰にこちらを見る怪しい人型を捉えた。

「他に人がいるんだし、今日は何もしてくれるなよ本当に……」

アラウンさんが戻るのを待ちながら、顔を顰《しか》めて小さく呟く。

それからしばらくして、無事に依頼を受注した彼と共に《帰らずの森》へと向かうのだった。

◇

「この辺はポーション用の薬草の群生地になってるんだ。もし採取依頼があるなら、ここに来ればだいたいは集まる」

「なるほど、参考になります」

《帰らずの森》の中を歩きながら、アラウンさんに薬草の生えている場所や魔物が巣を作りやすい岩壁などのポイントを案内する。

依頼を受ける際には、こうした場所をあらかじめ把握していることが重要になるため、俺自身もすべてではないがある程度は知識として頭に入れているのだ。

案内して説明するたびにアラウンさんは頷いてくれているため、ちゃんと彼の希望に則した案内ができていることに内心で安堵《あんど》する。

だが懸念点が一つあった。

(満足はしてくれているようでよかったが……)

チラと俺たちの背後を見れば、お前ら暇人かよと呆れたくなる光景があった。

いつもどおり木の陰に数人……いや、さらに奥。もっといやがるな。

【探知】の範囲を広げると、いつもは数人の監視係が今日はやけに多い。

「おや？　トーリさん、いま魔力で何かしていますか？」

すると、先ほどまで群生している薬草のメモを取っていたアラウンさんが話しかけてきた。

「え？　あ、ああ……友人に教えてもらった魔力感知を試してるんだよ。これがなかなか便利でな」

「ああ、たしかに。魔物は少ないながらも、魔力を持っていますからね。しかし魔力感知ですか……私には無理なんですが、索敵可能な範囲はどのくらいになるんでしょうか？」

「いやなに、それほど広くはないんだなこれが」

実際やろうと思えば【探知】の索敵範囲はかなり広い。それこそ、【探知】のみに集中すれば、ここからボーリスの街付近にまで及ぶだろう。

だがそんなことができると知られてしまえば、俺が普通ではないと思われる。

あくまで普通。少し魔法が使える程度の剣士であると思われていたほうが都合がよい。

「しかしこれに気づくってことは……アラウンさんも魔力持ちなのか？」

「ええ。ただお恥ずかしい話、魔法は使えないんです。どうせ魔力があるなら、魔法使いにでもなってみたかったのですが」

残念そうに笑うアラウンさんは、そう言って腰に携えた剣を抜き放つと背後に向けて一閃《いっせん》する。

するとその剣は、ちょうど彼の背後から襲いかかってきたタイニーハンドと呼ばれる小さな猿に似た魔物を斬り裂いた。

「お見事」

「いや、まだまだですよ」

見事な一閃を繰り出したその動きからは魔力が感じ取れたため、アラウンさんも【纏い】が使えるのだろう。

剣を振るうまでの流れも、無駄がなく見事だった。これで俺と同じ☆3だというのだから、このランクが玉石混淆《ぎょくせきこんこう》であることがよくわかる。

「それより、もうすぐスウォームクローの縄張りだ。一度休憩して、リップちゃんのお弁当でも食べよう。もう陽も高くなってきたからな」

「……たしかに。そうしたほうがよさそうですね」

空を見上げたアラウンさんが俺の言葉に頷くと、二人で休めそうな木陰を探す。

その際、しっかりと後ろの奴らの挙動を確認しているのだが、人数は増えてもやることは変わらず監視のみだ。

本当に、何がしたいのかがわからない。暇人すぎないかあいつら。

「この辺はどうでしょうか？」

「お、いいなここ。魔物の警戒もやりやすそうだ」

アラウンさんが見つけたのは、森の中でも少し開けた場所。俗にギャップと呼ばれるところだ。

周囲には邪魔になりそうな木が少ないため、隠れて監視している奴らも距離を取らざるを得ないだろう。いい場所を見つけたものだ。

「アラウンさんは先に食べといてくれ。俺は辺りの警戒をしておくよ」

「そうですか？　ありがとうございます。では、お先に」

先に食べ始めるアラウンさんを横目に、【探知】で辺りを警戒する。

すると【探知】で確認できる奴らが何か合図のようなものを出し合い、妙な動きを始めた。

(ゆっくりと囲みだしてるな。何が目的だ……？)

後をつけてきた奴らが、俺とアラウンさんを囲むように動き始めている。

今までになかった行動だ。

(襲撃でもするつもりか？　今この場所で？　マジで？)

もしそうだとすれば、なぜそのタイミングを今にしたのかが謎でしかない。

もし彼らが最初からそのつもりで俺の後をつけていたとすれば、今日までの間で何度もそのタイミングはあったはずだ。

それも今日のような二人ではない、一人の時に。

（もしくは襲撃の指示があったタイミングが、たまたま今日だっただけか？）

おそらくだが、相手はこれまでの街中の戦闘でおおよその俺の実力を把握しているはずだ。

【纏い】を使える以上、並の☆3相手には簡単に負けるつもりはないため、いざ襲撃を仕掛ける段階で人数を増やすことにも納得はいく。

だがそれでも、今周りを取り囲んでいる奴らには魔力持ちがいないことは、魔力感知で明らかだ。

故に相手側に【纏い】を使える者はいない。むしろ、こちらには俺とアラウンさんの二人。

たとえ襲いかかってきても簡単に返り討ちにできるだろうし、俺一人であったとしても【纏い】を使えば簡単に逃げることも可能だ。

それすら予見できないバカなのか、《王蛇》イーケンスという奴は。

（いや、逆か？　俺を逃がさず、かつ負かす算段がついたから今日襲撃をかけてきた……？）

「トーリさん。私の食事は終わりましたので、見張りを変わりますよ」

食事を終えたのか、アラウンさんが声をかけてくる。

籠を片づけて立ち上がった彼は、休んでいてください、と俺を気遣う優しい笑みを浮かべて俺に歩み寄った。

「っと。ありがとう。それじゃ俺も――」

拭いきれない違和感。

なぜこのタイミングで仕掛けてきたのか。俺の考えすぎなのかもしれない。

だがもしも、その可能性があるとするならば――


ギィンッ!!　と金属の刃同士がぶつかり合う音が森の中に響いた。


「……何のつもりか、聞いていいか？」

「ほう？　いつからお気づきに？」

「今さっき……お前が剣を抜いた瞬間にだよ」

目の前で一閃された剣に対して反応できたのは、念のためにと警戒していたからだろう。

互いに抜き放った剣を受け止め、鍔迫《つばぜ》り合《あ》いになると、目の前には先ほどと変わらない優しげな笑みを浮かべたアラウンさんの姿があった。

「いやぁ……油断してると思ったんですが」

「できれば、最後まで信じたかった」

「なら最後まで信じてほしいものですよ！　斬られるその時までね！」

鍔迫り合いの状態から押し込まれた俺は、一度後ろに大きく跳んでアラウンさん……いや、アラウンから距離を取る。

偽装のために出力を制限しているとはいえ、アラウンの【纏い】は現状の俺よりも上だということがわかった。

変わらぬ笑みを向けてくるアラウンに剣先を向ける。

「アラウン。お前も、イーケンスの傘下なのか？」

「逆にこの状況で、そうではない可能性があるとでも？」

周りをご覧になってくださいよ、という言葉に周囲を見渡せば、先ほどまで隠れていた冒険者たちがニヤニヤと笑みを浮かべて姿を現し始める。

三十人近くの冒険者たち。その体の一部には蛇を模したマークが見える。見えない奴らは服の下にでもつけているのだろう。

「はぁ……一人相手に、ずいぶんなご対応だな」

「それくらいあなたを評価しているんです。誇ってもいいですよ？　なにせ《蛇の巣》総員が、あなた一人のために来ているのですから」

「されたくもない評価は嬉しくないさ。だいたい、何が目的で俺をつけ狙ってきたのか、色々とこっちが教えてほしいもんだよ」

はぁ、とため息をついて肩を竦《すく》めてみせる。

すると、シュンッという風切り音とともに一本の矢が足元に突き刺さった。

矢が飛んできたほうへと視線を向ければ、弓矢を構えた冒険者が次は当てるぞという目で俺を見ていた。

「この状況でその余裕とは……そうとう頭が残念なようですね。人数差をわかっていないんですか？　もう少し思慮深い方だと思っていたんですが」

「誰がバカだ誰が」

再び放たれた矢を、今度は剣を振るって叩き落とす。

【纏い】さえ発動させていれば、あの程度の攻撃はそれほどの脅威にはなり得ない。

まぁ、相手するのが面倒そうなのは、目の前のこいつだろう。

「ふむ……やはり、【纏い】を使えるだけのことはありますね。いかがでしょう？　あなたも、私たちの仲間になりませんか？」

「……念のために確認してやるが、それはどういう意味で言ってるんだ？」

こちらに手を差し出して、笑顔で語りかけてくるアラウン。

一瞬冗談のつもりかと思ったが、どうやらそうではないらしい。俺が至極真面目な顔で聞き返せば、アラウンはさらに笑みを深めた。

「言葉どおりの意味ですよ。本来なら、あなたをここで殺すのですが、あなたには並以上の力がある。イーケンスさんも、あなたが仲間になるというのであれば、喜んで迎え入れてくれますよ？」

「へぇー。それはそれは……だが断る、って言ったらどうなる？」

「予定どおりに殺しますが、なにか？」

なにか？　じゃねぇよ。

さも当たり前のことであるように言い放つアラウンは、相変わらず気持ちの悪い笑みを浮かべている。

「さぁ、返答を聞きましょう。どうされますか？」

「いや、入るわけないだろ。バカなのかお前」

俺のその言葉に、「そうですか」と残念そうに笑顔を崩したアラウンは、しかし次の瞬間には再び笑みを浮かべて、仕方ない、と眼鏡の位置を直した。

「残念ですが、あなたにはここで死んでもらいましょう。仲間になれば、仲良くなれると思ったんですがね……」

「無理だろ普通に考えて。なんで眼鏡しか取り柄のないヤバい野郎と仲良くできるんだよ。アホか。常識ってご存じか？　知らない？　はぁ……これだから話の通じない奴らは嫌いなんだ」

わざとらしい深いため息をついてみせれば、一瞬だけアラウンの笑顔が崩れるのが見えた。

そうだ、怒れ。キレろ。感情のまま向かってくるのなら、なお良い。

見たところ、この中で一番強いのも、他の奴らの指揮をしているのも、目の前にいるこいつだ。なら、こいつを先に潰すのが一番手っ取り早い。それに、先にアラウンを倒してしまえば、他の奴らは烏合《うごう》の衆も同然だ。【纏い】も覚えている今、逃げることは容易《たやす》いだろう。

まぁ、こいつにムカついているから、俺の口が悪くなっているということもあるが。

「……その余裕、いつまで続くのか見ものですね」

「あぁ、はいはい。じゃぁいつまでも見とけよ。……いや、やっぱりお前にそんなじっと見られるの、気分悪いからやめてもらってもいいか？」

「……どうやらあまり状況判断が得意ではない、できそこないの頭だったようですね。仲良くなれるかと思いましたが、思い違いをしていたようです」

「いやぁ、集団で囲むだけで余裕を見せている人が言うことは違うな。おっと、すまん。バカにしているわけじゃないんだ。この口が勝手に、思ったことを話しているみたいでさ。やっぱり世の中、正直者って損だよな」

失敬失敬、と笑顔で謝ってみせれば、笑みを浮かべた口角がピクピクとヒクついていた。

ストレスかな？

けどこっちはこっちで、さんざん迷惑被《こうむ》ってきたんだ。それくらい言い返すのは正当な権利ってもんだろ。

「では、これを見てもその余裕が続くのか、ぜひ見させていただきましょうか。連れてきなさい！」

その言葉と共に、アラウンの目線が横に向けられる。

それにつられるように、俺も何が来たのかとそちらに目をやった。

俺は目を細め、そして次にはその目をアラウンへと向ける。

「……自分が何をしてんのか、わかってんだろうな？　冗談ではすまないぞ？」

「ええ。そのつもりですよ？　しかし……ふふっ……先ほどの余裕はなくなったみたいですねぇ！　アハハハハハ！　いい！　その顔！　余裕が崩れて怒りが垣間見えるその顔！　最高ですよ、トーリさん！」

姿を現したのは、多少体格の良いだけの冒険者の男。

だが、それ以上に目がいったのは、男が肩に担《かつ》いでいる小さな少女。

俺もよく知る《安らぎ亭》の看板娘、リップちゃんが意識のない状態でそこにいた。

「アハハハハハ！　子供の豊かな感情表現も素晴らしいものがありますが、大の男の、怒りに変わる表情もいいものですねぇ！　ええ、ええ！　ですが、これからその怒りは、私たちに蹂躙《じゅうりん》されることで絶望へと変化する……!!」

ああ、どんな顔で絶望してくれるんでしょうか。

そう恍惚《こうこつ》とした表情で声をあげたアラウンは、不気味な笑みを浮かべて剣を構える。

「ああ、それともう一つ」

気づけばいつもの優しい《気持ち悪い》笑みを浮かべ、懐から小さな銅の金属板を取り出した。

「改めまして、私、☆4のアロウといいます。以後、お見知りおきを」

EPISODE 7　《王蛇》イーケンス

アロウと名乗った目の前の男が《安らぎ亭》に居ついたのは、俺が《白亜の剣》《はくあつるぎ》のアイシャさんから《王蛇》《おうじゃ》イーケンスの名を聞くのよりも前だったはずだ。

ということは、ずいぶんと前からこの状況を狙っていたことになる。

手の込んだことをやる奴らだ。

「ハッハァ！　死ねぇ！」

「よっと」

襲いかかってきた男の剣を弾《はじ》き飛ばし、がら空きになった胴体へ思い切り蹴りを叩《たた》き込む。

【纏《まと》い】によって強化された蹴りはかなりのもので、俺よりも体の大きなマッチョが、白目を剥《む》いて十数メートルほど飛んでいってしまった。

しばらくは復帰してこないだろう。

「ゼヤエァ！」

「よいしょぉ！」

「なっ……!?」

男を蹴飛ばしたのも束《つか》の間《ま》、間髪いれず背後から飛び込んできた槍《やり》使いの刺突を躱《かわ》す。

そして突き出されていた槍の柄を脇に挟み込み、強化された力で冒険者ごと持ち上げると、槍を振り回して男のみ投げ飛ばした。

悲鳴をあげて飛んでいった男を無視して、手元に残った槍を【纏い】で強化する。

「ホームランってなぁ！」

バットと同じようにそれを振り回せば、槍に巻き込まれた数人の冒険者たちが呻《うめ》き声《ごえ》をあげて空を舞い、そして真っ逆さまになって落ちてくる。

「やはり、【纏い】が使えるだけのことはありますね。同ランクの☆3でも、相手になりませんか。もう少し、使い物になると思っていたのですが」

俺が戦う様子を見ていたアロウが、やれやれといった様子でため息をついていた。

（いやしかし、どうしたもんかねぇ。とりあえず、【纏い】と【探知】で対応はできているが）

剣を防ぎ、背後からの攻撃を足を使って躱し、死角から飛んできた矢を首を傾けて回避する。

【探知】はともかく、他の空間魔法を使用すれば、この程度の状況を苦戦することなく切り抜けることは簡単にできる。

リップちゃんを助けることも容易《たやす》いだろう。

それはもうスタイリッシュに、余裕をぶっかましてここの奴ら相手に無双することもできれば、【転移】でリップちゃんと共に脱出ＲＴＡもできるわけだ。

（けどそうした場合、俺が魔法を使えることが連中にバレる。それも四属性のカスではない、空間魔法についてだ）

第三者からすれば何を戯言《ざれごと》を、と思われるのだろう。

少女の命――それも自分を慕ってくれている少女――と、空間魔法を衆目に晒《さら》すリスクを天秤《てんびん》にかけているのだ。クソ野郎と罵《のの》しられても当然の考えだろう。

しかし、空間魔法を晒した場合でも、一つだけなんとかできる方法はある。

とても簡単な話だ。空間魔法を見た全員を口封じすればいい。死人に口なしとはよく言ったものである。

（……いっそのこと、全員殺すか？）

ふと思い浮かんだ案に一瞬ありかもしれないと考えるが、直後にいやいやと内心で首を振った。選択肢としていきなり殺すとか、蛮族にもほどがありすぎるのではないだろうか。たしかにゴブリン退治やらで生き物……まぁ、魔物ではあるが、それを殺すことに慣れてきたとはいえ、さすがに人間ともなれば話は別だろう。

（本格的に、精神か思考に神の手が入ってることを疑ったほうがいいかもしれないな……）

こちとらまだ転生して数ヶ月である。二十年以上も生きた現代日本の倫理観は、そう簡単にはなくならないはずだ。

迫りくる冒険者たちを蹴散らし、殺さないようにと顔面を殴り飛ばす。

「あ、そうだ……っと！」

【纏い】で強化した足で地を蹴り、無理やりに冒険者たちの合間を駆け抜ける。

急激な加速に対応できていない冒険者たちをかいくぐり、俺はその先で剣を構えていたアロウに剣先を向けた。

「っ！　やはりこちらに来まし――」

「残念だが、お前は狙ってないんでな！」

俺の突進に喜色の笑みを浮かべて剣を構えたアロウ。

そんなアロウに対して、俺は踏み出した足に全力で【纏い】による強化をかけて急停止をかけると、ほぼ直角に曲がって軌道を変える。

狙うのは、リップちゃんを確保している冒険者。

「ヒィッ……!?」

「その手、放してもらうぞ！」

向かってくる俺を認識したのか、露骨に怯《おび》えた様子の冒険者。

他の冒険者たちと同じように、狙うのはその冒険者の顔面。強打すれば、のけ反ってリップちゃんを手放すだろう。

勢いそのままに怯えたその顔に蹴りを——

「させませんよ！」

ガンッ！　と間に差し込まれた剣によって阻まれた。

「チッ——！」

「あなたの行動はわかりやすかったですよ。この状況を打破するための最善手は、人質の奪取からの離脱——それを許す私ではありません！」

「変に頭回すなよ面倒くさい……！」

アロウの【纏い】で強化された力に押し込まれた俺は、剣を足場にして後ろへと距離を取る。

そう見せかけて着地と同時に仕掛けるのだが、それさえも読んでいたアロウは俺が振るった剣を防いでみせた。

やっぱり腐っても☆4なだけはある。

行動が読まれていたため、どうしたものかと一度アロウたちから距離を取った。

「ん……ぅん……？　ここ、どこ……？」

「おや、お目覚めですか？」

「せん、せい……？」

どう攻めようかと考えていると、今まで意識のなかったリップちゃんの目がゆっくりと開かれた。

まだ状況把握ができていないのかぼんやりと辺りを見回した彼女だったが、すぐ傍《そば》にいたアロウが顔を覗《のぞ》き込むように声をかける。

「はい、先生ですよ」

「あれ……っ!?　ねぇせんせい！　たすけて！　こわいひとがきて、おとーさんもけがしちゃって、それでリップも……リップ、も……あれ……？」

最初は縋《すが》るようにアロウへと話しかけていたリップちゃん。

だが、話しているうちに周りの状況が見えてきたのだろう。徐々にその言葉が尻すぼみになっていき、そして最後には不安そうに再び辺りを見回した。

そして、いま自分を捕まえている男の顔を見たリップちゃんは目を見開き、叫び声をあげる。

「いやぁ！　このひといやぁ！　せんせい、たすけて……！」

男の手を振りほどこうと暴れるリップちゃんは、目の前のアロウに助けを求めた。

彼女からすれば、普段から勉強を教えてくれる優しい人だったのだ。そんな人物が目の前にいれば、当然助けを求めるだろう。

「おやおやリップさん。私のお友達に、そんなことを言ってはいけませんよ？」

「……え？」

だがそれを……小さな少女の希望を、アロウはにこやかな笑みを浮かべながら打ち砕く。

まるで悪い子を優しく叱《しか》るような声で、奴はリップちゃんへと語りかけるのだ。

「つまりですね。先生もリップさんの言う、こわーい人のお仲間なんです」

「で、でも……せんせい、いつもリップにはやさしくして――」

「ええ、優しくしていました。そういう、わるーい大人もいるんですよ？　勉強になりましたね」

「な、なんでそんなこというの……？　リップ、わるいことしてないよ……？　いいこにはいいことがあるって、おかーさんいってたもん！」

「はいぃぃ？」

「ひゃあっ……!?」

叫ぶように声をあげるリップちゃんではあったが、その声はどこか弱々しい。

そしてそんな彼女を脅かすためか、いきなり彼女の眼前にまで顔を寄せたアロウは、悲鳴をあげて顔を背けたリップちゃんを見て、大変満足そうに笑い声をあげた。

「はぁぁ……やはり子供は素晴らしいですねぇ……この反応。感情が素直に表に出る子供は本当に楽しませてくれま――」

「もう黙れよお前」

恍惚としているアロウに奇襲を仕掛ける。

俺自身、人の性癖には割と寛容なつもりではあるが、こいつのこれは聞くに堪えない。ロリコンよりも悪質だろこんなの。

「おっと危ない。見えていますよ」

「見えるようにしてやったんだよ」

だがそんな奇襲も、合間に剣を割り込ませたことで防がれてしまう。どうやら俺の攻撃が単調になっていたようだった。

どうする？　殺すか？

（……いやいやいや。だから、蛮族すぎるって）

はぁ、と内心でため息をつく。

ダメだな、イラつくとすぐ雑になる。ゲームでも煽《あお》られたら、逆に弱くなってたもんなぁ、俺。

「おにーさん……？」

「おう、リップちゃん。ちょっとそこで待っててね。お兄さんは、先生とお話があるからさ」

俺の存在に気づいたリップちゃんにそう言えば、彼女はうん、と頷《うなず》いてくれた。

一度距離を取り、すかさず距離を詰めれば、アロウと俺の剣による応酬が始まった。

一合、二合と続き、終《しま》いにはわずか十秒にも満たない間に数十もの剣を打ち合わせるまでに至る。

「必死になりましたねぇ……！　やはり、あの子を助けようとしているからですか……!?」

「子供を助けるのは、大人として当然だと思うが？」

「いいですねぇ、助けようとする者とその勝利を信じている者！　その二人の希望を打ち砕いたとき、どんな顔をしてくれるのか。私はそれが見たくてたまりませんよ……！」

「勝手に言ってろクソ野郎。それと――」

これでも喰《く》らっとけ、と剣を叩きつける一瞬、空間魔法を使うときと同じような感覚で【纏い】をかけるべく魔力を通す。

今までの制限した強化ではなく、可能な限り全力で強化した一撃。たったそれだけで、先ほどまで攻め切れていなかった俺の剣は、アロウのそれを押し込んで大きく弾き飛ばした。

「っ!?」

「ぶっ飛べ」

剣を失ったアロウに全力の回し蹴りを叩き込む。もちろん、【纏い】の強化込みだ。

咄嗟《とっさ》の判断で腕を構えて防御の姿勢をとったアロウだったが、それすらも無視して蹴り飛ばす。

何かが折れるような音とともに、いくつかの木を破壊しながらぶっ飛んでいくアロウ。

周りの冒険者たちは、ポカンと口を開けてその様を見ていた。

「ほら、そこのお前。痛い目見たくなかったら、その子を俺に渡せ。な？」

「ヒッ!?　こ、こんなに強ぇなんて聞いてねぇぞ……！」

リップちゃんを捕らえていた男に歩み寄ってそう言うと、彼は怯えた表情を浮かべてリップちゃんを解放した。

すぐさまこちらに飛び込んでくるリップちゃんを抱きかかえた俺は、彼女の目に入らないよう、目の前の男の腹に蹴りを叩き込む。

ヘブゥッ!?　と男が飛んでいく中、俺はリップちゃんに目を向けた。

「リップちゃん、大丈夫だった？」

「うん、だいじょうぶ……」

「よーし！　よく我慢したね！　やっぱり、リップちゃんはえらいぞ！」

優しく抱きしめながら、その背中をポンポンと叩いて話しかける。

そうすると、今まで我慢していたのだろう。顔を俺の胸に埋《うず》めると小さな嗚咽《おえつ》の声が腕の中から漏れ聞こえてきた。

まだ七歳の女の子なんだ、怖くて当たり前である。

人質を用意するにしても、よくこんなことやろうと思ったな本当に。

しかしこうなってくると、《安らぎ亭》のオヤジさんも心配だ。あの人は簡単にはくたばらないと思うが、リップちゃんのこともある。急いで帰ったほうがいいだろう。

「リップちゃん、しっかりつかまってね。このままお家《うち》までかえ――」

「なんだぁおい！　アロウの奴、やられてんじゃねぇかよ！」

森の中に響いた大声と、そして背後から迫る風切り音。

反射的に背後に向けて剣を振るえば、金属同士がぶつかり合う甲高い音とともに、振るった剣が何かを弾いた。

見えたのは、ワイヤーのようなものに連なっている複数の刃。

弾かれたそれは意思を持つ生き物のように宙を舞うと、ジャラジャラと音を立てて退《ひ》いていく。

その先に、その男はいた。

「つたくよぉ……何のためにお前に任せたと思ってんだよアロウ。全然だめじゃねぇか」

「いつつ……すみません、イーケンスさん。予想よりも強かったものですから」

フラフラとした足取りでゆっくりと立ち上がったアロウは、その男に申し訳ないと頭を下げる。

「……まぁいい。それで？　そいつが例の冒険者だな？　まぁ、もう攻撃しちまったがよ」

「ええ。彼が《新人遅れ《オールドルーキー》》のトーリさんです」

へぇ、とまるで獲物を見るようにこちらを見た男。

初めて見るその男は、刈り上げた金髪に二メートル近い体躯《たいく》をした、浅黒い肌の大男だった。

男は手にした蛇腹剣《じゃばらけん》をブンッと振り回し、傍にあった木へと巻き付けると、ニッと笑って蛇腹剣を一気に引いた。

すると、蛇腹剣の連なった刃は、巻き付いた木をズタズタに引き裂いて斬り倒してしまった。

威圧しているつもりなのだろう。

「よぉ、《新人遅れ《オールドルーキー》》。いちおうご挨拶だ。俺は《王蛇》。《王蛇》イーケンス様だ。しっかり覚えて、俺たちのために死んでくれや」

なんか人の彼女とか寝取ってそうな、チャラいのが来たんですけど。

心の中で、苦手なタイプだなぁとため息をつく。

「にしても甘《あめ》ぇよなぁ、お前」

そう言ってイーケンスは辺りを見渡すと、おもむろに近くに倒れている冒険者の顔を覗き込むように屈《かが》んだ。

「一人も死んでる奴がいねぇじゃねぇかよ。半分くらいは俺が来る前に斬り殺されてると思ってたんだが、こりゃ意外だわな」

「そうですね。剣は使えども、直接的な攻撃は拳《こぶし》か蹴りでしたから」

呻き声をあげてはいるものの、周りで倒れている冒険者たちは全員生きてはいる。

もちろん、体のどこかは折れているだろうし、ろくに動けないようにはしているが、教会でお金を払えば復帰は容易な程度だ。

魔法やポーションなどが存在するこの世界では、現代日本で全治数ヶ月かかるような怪我《けが》も数週間、あるいはすぐにでも治すことができる。

それこそ最高位の神官の手にかかれば、死んでいなければ日常生活への復帰が望めるほどだという話も聞いたことがあった。

「はぁ？　なに、こいつら手加減されたうえで負けてんのか？　使えねぇ……」

「相手は【纏い】が使えるんです。この現状は、仕方ないと思いますが」

「にしても、だろうがよ。それにおめぇもだぞアロウ。あいつを殺さねぇと、計画が始められないだろうが……よっ!!」

傍に倒れていた冒険者の頭を蹴り飛ばし、追い打ちをかけるように踏みつけたイーケンスは、「反応がないとつまんねぇな」とその頭に唾を吐きかける。

アロウに文句を言ってるのに、寝転がってる仲間に酷《ひど》くないですかね？　別にいいけど。

「予想外の動きをされれば、私でも目測は見誤りますよ」

「あ？　なんだ言い訳か？」

「いえ、事実を述べているだけです。現に私がやられた一撃は、【纏い】が使えるとはいえ☆３の冒険者のものではありませんでしたから。恐らく、☆４……いえ、それ以上かと」

「……なるほどなぁ」

興味深そうな視線を俺へと向けるイーケンス。

相手するのも面倒だし、こっそり逃げることも考えていたが、手に持ったあの蛇腹剣がその行動を許してくれそうにない。

ジャラジャラと生き物のように揺れるそれが、まるで獲物を見定めた蛇のように見えた。

「ただの邪魔な成り上がりかと思ったが……それなら、《白亜の剣》の女どもが気にかけるのも納得のいく話だわな」

立ち上がったイーケンスは再度冒険者を踏みつけると、こちらへと歩み寄ってくる。その道中でも倒れている冒険者全員を踏みつける徹底ぶりだ。

そして彼我《ひが》の距離が半分ほどになると、イーケンスは「お？」と何かを見つけたのか足を止めてこちらをジッと見ていた。

そしてタイミング悪く、リップちゃんがイーケンスの方を覗き見てしまう。

「なんだよおい！　子供がいるのかよ！」

「ひゃっ……！」

「おっと、大丈夫大丈夫。安心してな」

イーケンスの大声に驚いたリップちゃんが、俺の服を強く握りしめる。

そんな彼女を安心させるように、背中を手で軽く叩きながら声をかけた。

「おいアロウ！　あれは俺のために用意したもんか？」

「ええ。次は子供がいいとおっしゃられてましたからね。彼の人質も兼ねて、彼女もここに連れてきたんですよ」

「気が利くじゃねぇか！」

さすが俺の右腕、と口を大きく開けて笑うイーケンス。

そうしてしばらく笑った後、イーケンスは俺に向けて言う。

「おら、そういうことだ。さっさとそいつを渡せ」

「……は？」

「あ？　聞こえなかったのかよ。そいつは俺のために用意されたモンだ。所有する権利は俺にある」

「……ちょっと、意味が理解できないな。自分で何を言ってるのか、わかってるのか？」

とんでもないことを言い出したその男に向けて、俺は少しとぼけているように見せながら言葉を返した。

自分のために用意されたものだから渡せ？　ちょっとどころではないくらいには、頭がかわいそうなチャラ男なのかもしれない。

冗談でも言ってるのかと、確認のために問う。

「御託《ごたく》はいいんだよ。これから死ぬ奴がいくらほざいても、結果は同じだ。諦めて、さっさとそれを渡せって言ってんだ」

「それに頷くわけが――」

言い切る前に刃が地を駆けて襲いかかってきた。

咄嗟に剣を振るったが、一度ではなく、二度三度と宙を舞うように連なった刃が剣を叩く。

（おっと、それなりに重い）

リップちゃんを抱き上げているため片手しか使えないのだが、それでも【纏い】は今も使用中。

意外と重く感じた一撃。リリタンさんのような重量級の武器ではない蛇腹剣でここまでの威力を出せるのは、さすが☆5といったところだろうか。

「ほぉ……今のを片手で防ぐか。そりゃ、こいつら程度じゃ苦戦するわけだ」

「そりゃどうも。褒められても、なにも嬉《うれ》しくないがな」

蛇腹剣を鞘《さや》へと納めたイーケンスは、俺を見てニヤリと笑う。

「おい、《新人遅れ《オールドルーキー》》。お前、俺の下につく気はねぇか？　そしたら、今ここでお前を殺すのはやめにしといてやるよ」

「は？　なんでそんなことしなきゃならないんだよ」

イーケンスは大きなため息をつき、「わかってねぇなぁ」と肩を竦《すく》めた。

「いくら強いとはいえ、お前は俺に及ばねぇ。それを守るために戦っても、結局は無駄死にすることになるんだ。そいつはもったいねぇだろ？」

それ、と俺に抱き着いているリップちゃんを指さしたイーケンス。

ギュッ、とさらに強く服が握られた。

「なら、早いとこそれを俺に渡して下についたほうが賢い選択だ。お前は死ぬこともない。まぁ計画は延期にはなるが……俺は欲しいもんと優秀な駒が手に入って嬉しい。どっちにとっても、利がある話だろ？」

「……念のために聞くが、お前はこの子をどうするつもりだ？」

「あん？　別に、ただ俺の遊び相手になってもらうだけだ」

「遊び相手……だと？」

俺の言葉に、そうそうと頷いたイーケンスは、懐から何かを取り出した。

よく見れば、それは刃毀《はこぼ》れの酷い錆《さ》びたナイフだった。

「俺は女が泣き叫んでる声を聴くのが好きでな。特に自分を強いと勘違いしてる奴が、泣きながら命乞いするのを見ると気分がいい。ああ、絶頂するような気になる」

これはそのためのもんだ、とイーケンスはナイフをくるくると回しながら、一瞬こちらに目を向ける。

そして「こんなふうになぁ！」と、足元に転がっていた仲間だったはずの冒険者の腹にそのナイフを突き刺した。

直後、気絶していたはずの冒険者の悲鳴が《帰らずの森》に響き渡り、その悲鳴を聞いたリップちゃんは、俺の胸に顔を埋めてさらに小さく縮こまる。

グリグリとボロボロのナイフを動かし、その冒険者の悲鳴に笑みを浮かべるイーケンス。

なるほど。それを、リップちゃん相手にやろうとしてるのか。こいつは。

ふざけてんのか？

「でもなぁ、そういう女は飽きちまってよぉ。たまには趣向を変えようって話なんだわ。ガキは俺もまだ試したことはねぇが、どんな声で泣くのか、今から楽しみでしかた――」

ビュンッ、と【纏い】で強化した剣で弾いた石が、楽しそうに話すイーケンスの頬《ほお》を掠《かす》める。

「聞くに堪えないから、もう口を開くな。思わず手が滑るだろ。まぁでも、そんなクソみたいな口ならなくても困らないだろうし、むしろなくなったほうが世のため人のためになるだろうさ。ありがとうございます、の一言くらい言ってみたらどうだ？」

「……はぁ。せっかく人が楽しく話してるってのに、邪魔するのはどうかと思うぜ？　なぁ、

《新人遅れ《オールドルーキー》》」

やれやれと蛇腹剣を構えたイーケンスは、残念そうにこちらを見る。

対して、俺もリップちゃんを腕に抱いたまま向き合った。

「面白いことを言うじゃないか。一回生まれ直すことをお勧めするぞ。まぁどうせ、お前みたいなのは生まれ直してもゴブリン程度だろうし、出会ったらすぐその首を刎《は》ねてやるよ」

「言うじゃねぇか。ったくよぉ……お前がいれば、《白亜の剣》の女どもで遊ぶチャンスもあると思ったんだが、なぁ!!」

振るわれた蛇腹剣が物理法則を無視したように伸び、連結した刃が襲いかかってくる。

(へぇ、蛇腹剣ってあんな風に使うのか)

森の中の戦闘において、どう考えても間合いの広い武器は不利だ。

ましてや、イーケンスが使用している蛇腹剣は見た目以上の長さにまで伸びる武器。普通なら木に阻まれてろくに振るうこともできないはずだが、彼は器用に振るって木々の間を縫うように俺へと刃を届かせていた。

(☆5ってのは本当なんだな。俺には及ばないけど)

「おにーさん、リップこわい……!」

「っと、そうだった」

しっかりとしがみついていたリップちゃんの怯えた声によって現実に引き戻された。

「ごめんな、リップちゃん。こんな森からは、さっさとおさらばしたいよな」

「行かせると思っていますか?」

「だろうと思ったよ」

ボーリスへと向けた足だったが、横から振るわれた剣によって後退せざるを得なかった。

見れば、そこには片手で剣を握るアロウの姿。ポーションでも使用したのかすでに骨折は治しているが、まだ動かせるほどではないらしい。どうやら先ほどの蹴りが相当効いているようだった。

「ボーリスまで逃げきれると思っていたんでしょうが、それを許すほど我々《蛇の巣》も甘くはないですよ」

来なさい、というアロウの呼びかけで周りからぞろぞろと冒険者たちがやってくる。

もう動けるようになったのかと思ったが、彼らもポーションを使用したのだろう。傷が癒《い》えているのが見て取れる。

やはり殴る蹴るの打撃だと、回復も早いか。

「ククッ……どうすんだ、《新人遅れ《オールドルーキー》》。今ならまだ、俺の下につくことも許可してやるぜ？　それどころか、俺たちと一緒に英雄にもなれるチャンスなんだ。さぁ、どうする？」

アロウたちと対峙《たいじ》していると、彼らの背後からやってきたイーケンスが気持ちの悪い笑みを浮かべて立っていた。

自分が絶対強者の立場にいるとわかったうえでの脅しの笑み。

一歩、また一歩と後ろに下がりながら剣を構えていると、下げた足が木にぶつかってしまう。

どうやらこれ以上は下がれないようだ。

半円状に取り囲んだ男たちがそんな俺の様子を見て、にやりと笑ってみせる。

逃亡は不可能。そして俺には守るべき子供が一人。それも腕に抱えながらの戦闘だ。

普通に考えれば、誰がどう見ても不利な状況だろう。

「おにーさん……」

「大丈夫だよ。リップちゃんはちゃんと、お家まで送ってあげるから」

不安げな様子で俺を腕の中から見上げるリップちゃん。

そんな彼女を安心させるために、俺は変わらず優しく声をかけ続ける。

「俺の気は長くねぇんだよ。答えるなら早くしろ。だが……断ったらわかってんだろうな？」

振り抜いた蛇腹剣の刃が、俺の鎧《よろい》の一部を掠めると、それだけで鎧はひしゃげ、そして弾き飛ばされる。

まったく。人に言えたことではないが、短気は損気って言葉を知らないのだろうか。

「リップちゃん」

「な、なに……おにーさん……」

「ちょっとの間だけ、目を瞑《つむ》って耳もふさいでいてくれないかな。お兄さんを信じて、少しだけ」

腕の中の小さな彼女に目を向ければ、一度小さな瞳がぎゅっと閉じられる。

そして次に開いたときには、強い意志を持った瞳がそこに在った。

「……うん！　わかった……！」

「よしっ、いい子だ！　偉いぞ」

わしゃわしゃとリップちゃんの髪を撫《な》でつけてやれば、安心したように笑みを浮かべてくれた。

そして目を閉じ、耳もふさいだリップちゃんを木を背にできるように座らせ、俺はイーケンスから庇《かば》うように前に出る。

「お、なんだ。諦めて俺の下につく気になったか？　それとも、諦めて殺される覚悟ができたか？」

「訳のわからないことをベラベラ喋《しゃべ》られても、こっちは少しも楽しくないんだよ。それに、さっきからお断りしてるだろうが。記憶力がないなら、ちゃんと恥ずかしがらずにそう言え。まったく、そんな頭でよくリーダーを気取れるよな？」

「……どうやら、本気で死にてぇみたいだな」

ジャラジャラと音を立てる蛇腹剣。

そして周りを取り囲む、アロウら冒険者たち。

「殺せるもんなら、殺してみろよ。ただ、手を出したその時は、殴る蹴るでは済まないかもしれないぞ？」

「あ？　なんだ、それが遺言か？　はっ！　じゃあせいぜい、俺たちが英雄になる礎《いしずえ》にでもなってくれや！」

イーケンスの威勢の良い声が森に響き、手にした蛇腹剣が振るわれる。

狙いは当然、俺。軌道からして心臓を突き刺そうとしているのか、一直線に刃が飛んできた。

先ほど剣で弾いた際、俺の剣が欠けていることが確認できた。きっとあの蛇腹剣は、鉄よりも高価で希少な金属を使用しているのだろう。

質の良い鉄でしかない俺の鎧では、そのまま貫通して終わる可能性もある。

だが、と。俺は刃の軌道を見定め、そしてその刃を迎撃することなく受け入れた。

グサリ、と刃が突き刺さる。

「イィッ!?　え、な、なんで……!?　グゥッ……!?!?」

直後、俺を囲んで追い詰めていた冒険者の一人が、腕から血を噴き出して蹲《うずくま》った。

チラと確認のために見てみれば、押さえた腕は辛うじてつながっているような状態だ。見ていてなかなか酷い状況である。早く治療したほうがいいだろう。

「は？」

「なっ……!?　い、いったいどういうことですか……!?」

「おいおい……この距離で狙いを外すなんて、本当に☆５なのか？」

イーケンスを煽るように肩を竦めて鼻で笑ってみせれば、呆然《ぼうぜん》としていたイーケンスは憤怒で顔を赤くし、怒鳴るように声をあげた。

「ふざっ、ふざけてんじゃねぇぞ！　クソッ、何をしたのか知らねぇが、今度は絶対に外さねぇ!!」

ジャラジャラとうねる蛇腹剣。

生き物のように宙を走るそれは、俺を囲い込む蜷局《とぐろ》のように展開された。

「死ねぇ!!」

イーケンスの合図とともに、周囲の刃が迫ってくる。

なるほど。逃げ場をなくしたうえで、全身をズタズタに引き裂くつもりなのだろう。まるでフードプロセッサーに放り込まれた肉の気分だ。

「……まぁ、無駄なんだけど」

迫った刃が俺の体に触れる直前、その刃そのものが俺の体ではない、別の何かに吸い込まれるようにして消えた。

そしてその直後、周りを取り囲んでいた冒険者たちの手足から何かに傷つけられたかのように血が飛び、「ぎゃぁああ!?」という彼らの悲鳴が森の中に響き渡る。

「なっ!?　ど、どうなってやがる……!?　おい、アロウ!!　何が起きた!?」

「わかりません!　私にも、何が何だか……!!」

「安心しろよ、お二人さん。ポーションと教会で治療すれば、こいつらの傷はすぐ治る。もっとも、今すぐに動くのは無理だろうがな?」

周囲の様子を見て焦る二人に目を向けた俺は、上手《うま》くいってよかったと笑った。

その笑みを見たイーケンスは、まるで不気味なものを見たかのように息を飲む。

「て、てめぇ……いったい何をしやがった!?」

「は?　単純にお前の武器の扱いが下手くそだっただけだろ」

「んなわけねぇだろ!!　この武器で俺がミスをするわけがねぇ……!!　まして、こんなことが起きるわけがねぇだろ!　てめぇが何かしたんだろうが……!?」

「ほーん……さぁ?　足りない頭でも使って考えたらどうだ?　その様子じゃ、考えつくかどうかも怪しいけどな」

こちらを見ていない間に、短距離の【転移】で蜷局になった刃から抜け出した俺は、そう言ってケラケラと笑ってみせた。

実際やったことは単純である。

空間魔法として新しく習得した【接続】。これが今回使用した魔法だ。

名前のとおり、二点の指定空間どうしをつないで結びつける魔法だ。その使用用途として真っ先に挙げられるのはSFでもおなじみのワープであろう。

効果そのものは【転移】と似通ってはいるものの、【接続】はそれ以外にも色々と利用できる汎《はん》用性《ようせい》が高い魔法だ。

たとえば、【転移】はモノを一瞬で移動させる魔法なのだが、それは俺自身か、俺が直接触れたモノに限る。しかし【接続】は対象がモノではなく、あくまでも空間同士をつなぐ魔法。

そのため、今のように防御としての利用が可能となる。

他にも俺の体の表面に【接続】で穴を作り、その【接続】先を相手の体内に設定する。そして俺の穴に向かって相手が剣を突き刺せば、俺は無傷なうえに相手の体の中から剣がこんにちはだ。

魔法や矢などの飛び道具に対しても、俺を【接続】元としてその先を相手の背後にしてやれば、あら不思議。魔法および矢を放った瞬間その攻撃が射手の真後ろから飛んでくることになる。

つまるところ、カウンターだ。

今回も刃の触れた俺の体の表面と、周りの冒険者どもの体——正確には手足を【接続】でつなげたに過ぎない。全員の位置は【探知】で確認済みだ。

やろうと思えば、【接続】の先を首にして殺すこともできたが、動けない程度に痛めつけておけばそれでいいだろう。

それに集まっていたのは、アロウ以外は魔力もない奴らばかり。俺が何をしたのかさえ、イーケンス含めて理解できていないはずだ。

「おいアロウ!!　あれはなんだ!?　魔法か!?　何がどうなってやがる……!?」

「わ、わかりません!?　魔力が使われたのはたしかですが、それ以外のことは何も……!!」

イーケンスとアロウ以外に無事な敵はもういない。

周囲で呻き声をあげて倒れている仲間を無視してアロウへと怒号を飛ばすイーケンスは、その答えに「使えねぇな……!!」と悪態をついた。

やはり魔力持ちなだけあってか、アロウはこれが魔力を使った何かであることは理解しているのだろう。

だがしきりに、「知らない……こんなのは聞いたことも……!」と狼狽《ろうばい》しているのを見るに、改めて空間魔法というものの特異性を実感させられる。

もしかしたら、俺と似たようなのが他にもいるかもしれないが。

そういえばマリーンの先生が特異属性だったか？　などと考えながら、一歩、また一歩とイーケンスに向かって俺は歩を進める。

それだけで奴は動きを止めてこちらを見据えるのだが、その目は得体の知れない、未知の何かを前にして怯える目だった。

「こ、こっちにく、来るんじゃねぇ……!!」

「さっきは傘下になれ、とさんざん言ってたじゃないか。そう怖がることもないだろ？　その手に持ったご自慢の武器は飾りか？」

「っ……！　クゥッ……!!」

「どうした、やらないのか？」

煽るように笑ってみせながら、イーケンスに歩み寄る。

まぁ攻撃なんてできないだろう。さっきから、攻撃すれば自分の仲間が傷つくのだから。

もしかしたら、次は自分かもしれない。そんな状況で、迂闊《うかつ》に攻撃はできないだろう。

「グッ……！　ウッ……!?」

俺が距離を詰めるたび、一歩ずつ後ずさりするイーケンス。

その姿のなんて滑稽なことか。先ほどまで強者として振る舞っていた男の今がこれだ。

俺は笑みを浮かべて、さらに一歩踏み込む。

すると、まるでこの時を待っていたとばかりに、イーケンスが喜色の滲《にじ》む声で叫んだ。

「馬鹿が！　かかったな!!」

笑みを浮かべて蛇腹剣を振るったイーケンスだったが、その刃は俺ではなく、その後方へと伸びていく。

「無警戒にガキから離れやがって！　遊び相手がなくなるのは癪《しゃく》だが、俺に手を出したらどうなるか、あのガキで教えてやらぁ!!」

一直線に刃が向けられたのは、俺を信じて目と耳をふさいで待つリップちゃんだった。

俺はその刃の行く先を振り返って見ることもなく、また一歩距離を詰める。

「後悔しやが――」


カンッ、と刃が何かに阻まれる。


「――は？」

「何も対策してないわけがないだろ？」

やっぱり頭が足りてないな、と目を見開いたまま固まってしまったイーケンスへ、さらに一歩詰めた。

それだけで、彼我の距離はもう二メートルもない。

あらかじめ、リップちゃんは【分隔《ぶんかく》】で対応済みだ。

【分隔】は対象を壁で仕切ることによって空間を隔てる魔法。要は空間を区切ることで、別空間を作り出している状態とも言える。

故に魔法ならともかく、物理的な干渉はほとんど意味をなさない。もしあの守りを破るなら、同じく魔法で干渉し、【分隔】の壁を破壊するほかないだろう。

今の俺が使える最強の盾だ。

「おっと、アロウ。その場から動くんじゃないぞ。動いた瞬間、お前も周りのお仲間みたいになると思え」

「ッ……！　いったい、何なんですかあなたは……!?」

「おいおい、そう酷いこと言うなよ。お前もよく知る、☆3の冒険者じゃないか」

【探知】を使ってこっそり動こうとしていたアロウに釘《くぎ》を刺し、さて、と改めてイーケンスへと向き直った。

「別に俺はあんたら相手にここまでやろうなんて、これっぽっちも考えてなかったんだぞ？　ただのその辺にいる冒険者だと思って無視してくれていれば、それでよかったんだ」

「な、なに？　う、嘘《うそ》をつくんじゃねぇ……!!　こんなことしてその気がないわけが――」

「殺そうとしてた奴が何言ってんだよ、あ？」

【纏い】で強化した剣の一振りが、イーケンスの手元に握られていた蛇腹剣を掠める。

ただそれだけで蛇腹剣は半ばからパキン、と音を立てて切断されてしまった。

「なっ……!? ア、アダマンタイトだぞ!? な、なんでただの鋼《はがね》で……!?」

「偽物でも掴《つか》まされていたんだろう。かわいそうに」

アダマンタイト。たしかこの世界における金属の中でも、かなり希少で高価なものだったはず。

武器屋で見かけたこともあるが、アダマンタイトで作られた武器はかなりのお値段だった。

もちろん、俺の剣で斬ったわけではない。

斬る瞬間、剣に合わせて【断裂】で斬った。ただそれだけ。それがわからないイーケンスには、ただの鋼の武器がアダマンタイトを切断したように見えたのだろう。

「なぁ、《王蛇》。怖いだろ? 手を出した挙句《あげく》、こうして意味のわからない奴の怒りを買って痛い目を見ているこの状況がさ。お前は、致命的なまでに判断を間違えたんだ」

後ずさりするうちに、倒れて尻もちをついたイーケンス。俺はその目線に合わせるようにしゃがみ込む。

それでもなお後ろに下がろうとするイーケンスだったが、残念なことに後ろには大木。もうそれ以上は下がれそうにない。

後ろの木を見た後にこちらを見たイーケンスに向けて、俺はにっこりと笑ってみせた。

「な、なにが言いたい……」

「言っただろ。俺はお前らを殺すつもりはないんだ。計画が何かは知らないが、これ以上余計なことをする前に、自首して今までの悪事を全部自白しろ。んで、法のもとで裁かれるんだな。☆5が、

☆3の冒険者に負けて捕まった……なんて噂《うわさ》されるよりもマシだろ？」
「ぐっ……!!」

剣の切っ先をイーケンスの首に添え、脅すように冷たく言い放つ。

自首を勧めたのは、もちろん俺にとってもその方が都合がいいからだ。どうやって捕らえたのか、なんて話に発展しない分、面倒が少なくなる。

それに空間魔法について何も理解していない奴らだ。こいつらが俺のことを漏らしたとしても、意味のわからない説明になるだけだ。俺は俺で首を傾《かし》げてシラをきればいい。

そう、わざわざ俺が手を汚す必要はないんだ。

（ない、はずなんだが……どうしても、殺したほうが皆のためだ、なんて考えが頭に浮かんでくる）

まじであの神様何したんだよ俺に……頭異世界か？　それとも仕様なんですかねぇ。

「いやだと――」

「断れる立場だと思ってるのかよ、お前。断った瞬間、動けない状態でこの森の奥に放置してやろうか？」

「ぐぅっ……！　お、俺は、英雄になる男だぞ……!?　こ、こんなことが、あってたまるか……！」

悔しそうな表情を浮かべるイーケンスは、一度俯《うつむ》いて肩を震わせて黙り込む。

そんなイーケンスの様子に痺《しび》れを切らした俺は、首筋に突きつけていた剣で彼の首を軽く斬って脅すように告げる。

「さぁ、どうするイーケンス。俺がまだ優しいうちに――」

「クソが……クソがァアアアアアアアアア!!」

蛇腹剣から手を離したイーケンスは跳ねるように立ち上がり、そしてそのまま俺に向かって拳を振り上げる。

予想はしていた展開であるため、俺は一度剣を手放すと、【纏い】で強化した拳をイーケンスの鳩尾《みぞおち》めがけて叩き込む。

だがその瞬間に、イーケンスは叫んだ。

「アロウ!! 構わねぇ!! 使えっ!!」

「わ、わかりました……!」

何かの合図を出したイーケンスの言葉に、アロウが懐から何かを取り出したのが【探知】に引っかかった。

「ッ、させるかっ！」

「グゥッ!? な、なに……!?」

その何かを持ったアロウの手をすかさず俺が【断裂】で斬り落とせば、取り出したそれは宙に放り出される。

彼が取り出したのは、片手で持てるくらいの木箱。だがその木箱の蓋《ふた》が宙で開くと、中から赤い光の柱が立ちのぼった。

そしてそれは真《ま》っ直《す》ぐに、空を目指してどこまでも伸びていく。

「ゴホッゴホッ!! は、ははは！ ざまぁみやがれ！ これで《魔暴走の灯《スタンピードランタン》》は発動した！ もうすぐ《帰らずの森》の魔物が凶暴化してここを襲うだろうよ!! てめぇも、そしてボーリスも道連れにしてやらぁ！」

「お前……」

胸を強打され、倒れ伏しながら笑い声をあげるイーケンス。

俺は手放していた剣を拾い上げると、いよいよ決断しなければならないのかと、笑うイーケンスを睨《にら》みつけた。

「な、なんだこれは……!?」

だが、俺が覚悟を決める前にアロウの悲鳴のような声が森の中に響き渡る。

「イ、イーケンスさん……！　た、たすげぇエエエ……」

イーケンスと共にそちらに目をやれば、先ほどの木箱から立ちのぼっていた赤い光からアロウに向けて一直線に光が伸びていた。

そして驚くことに、その光に触れたアロウの体はまるで植物が枯れるように萎《しぼ》み、そして枯れ枝のようになった体がその場に転がった。

いや、アロウだけではない。

地面に転がっていた《蛇の巣》の面々にも光が伸び、そしてアロウと同じように枯れていく。

「な……なんなんだよこれ……こんなの聞いてねぇぞ……!?」

「っ！　リップちゃん！」

周囲の様子に危険を感じ、リップちゃんの方へと目を向ける。

幸いリップちゃんにはあの光は伸びていないようで、今も俺との約束を守って蹲ってくれていた。

無事なのは【分隔】のおかげなのかもしれない。

安堵《あんど》の息を吐くが、しかしまだ油断はできない。ともかくすぐここから離れようと踵《きびす》を返すのだが、そんな俺に向けて倒れ伏しているイーケンスが叫ぶ。

「ま、待ってくれ！　お、俺も連れていってくれ！　体が動かねぇんだ、頼む！」

その言葉に、俺は一度振り返った。

殴るのと同時に、腕と脚の腱《けん》を【断裂】で斬ったのだ。動けないのも当然のことだろう。

再度イーケンスの元へ歩を進める。すると、助けてくれるとでも思ったのか、一瞬イーケンスの顔が晴れた。

無性に、腹が立った。

「ふざけるなよ。リップちゃんを危険な目にあわせた奴が、今さら命乞いか？　俺の提案も、こんな形で蹴った奴が……！」

「た、頼む！　あんな訳のわからない死に方はしたくねぇ……！　も、もう悪いことはしねぇ！　約束も守る……！　あんたのことも、誰にも言わねぇ!!　自首もして全部話す！　だから……！」

必死に懇願するイーケンス。その姿を見て、俺は「そうかよ」とため息をついた。

なんとなくだが、わかる。こいつはきっと、助けたところで約束を守らないだろうと。だからこそ、助けず見捨てたほうがいいと。そもそも、許すわけがない。殺したほうがいい。そう、俺の中の何かが呟《つぶや》いている。

だがしかし、だ。

俺自身がまだ、そこまでやることを渋っている。だからこそ、一度だけ。たった一度だけではあるが、選択肢を与えることにした。

パチン、と指を鳴らして魔法を使う。

使用するのは【固定】。対象はイーケンスの脚の腱。動きにくさはあるだろうが、【断裂】で切断した腱の断面同士を固定しているため、動くことは可能だろう。

「……今、動けるようにしてやった。これ以上は知らん。さっさとここから逃げて、それから自首しろ。悪事を自白できるのは、もうお前しかいないんだからな」

俺の言葉に、イーケンスが驚きの表情を浮かべてその場から立ち上がる。

「し……信じられねぇ……ど、どうなってやがる……な、治ったのか……？」

独り言を呟きながら己の脚を眺めているイーケンス。

動けることを確認した俺は、「じゃあな」と言い残してリップちゃんの元へと向かった。

……俺の背後に、影がさした。

「このままてめぇが死ねば、万事解決なんだよぉ！」

背後から襲いかかってきたのは、動けるようになったイーケンスだった。

【探知】を発動させて彼の動きを確認すれば、彼は俺の後頭部めがけて蹴りを放つ寸前だ。俺が後ろを向いた一瞬でそれだけの動作ができるのは、さすがは腐っても☆5の冒険者。

俺は【転移】でその背後を取ると、【纏い】によって強化した手で目の前に晒け出されていた首を掴んだ。

「残念だよ」

怒りで、思わず力が入る。

「なっ!? い、いつの間に!?」

「信じた俺がやっぱりバカなんだと、改めて考えさせられた」

「ま、待ってくれ……！　ち、違う誤解なんだ、これは……！」

イーケンスにかけていた【固定】の魔法を解除してその場に落とせば、イーケンスはしきりに俺に向けて何かを叫んでいるように見えた。

——もう、聞きたくない。

彼を置いてリップちゃんのところに向かえば、背後に新たな赤い光が地上に落ちる。

耳障りだった音が消える。

そして同時に俺の【探知】が、森の奥で蠢《うごめ》きこちらへと向かってくる集団を捉えた。

「……なるほど。これがあいつらの計画か。まったく、面倒な置き土産をしていきやがって」

大量の魔物の群れ。

どう考えても異常事態だ。先ほどのイーケンスの言葉からして、あの赤い光を放っている木箱の中の魔道具が原因だろう。

念のためにと魔道具を【断裂】でバラバラにしてみたが、赤い光が消えても魔物の集団が止まる気配はない。

こんなマッチポンプで英雄になれるとは。笑わせてくれる。

仕方ないと、とりあえずはリップちゃんの安全を優先することにした。すぐに切り替えられるのは、やはり俺の精神の問題なのか。

だが、それが、今はありがたい。

「お待たせリップちゃん！　ごめんね、いっぱい待たせちゃって」

リップちゃんに使用していた【分隔】を解くとその体を再び抱き上げてすぐさまその場から移動

した。

俺の言うことを聞いて目も耳もふさいでいた彼女は、抱き上げると同時に、「おわったの？」と俺を見上げて聞いてきた。

できるだけ、俺の背後の悲惨な状況が目に入らないよう注意する。

「ああ。もうお家に帰れるよ。ただ、ちょっとこわーい魔物さんが来てるから急いで帰るんだけど、念のためにもう一度だけ目を閉じてもらえるかな」

そう言うと、リップちゃんは「えー」と少し不機嫌そうになる。

まぁ、小さい子はあまり我慢はできないものだ。ここまでずっと言うことを聞いて我慢してくれていたのに、またと言われればそりゃそうなる。

「おねがい！　帰ったらお菓子買ってあげるからさ」

「ほんと!?　なら、リップがんばる！」

そう言って、ギュッと目を閉じる姿は年相応で大変かわいらしい。

ああ、荒《すさ》んだ心が癒《いや》されていくー。

「おし、すぐだから待ってな！」

念のためにと【拡張】した懐から黒のローブと仮面を取り出し、【固定】で外れないように装着した俺は、次の瞬間には【転移】でその場から離脱するのであった。

◇

「つと。周りに人は……いないな」

【転移】で戻ってきたのはボーリスの街の南側。《安らぎ亭》の近くの路地裏だった。

メインストリートからも離れたここは人気《ひとけ》も少ないため、突然【転移】で現れたとしても人に見られることはめったにない。それでも人がいたときのことを考えてローブと仮面をつけたわけだが、どうやら杞憂《きゆう》に終わったようだった。

あとはローブと仮面をしまい、いつもの☆3冒険者トーリに戻れば万事解《かい》け――

「おにーさん、それなにー？」

「……」

ッスゥー、と口から息が漏れた。

見れば、先ほどまで目を閉じていたはずのリップちゃんの目が仮面姿の俺を捉えている。

「……リップちゃん、目は閉じておいてねって言ったと思うんだけど、どうしたの？」

「え？　えっと……おうちのにおいがしたから、ついたのかなって……」

なにその匂い。俺知らないんだけど。

「……そっか。なら仕方ない」

俺個人としては仕方ないで済ませられない事態なのだが、それでこの子を責めるのはお門違いというものだろう。

万全を期すのなら、視覚も遮断した【分隔】で【転移】すべきだったのだから。

すぐに済むと思って怠った俺が悪い。

あと、お家の匂いってなんだ。こんなところまでその匂いはしているのか。

心の中で小さくため息をつき、「あ、あれは……！」とさも何かあるようにリップちゃんの背後を指させば、それにつられてリップちゃんが後ろを向いた。

その間にローブと仮面を懐にしまい込む。

手に持ってたものが消える瞬間まで見られるのは、さすがに避けたい。

「おにーさん、なにかあったの？　あれ、さっきのおめんは？」

「え？　あ、うん。何かあったように見えたんだけどなー？　どこにいったんだろうねー」

見間違えたのかなー、と白々しく目を逸《そ》らしながら、俺はリップちゃんを抱っこして《安らぎ亭》へと歩を進める。

「あ、そうだ。リップちゃん、さっき俺がつけてた仮面のことなんだけ――」

「むぅぅぅんっっっ!!!　こっちから我が天使リップの匂いがするぞぉぉぉぉおおお!!!」

もうすぐ《安らぎ亭》というところで、先ほど見た仮面について秘密にしてもらおうと思ったのだが、その話をする前に俺たちの前方の曲がり角から人影が現れた。

突然現れたそれは、憤怒というか怒気というのか、ともかく怒りのオーラ的な何かを滾《たぎ》らせながらこちらを向くと、一直線に突撃してくる。

「あ、おとーさん！」

「リップゥウウウウウ!!!!!!」

「え、ちょっ!?」

というかオヤジさんだった。

リップちゃんの声で、一瞬でオーラ的な何かが霧散し、顔面からありとあらゆる液体をまき散らしながらル〇ンダイブをかましてくるオヤジさん。巨漢の男が顔面ぐちょぐちょにして上から飛び込んでくる光景は、まさに地獄のそれだった。

だからこそ、リップちゃんを抱っこしていた俺が一歩横にずれたことは、別におかしいことではないはずだ。

「ヘブゥッ」

頭から地面に落ちたオヤジさんを見て、俺は気まずくなって目を逸らし、リップちゃんは娘らしく「おとーさんだいじょうぶ？」と声をかける。

そしてその一言で何でもなかったように立ち上がったオヤジさんは、俺からリップちゃんを奪い取るように抱きしめて大声をあげて泣いていた。

その様子を苦笑と共に眺めながら、「とりあえず宿に戻りましょうか」と提案する。

「よかった……！　よかったリップゥ〜……お父さん心配で心配で!!」

「も〜、おとーさんおひげいたーい」

《安らぎ亭》へと戻った俺たちは、一階の食堂で話をすることになった。

話題としては、俺のことと《安らぎ亭》で起きたことについて。

オヤジさん曰《いわ》く、俺たちが森へと向かった後、アロウが言ったように友人を名乗る男が《安らぎ亭》へと来たんだそうだ。

事前に聞いていたため、特に疑うこともなくリップちゃんはその男をアロウが宿泊していた部屋へと案内したそうだが、リップちゃんと二人になった途端、男がリップちゃんを拉致。

悲鳴を聞いて駆けつけたオヤジさんはリップちゃんを助けようとしたそうだが、巨漢とはいえ無手の宿屋の主人では武器持ちの現役冒険者には敵《かな》わず、結果頭を殴られて気絶。そのまま逃げられてしまったらしい。

ただ、かなり抵抗はしたのだろう。ボロボロになっている食堂を見れば、その時の必死さがよくわかる。

「ありがとう……ありがとよトーリ!! 今度一泊分、宿代はタダにしてやるからなぁ……!」

「あはは……それより、怪我の方は大丈夫なんですか？」

あちこちに怪我をしているオヤジさんに聞いてみるが、「問題ないぜ！」と力こぶを作ってみせてくれた。

ただ、何でもなさそうに笑っているのは娘を前に心配させないためなのだろう。

聞けば治療もせず街中を駆けまわり、娘の捜索をギルドに頼もうとしていたらしい。

「それより、リップちゃんも疲れてるでしょう。しっかり、部屋で休ませてあげてください」

「……そうだな。リップ、お父さんと部屋に行こうか」

「うん、わかった」

おにーさんおやすみ、とオヤジさんに抱っこされながら手を振るリップちゃんに、小さく手を振り返して見送った。

そして少しすると、オヤジさんが戻ってくる。

「すぐ寝たぜ。よほど疲れてたんだろうな」

「当たり前ですよ。オヤジさんには何も言ってませんが、怖い目にあってたんですから」

「改めて、礼を言いたい。リップを……娘を助けてくれてありがとう」

そう言って深く頭を下げるオヤジさん。

「……オヤジさんが言うことではありませんよ。むしろ、俺が謝るべきことなんです。奴らの狙いは俺で、リップちゃんやオヤジさんはそれに巻き込まれてしまった……本当に、すみませんでした」

そうして、俺は俺を取り巻くギルドでの現状をオヤジさんに話す。

ギルド内において、同業の冒険者の多くから嫌われていること。そしてその影響で目をつけられ、結果的に《安らぎ亭》の二人が被害にあってしまったこと。

そうして改めて頭を下げようとしたところで、オヤジさんに肩を掴まれて止められてしまった。

「まぁたしかに、うちの天使が怖い目にあってんだ。当然許されることじゃねぇ」

「つ……あれだけ溺愛してるんです、オヤジさんからすればそうでしょうね。なので、俺はこの宿から出ていく――」

「だから今度はランページファングの肉、余るくらい持ってこい。飽きるくらいたっぷり、料理を作ってやるからよ」

そう言って、オヤジさんはバンバンと痛いくらいに俺の肩を叩いて厨房《ちゅうぼう》へと引っ込んでいった。

驚いてオヤジさんを見るが、彼はこちらに背を向けたままで、顔を合わせてくれそうにない。

「……ええ、必ず。でも、微妙な料理で無駄にしないでくださいよ」

「うっせぇ！　上達はしてんだ。もうちょっとくらい待てよ！」

厨房の奥からの怒鳴り声に、つい頬が緩んだ。

本当に、なんで俺しか客がいないのかがわからない。

人気になったらなったで、寂しく感じたりするのかもしれないけど。

「それより、トーリ。森から戻ってきたところであれだが、早いところギルドに向かったほうがいいんじゃねぇか？　なんか、街の冒険者どもが慌てて向かってたからよ」

「そうなんですか？」

「おう。しかも、男爵様のとこの兵士まで東門の方に向かってたんだ。何かあったんだろうさ。森に行ってたんだろ？　何か知らねぇのか？」

それを聞いて思い当たるのは、森で見た魔物の大群だろう。

ギルド側もそれに気づいて、急遽《きゅうきょ》冒険者たちを集めているというところか。兵士に関しても同様だろう。

恐らくですが、と俺が見たものについてオヤジさんに教えると、「それ逃げなきゃまずいんじゃねぇか!?」と顔を青ざめさせた。

すぐにリップを起こして避難を、と慌てて厨房から飛び出そうとするオヤジさんを「大丈夫ですよ」と俺は落ち着かせる。

「俺も冒険者です。この街には魔物一匹入れさせませんよ。なので、オヤジさんは安心してリップちゃんを寝かしてあげてください。あと、ポーションは俺のやつを渡しておきますが、ちゃんと教会で治療もしてください。必ず」

「そうは言ってもよぉ……」

「約束します。それに、オヤジさんが思っている以上に、俺は強いんですよ。信じてください」

また肉を持ってきますから、と言い残して、俺は《安らぎ亭》を後にした。

「それに、だ。不謹慎かもしれないが、ようやく待ち望んだ舞台ができたんだ」

《白亜の剣》がこの街にいないという絶好の機会に、街に侵攻する大量の魔物。

ボーリスの冒険者や兵士たちも必死の抵抗をするだろう。

そんな最中《さなか》に現れる謎の魔法使い。

そして一掃される魔物の大暴走《スタンピード》。

「さぁ、いよいよ晴れ舞台。今こそ目立つその時だぞ、俺……！」

手にした黒ローブと仮面を身につけて。俺はその場から東門の上空へ【転移】するのであった。

EPISODE 8

魔物の大暴走《スタンピード》

「ギルドマスター！　冒険者は全員、配置につきました！」

「よし、なら初撃は弓矢持ちと魔法使いに任せるぞ。相手は魔物の大群だ！　合図が出たら派手なのを馳走《ちそう》してやれ!!」

「「「「おう!!」」」」

ボーリスの街の東門。

魔物の領域とされる《帰らずの森》に面したこの場所は、普段は森へと向かう冒険者たちによく利用されている。

ボーリスには商人たちが他の街への出入りに使う西門と、冒険者たちが森へと向かう東門の二つが存在するが、実は西と東では東の方が分厚く作られているのだ。

というのも、過去に魔物の大暴走《スタンピード》が起きた際に壁が倒壊したため、その補強と次の魔物の大暴走《スタンピード》の対策を兼ねて、より堅牢《けんろう》になっているのであった。

そんな東門の城壁の上には現在、数多くの冒険者と兵士たちが立ち並び、今か今かとその時を待っていた。

「つたく、竜種の次は魔物の大暴走《スタンピード》。何がどうなってやがる……」

はぁっ、とため息をついてボヤく上裸のマッチョの背中には、彼の身の丈ほどもある大剣が鞘《さや》に納められていた。

彼はギルドマスターのゼブルス。ゼブルスは森で謎の光柱が発生したと報告を受け、すぐに調査指示を出した。結果、魔物が群れとなって侵攻する魔物の大暴走《スタンピード》を認めた。

これに伴ってギルドは動員可能な冒険者を集め、ブリテッド男爵家にも援軍要請を出すこととなったのだ。

「ゼブルス殿」

「おお、ガウェン殿」

ゼブルスへと話しかけたのは一人の騎士。

彼は今回のブリテッド男爵家側の援軍において、隊長として派遣されていた。

名をガウェン。

ブリテッド男爵家に騎士として仕える男であり、平民から成り上がった騎士でもある彼は、ゼブルスと男爵家との仲介役を務めていることもあってか、よく話をする間柄である。

今回の援軍に関しても、その関係でガウェンが隊長に選ばれていた。

「こちらも魔法使いと弓兵の準備は整っています。指示を出しますので、初撃は同時に」

「安心してくれ。合図が出たら撃つように指示してある。突撃部隊の方は？」

「下に待機させています。怯《ひる》んだ隙《すき》をついて、一気に畳みかける」

「おう、実に俺好みだ」

兵士と冒険者の魔法使いと、弓矢の扱える者たちによる遠距離攻撃。

そしてその攻撃で魔物たちの足が鈍れば、下に待機させている冒険者と兵士が斬り込む手はずになっている。

その斬り込み隊は、ゼブルスが率いることになっているのだ。

「しかし、魔物の大暴走《スタンピード》が起きるとは……森でいったい、何があったんですかね」

「さあな。原因の解明は、魔物の大暴走《スタンピード》を処理してからになるだろうよ。にしても、《白亜の剣《はくあのつるぎ》》がいねぇときに限ってこうなるとはねぇ」

「たしか、今は王都でしたか。彼女らの助力が得られないのは、たしかに手痛いでしょう」

ガウェンの言葉に、ゼブルスは「本当にな」と深くため息をついた。

とはいえ斥候からの報告によれば、魔物の大暴走《スタンピード》の中心となっているのは☆3が相手にする魔物がほとんどだそうで、たまに☆4相当がいる程度らしい。

数はどうであれ、その程度であれば悲嘆するほどでもない。今回の冒険者の動員に際して、☆5の冒険者も数名参加している。後れを取ることはないだろう。ましてや引退している身ではあるが、元☆6の自分もいる。もっと老人を労《いたわ》れとも思うが。

「まぁ、無いものねだりしても仕方ねぇ。《魔女》がいりゃすぐに終わるのはたしかだが、それでもここに集まった冒険者《おれたち》も負けてねぇぜ？」

「ええ、期待していますよゼブルス殿。では、私はここで指揮を執ります。ゼブルス殿は斬り込み隊の方を頼みます」

「了解した。それと、報酬も色をつけてもらえると助かるぜ」

「掛け合うくらいはしますよ」

その言葉に、にやりと笑ってみせたゼブルスは片手をヒラヒラとさせてその場から飛び降りると、門の前で待機する部隊と合流するのであった。

そして戦端は、魔法使いたちによる魔法で開かれる。

《帰らずの森》から姿を現した魔物の大軍勢。森という弱肉強食の世界で生きる彼らは、本来であれば異種族間で行動を共にすることはない。

だがこの魔物の大暴走《スタンピード》においては、目的を同じくする仲間のように、争うこともなくただただボーリスを目指して突き進むのだ。

それがなぜなのか、街を守る彼らにははっきりとはわからない。ただ今わかるのは、あれを街へと入れてしまえば多くの人々が命を落とすことになるということ。

「いくぞおめぇらぁぁ!!」

「「「「ウオオオオォォォォォォォォォ！！！！！」」」」

城壁から雨あられと降り注ぐ矢と、数は少ないものの それに紛れて軍勢へと放たれる魔法。その攻撃に軍勢の足が鈍ったことを確認したゼブルスは、背中の大剣を手にして先陣を切る。

そして後に続くのは、冒険者と斬り込み隊に配置された兵士たち。

中でもゼブルスのような魔力持ちたちは、【纏《まと》い】による強化も相まって苛烈《かれつ》に斬り込んでいく。

「魔法兵！　冒険者の魔法使いも味方を巻き込まないように！　魔力が切れたものは後方で休め！」

城壁の上では、残った魔法使いと弓兵をガウェンが指揮。兵士たちと冒険者の矢が尽き、魔力が尽きれば、ガウェン自身もゼブルスの部隊と合流することになっている。

だが城壁から見る限り、魔物の討伐は順調に進んでいる。

このままいけば、過去に起きた魔物の大暴走《スタンピード》とは違い、街への被害はゼロに抑えられるだろう。

「……ん？」

そんな中で、ガウェンはふと妙な感覚を覚えると同時に、無意識に剣を抜き放ったのだ。

それに気づいた弓兵が何事かと問おうとしたが、同僚である魔法使いもガウェンと同じく顔をこわばらせ、ついには膝をつく。

それは一人ではなかった。魔法使い全員が同じく、膝をついて動けない恐慌状態に陥っていた。

「お、おい!?　どうしたんだ!?　な、なにがあった!?」

「ハアッ……ハアッ……！　わ、わからない……わからない、けど……!!　けど――」

あっちから魔力が、と魔法使いが必死になって指さしたのは、魔物の大暴走《スタンピード》の軍勢のその奥。

《帰らずの森》へと視線を向けた弓兵は、何もいないじゃないか、とそう口にしようとした。

光が瞬いた。

◇

「っ……!?　んだこの嫌な感じは……!!」

「ギルドマスター！　この魔力は……！」

「わからねぇ！　だが、油断するんじゃねぇぞ!!」

一方でゼブルスたち斬り込み隊の中でも、魔力持ちは魔物を斬り殺しながら森の奥の気配を感じ取っていた。

何かいる。何か来る。

そう思いながらも斬り進み、やがて魔物の大暴走《スタンピード》の軍勢の半数を討伐するまでに至った。

（だぁぁ！　なんで《白亜の剣》の奴らがいねぇときに限って、次から次へと――）

もっと引退した老人を労れチクショウめ！　と内心で吠《ほ》えながら大剣を振り回すゼブルスは、それでも注意を森から逸《そ》らさなかった。

だからこそ、その膨大な魔力の高まりに気づくことができた。

「ッ!?　てめぇら伏せろぉぉぉおおおお!!!!」

【纏い】による全力の強化によって、一足で宙へと飛び出したゼブルスは、手にした大剣へ魔力を通した。

魔力を通しやすいミスリルと、最も硬いとされるアダマンタイトの合金で作られた大剣は、彼が現役時代を共にした愛剣でもある。

魔力による強化があれば岩さえ抵抗なく斬り裂き、どんな攻撃をも弾《はじ》き返す盾にもなる頼もしい剣だ。

「ウオラァァァァアアアアア!!」

その剣を嫌な予感がした場所に向けて振るった直後。

ゼブルスが振るった剣と城壁を穿《うが》とうと放たれていた魔力の奔流がぶつかり合う。

「アアアアアアアアアアアア!!!!」

全身から汗を噴き出し、血を流し、衰えた体に鞭《むち》を打つ。己の魔力は底をついたが、それでもとゼブルスは剣を振り切った。

逸れた奔流は、城壁の一部を削り取って空へと消えていく。

幸いそこには誰もいなかったが、ゼブルスがいなければ魔力の奔流は城壁を破壊し、その奥の街にまで甚大な被害を出していただろう。

「……馬鹿な。もう一体、いたというのか……!?」

城壁の上にいたガウェンは、視線の先にいたそれを見て戦慄《せんりつ》する。

「地竜……!!」

◇

「おお……あのマッチョのじいさんすげぇ……」

つい先ほど、じいさんが森の方から飛んできた光線を弾いて軌道をずらしたことを確認した俺は、感嘆の声をあげていた。

いちおう、あの光線が発射された瞬間に着弾予測ポイントの城壁は【分隔《ぶんかく》】で守っていたんだが……じいさん一人でなんとかしてたぞおい。あの魔力……とんでもない威力だったと思うんだが、それを【纏い】の強化があるとはいえ剣一本でねぇ……。

「さすがはギルドマスターってところか。いやはや、元とはいえ☆6は伊達《だて》じゃないな」

きっとアイシャさんも同じことができるのだろう。

とはいえ、さすがにもう限界なはずだ。見たところ、ギルドマスターは満身創痍《まんしんそうい》。先ほどの攻撃を防いだからか、体もボロボロに見える。

それでも大剣を杖《つえ》代わりにして立っているのはさすがだな。

「さて、そろそろ動くか。下の人たちも限界だろうし」

順次討伐されているとはいえ、魔物の大暴走《スタンピード》の軍勢はまだ半分近くも残っているんだ。これまでは問題なく、順調に事態を収拾できそうだった。しかし、地竜が出てきたとなれば話は別。

先ほどのブレスの攻撃に怯《おび》えてか、冒険者たちの動きが鈍くなっている。まぁ、あんなのがまた飛んできて直撃でもしてしまえば、間違いなく死んでしまうから当然だが。

チラと森へと目をやれば、自身のブレスを防がれたことに気がついたのだろう。咆哮《ほうこう》と共に地竜が前進を始めて、森からその姿を現した。

森からボーリスまではそれなりに距離があるのだが、あの速度なら数分もすればここにたどり着くだろう。

「にしても、地竜とはなぁ……縁があるのかね」

転生した初日。

翼がないからと、ただのでかいトカゲと勘違いしていた魔物だが、蓋《ふた》を開けてみれば☆6が束になってやっとの相手だということを知った。

おまけに助けたのは国でもトップレベルの冒険者。

いきなりの望んだシチュエーションだったが、倒す相手どころか助ける相手も俺の想定を遥《はる》かに上回るような奴らだった。

そんな状況に対して、初手からやりすぎてしまったのではないかと、あの日、あの時は大いに焦り、だからこそ俺は《白亜の剣》相手にもビクビクして過ごしていたわけだ。

だがやり直しなんてできない以上、あの日のことは諦めるしかない。それにこれは俺の憧れなのだ。その程度でやめよう、などと思うのであれば中学生のころに諦めていただろう。

なら逆だ。

一度そんなデカいことをやったんだ。

あとで何をしようと、どんなどデカいことをやったとしても、慣れたと思って楽しめばいい。

「よし……いこうか」

さぁ、覚悟しろよ俺。今日が真に、謎の魔法使いとしてのデビュー戦！

大きく深呼吸をして気合を入れなおし、パチンと一度、指を鳴らす。

それだけで今まで東門の上空に【固定】していた俺の体は、重力に従って下へと落ちていく。

どんどん加速する視界の中で、俺は【探知】で眼下に広がる魔物の、その首の位置を把握した。

「目立ってなんぼ。いっちょド派手にブチかます！」

空間魔法って炎とか出ないから地味なんだけどね！

パチン、ともう一度指を鳴らせば、【断裂】によって魔物たちの首が一斉に落ちる。いくらかは多少動かれたことで座標がずれてしまったが、それでも深手は負わせられた。まだ動けそうな魔物も、きっちりと追加の【断裂】でとどめを刺していく。

「な、なんだ……何が起こった!?」

「それより地竜だ！　地竜がこっちに向かってきてる……!!」

「早くここから逃げるぞ！　竜種なんて相手にできるか！　《白亜の剣》でもやられた魔物だぞ!?　勝てるわけがねぇ！」

「でもどこに逃げるってんだよ!!」

「うーん……余計にパニックになってる」

突然魔物たちの首が落ちたことに加えて、森の方からものすごい速度で地竜がやってきていることの状況。当然、何もわからない者たちからすれば困惑するしかないだろう。実際、眼下の冒険者たちの状況は芳《かんば》しいとは言えないものだった。

「てめぇら落ち着──ゴフッ!?」

「ゼブルス殿!! クソッ、ポーションが足りていないのか!? お前たち落ち着け!!」

その状況をなんとかしようと、ギルドマスターが何か言いかけるが、その前に血を吐いてダウン。そしてそんなギルドマスターに肩を貸す騎士風の男が代わりに声をあげるが、その命令が聞こえたのは周囲のわずかな者たちだけだった。

まぁ、現在進行形で地竜という最悪最強の魔物が向かってきているんだ。一種の恐慌状態になっていても仕方ないだろう。

そんな冒険者の一人の傍《そば》に落下途中で【転移】を使って着地した俺は、ポン、とその肩に手を置いてやる。

「いやはや、大変な状況だな」

「っ!? だ、誰だ……!?」

「おっと、そんなに警戒すんなよ。これでも味方だ。ほら、証拠にピースしてやろう。写真でも撮るか？」

軽く、フレンドリーに、ふざけるように。魔法が地味ならキャラを立てようじゃないか。

こんな状況下においてなんでもなさそうな口調で語りかけながら、俺はその冒険者の前に回って二本指を突きつける。

チラと胸元を見てみれば、銅の金属板。☆4の冒険者らしい。

「どーもどーも、俺は見てのとおりの魔法使いだ。いやはやすごいな、この魔物の数。魔物の大暴走《スタンピード》だっけ？　初めて見たけどこりゃ壮観だねぇ」

ケラケラと愉快に笑う、仮面をつけた怪しい男。そんなのが突然隣に現れれば、誰だって困惑するだろう。

「しかも、あの時と同じで地竜までお出ましときたもんだ。このままあれが進めば、確実に街に被害が出てしまう。さぁどうする、冒険者諸君？」

大袈裟《おおげさ》に、わざとらしく。両手を広げて目の前の冒険者へと問いかける。

案の定、その冒険者は「え、あ……」と口にするだけで状況が理解できていないらしい。

だがそれでも、彼は☆4の冒険者だ。わからないながらも手にしていた剣をこちらへと向け、「ナ、ナニモンだてめぇ!!」と怒鳴った。

その声に、周りの冒険者や兵士たちが俺を見る。

全員が、俺を見ている。

あれは誰なんだと、何者なんだと、疑惑の目を向けている。

(ああ……今の俺、すっごく目立ってる……！)

きっと仮面がなければ、こんな状況でもにやけ面を晒《さら》していたことだろう。内心の興奮をなんとか抑えつけながら、俺はその剣先にチョンと触れた。

「まぁまぁ、そう怒りなさんな。それに、味方同士で争ってる場合じゃないだろ？」

「はぁっ!?　誰がお前をみか──っ!?　俺の剣はどこだ!?」

「どこって、鞘の中にあるじゃないか。自分の武器を見失うのはよくないぞ？」

「そんなはず──なん……だと……!?」

腰の鞘に納まった剣を見て驚愕《きょうがく》を顕《あら》わにする冒険者。その表情にうんうん、と頷《うなず》きながら、つい笑みを浮かべてしまう。

「どうした！　何があった!!」

騎士風の男が声をあげる。

冒険者の男が俺のことを伝えようとしたその瞬間、俺は【転移】でその場を離れて騎士風の男の背後へと移動した。

「この場の指揮を執っている方かな？」

「っ!?　ど、どこから現れた……!?」

「どこって……あなたの背後から？」

ややあと手を振って答えれば、騎士風の男はギルドマスターを支えるのとは逆の手で剣を抜き、その切っ先を俺へと突きつけてきた。

抜刀から突きつけるまでが速いこと速いこと。思わずわぁお、と感嘆の声が零《こぼ》れた。

「怪しい奴め……！　この魔物の大暴走《スタンピード》もまさか貴様が……！」

「待てっ……！」

騎士風の男が言い切る前に、肩で息をしているギルドマスターがその剣に手を置いて待ったをかけた。

「ゼブルス殿！」

「すまねぇガウェン殿。だが……仮面こそつけてはいるが、黒のローブを纏った魔法使い――まさか、お前か……？」

俺を見て独り言を呟《つぶや》くギルドマスター。

そして彼は、仮面をつけた俺の目を真《ま》っ直《す》ぐに見る。

「一つ、聞きてぇ。前に《白亜の剣》の奴らが見た、地竜を倒した魔法使いってのは……あんたか？」

「おう、聞いてたのかその話。まぁ、二ヶ月ちょっと前の話ならそうだな。俺だ」

「……やっぱり、あんたなのか」

「ゼブルス殿。まさかこの者が……？」

騎士風の男の言葉に、ギルドマスターは「ああ」と頷いた。

「なんかの魔法が使われたと思ったら、一気に魔物が死にやがったんだ。普通ならあり得ねぇが……《白亜の剣》の言う魔法使いがやったってんなら、納得もできる……コフッ」

「ゼブルス殿。あまり無理は……」

「大丈夫だ。なぁ、魔法使い。あんたが何者かは知らねぇが、これだけは聞いておきたい」

「……答えられることなら、なんなりと」

正体とかそういう話であればノーコメントだが、それ以外の話であればある程度は話す……いや、敢《あ》えて何も答えないというのも、謎を加速させるエッセンスになるのではなかろうか……!?

さてさてどうしたものかと考えていると、思っていた以上に真剣なまなざしを向けてくるギルドマスター。

思わず、背筋が伸びた。

「今は、味方でいいんだな？」

「……今は、ね。もちろん、そうでなきゃここに出てこないさ」

まあそのくらいのことなら答えてもいいだろうと、ギルドマスターの目を見て答える。

やがてギルドマスターは「わかった」と息をついた。

「ガウェン騎士隊長！　もう、地竜がすぐそこまで……!!」

駆け寄ってきた兵士の言葉に、ギルドマスターとガウェンと呼ばれた騎士風……騎士の男が視線を向けた。

つられて俺も見てみれば、ものすごい迫力で迫りくる地竜の姿。暴走機関車でもここまでの迫力は出ないだろうに。

地竜を見た多くの冒険者、および兵士が、怯えた表情を浮かべて逃げようとしていた。

「……頼んでも、いいのか」

「安心しなって。見返りとか、特に求めてないから」

んじゃ行ってくる、と手をヒラヒラさせながら踵《きびす》を返す。

「いったい何が目的なんだ、魔法使い……！」

そんな俺の背後に向けてギルマスを支えていた騎士が質問を投げかけてくるが、「別に何も」とだけ答えてその場を去った。

（ただ目立ちたい、とか言えるわけないんだが……まぁ、ようやくおいしい酒が飲めるんだ。俺が強いところ、ちゃんと見てもらおうじゃないの）

再び【転移】を使って地竜の前へと移動する。

迫りくる巨体は以前に見かけた地竜よりも大きいように感じるが、俺にとっては誤差の範囲でしかない。

轟音《ごうおん》と共に真正面から向かってくる地竜に手を向けた。

「まずは、その足を止めるところからだ」

全身をその場に固定することは可能だが、それよりも転んだほうが派手に見える。そう考え、敢えて地竜の前足二本のみを【固定】するに留《とど》めた。

ドラゴンとはいえ生物。走行中に突然足が動かなくなれば、必ずバランスを崩すだろう。

四本足で走る姿を視界に捉えながら、地竜の前足二本を一瞬だけ魔法で固定する。

たったそれだけのことで地竜の前足はその動きを強制的に停止され、体はつんのめり、地面を砕いて砂埃《すなぼこり》を巻き上げながら地を滑った。

その巨体が真っ直ぐにこちらへと向かってくるが、このまま何もしなければ俺が轢《ひ》き潰《つぶ》されて終わるだけだろう。

さすがにそれはダサいため、すぐさま【分隔】で俺と地竜の間に壁を張れば、地竜の頭が勢いよく【分隔】で作り出した壁と衝突した。

「おー……こんな間近で見るのはあの時以来だが……翼がなくてもやっぱドラゴンなんだな」

目と鼻の先にある真っ黒な地竜の頭。

ゴツゴツした岩のような鱗《うろこ》は、たしかに並の武器では傷一つつけられないだろう。おまけにこの鱗、地竜自身が魔力を通しているためさらに強度が増しているという。

どれだけ力があっても、【纏い】の使える魔力持ちでなければ相手にもならないだろう。なるほど、これなら☆6でないと、ということには納得だ。

「Grrrrrrr……ッ!? Gyaoooooooooo!!!!」

しばらくの間、鱗を軽く小突いたり、まじまじと地竜の頭を観察したりしていると、うっすらと瞼《まぶた》の隙間から金色の瞳が顔を覗《のぞ》かせた。

その中心の縦に開いた瞳孔が目の前の俺を捉えると、地竜はのそりと首を起こして空に向かって吠えた。

「うわでっか……!! さすがの巨体、体の中まで響いてくるなこれ……!」

思わず耳をふさいで顔を顰《しか》めた俺は、その地竜が怒りのままに前足を振り上げているのを見た。

狙いは当然、目の前に立っている俺。

巨体に見合うその前足もかなり巨大であり、俺一人くらいなら簡単に押し潰せてしまう大きさだ。おまけに、ゴツゴツと硬そうなうえに、岩でも掘削するんですか？ と聞きたくなるような爪《つめ》までついていらっしゃる。

そんな凶悪な前足が、無慈悲にも俺に向けて振り下ろされ……案の定、【分隔】の壁に弾かれた。

「!?」

「意外と頭は良くないのは、見た目どおりトカゲだからなのかねぇ……いや、ぶつかった瞬間は意識なかったし、わからなくても当然なのか？」

何かに弾かれたことには気づいているのだろう。

しかしその目の前の見えない壁に対して地竜のとった行動は、ただただ破壊し、再びその巨大な爪を振るうことだった。

そして再度弾かれる。

「無駄だぞ。物理的な攻撃じゃそれは壊せない……なんて、魔物に言ったところでわからないか」

まるで自分には壊せないものはないんだ！　とでも思っているかのように、しきりに前足を叩《たた》きつけている地竜。

何度ぶつけられたところで、その程度で【分隔】の壁が壊れるわけはないのだが、いい加減馬鹿の一つ覚えのようにガンガンとぶつけられているばかりじゃ、見方によっては俺が押されているようにも見えてしまう。

それはまずい、と再び振り上げた前足を確認した俺は、「もうそれ終わりな」と指を鳴らして【断裂】で斬り落とした。

「!?　Ｇｙａａａａａａａａ！！！」

「さすがに怒るか。そら、お前の敵はここにいるぞ」

俺にやられたと地竜も理解したのだろう。

縦に開かれた瞳孔がさらに細くなって俺を見据えると、怒りによるものなのか、残った後ろ足で立ち上がる。

そして空に向かって今まで以上の咆哮をあげた地竜は、その顔をこちらへと向ける。

開かれた口内では、魔力が白い光となって迸《ほとばし》っていた。

「ブレスときたか」

ブレスと呼ばれる、竜種を竜種たらしめる攻撃。莫大《ばくだい》な魔力を持つ竜種のみが使用できる一種の暴力。

その身に宿した魔力を集めて吐き出すという、シンプルな攻撃であるが、竜種のそれともなれば街を滅ぼし、束になれば国すら打ち崩す。

そんな攻撃が、俺一人に向けられようとしている。

「まあその程度、どうとでもなる」

展開していた【分隔】の壁を一度解除し、再度地竜の頭を囲むように再展開する。

たしかに俺の【分隔】を突破しようとするなら、そのブレスこそがもっとも有効な手段だろう。

恐らくだが、数分もブレスを防ぎ続ければ魔力の干渉によって破壊できるかもしれない。

だがあくまでも、数分間当て続ければという条件付きだ。

【分隔】によって頭を囲まれた状態で、そんなものを撃てば、逃げ場のない魔力と熱でたちまち大爆発を引き起こすだろう。

「じゃあな、地竜。派手に散れぇ！」

地竜の口内が瞬いたと同時に、ドォーンッ!!　と【分隔】の壁の中で爆発に巻き込まれる地竜の頭。

その様を確認した俺は、踵を返し、最後の仕上げとばかりに地竜の頭を【断裂】で斬り落とす。

やろうと思えば、最初からできたことではあるが……こうやって見せつけたほうが、広まる噂《うわさ》が楽しくなってるもんだ。

チラと城壁に目をやれば、頭をやったことで地竜が討伐されたことに気がついた冒険者や兵士たちが歓声をあげていた。

（……っん～!!　さいっこうに目立ったぞ俺……！）

見えないように、ローブの中で小さくガッツポーズを決める。

最強の魔物とも呼ばれる竜種を相手に、いささかあっさりと倒しすぎたのではないかと心配もしていたのだが、あの歓声を聞く限りは十分なインパクトがあったのだろう。この後、街やギルドで俺の噂話を聞くのが非常に楽しみで——

「……ん？」

後ろから……魔力反応!?

急激に高まった魔力を感じ取り、反射的にそちらを向いた。

見れば、両前足と首が斬り落とされていたはずの地竜の体から、赤い光が溢《あふ》れるように零れ出している。

俺が斬り落とした部分の断面には特に強い光が集中しているのだが、よく見れば断面の肉がボコボコと盛り上がっているようにも見えた。

「おいおい……そんなこと、前はしてなかっただろうがよ」

死んでいたはずの地竜の後ろ足が大地を踏みしめ、再生しきった前足もそれに続く。そして完全に四本足で起き上がった地竜は、再び咆哮を轟《とどろ》かせると真っ赤に染まった目を真っ直ぐ俺に向けていた。

「【断裂】」

その直後、強烈な赤い光が地竜の体を覆い隠したかと思えば、その光の中で地竜の体が巨大化し始める。

面倒になる前にと巨大化中の地竜の首を再び落とすが、瞬時に断面の肉が盛り上がって顔が再生する。足元に斬り落とした二つの地竜の首が転がっている光景は異様にも思えた。斬ったら増えるプラナリア方式ではないようだが、それでも面倒なことに変わりはない。

「GYAOOOOOOOOOOOOO!!!!」

「うわぁっ……」

二度目の咆哮と共に地竜を覆っていた赤い光が収まるのだが、姿を現した地竜の姿は、先ほどまでとは全く異なるものへと変貌していたのだった。

真っ黒だった体はより凶悪に見えるような赤黒いものへと変色し、四本だった足はなぜかもう一対増えて六本足に。おまけに翼まで生えて二足歩行になった挙句《あげく》、体も倍以上にでかくなったとくれば、もはや地竜とは別の魔物だろう。

地竜の尋常ではない様子と、後ろで動揺している冒険者や騎士たちの反応から、きっと本来ではあり得ない現象なのだろうと予測を立てる。

となれば、地竜とは別の外的要因による関与があったと考えるのが普通だが……あれか？　イーケンスたちが使ったあの魔道具によるものなのか？

(あいつら、まじで余計なことしかしない。せっかくカッコよく決めたってのに……！)

内心でふつふつと怒りを滲《にじ》ませながら、俺は仮面とフードの位置を確認して地竜を見上げる。

真っ赤な眼が、こちらを見下ろしていた。

「まさかの第二ラウンドだが……お相手しようじゃないの」

「GAAAAAAAAAAAAA!!!!」

念のためにと再び首を落としてはみるが、先ほどと変わらず瞬時に再生してしまう。どうやらさっきの光がなくとも、その再生力は健在だった。

であれば、【断裂】はあまり効果的でないことになる。

「GAA!!」

地面ごと俺を叩き潰そうと四つの前足が同時に振り下ろされる。

さらに追撃のつもりなのか、地竜は何度も何度も砂埃が舞って視界の悪いその場所を叩き潰しているのだが、当の本人である俺は【転移】で地竜の背後を取っていた。

「どっせぇえええええ!!」

全力の【纏い】で強化した体を使い、地竜の尻尾を抱えるように掴《つか》むと――

「GYA!?」

記憶にある一本背負いを思い出しながら、力任せに地竜を叩きつけた。

これだけの巨体を投げたとなれば、それはそれで話題にもなるだろう。だが結構な無理をしてしまったらしく、俺の体が悲鳴をあげているのがよくわかる。絶対、もう二度とやらん。

「GGG……GAON!!」

少しよろめきながら起き上がった地竜は両翼を威嚇するように大きく広げる。

飛ぶつもりかと片方の翼を【断裂】で斬り落とすが、どうやらそのつもりはないらしく、咆哮と共に六本の足で力強く大地を踏み締めた。

姿勢を低くし、再生した翼を大きく広げた地竜の真っ赤な眼がこちらを向いた。

いったい何をするつもりなのかと、警戒を強めながら地竜の出方をうかがう。すると、唐突に地竜の口が大きく開いた。

口内が白く光る。

「ッ、街ごとやろうってことか……！」

先ほどよりも撃つまでの溜《た》めがかなり短い。そんなところまで強化するなと内心で悪態をつきながら、俺はブレスの射線に入るよう、地竜の目前へと【転移】する。

そして体をその場に【固定】し、【分隔】の壁で受け止める体勢に入った。

白光が放たれる。

ぶつかり合う魔法の壁とブレス。やはりというか、先ほどよりも威力の増したブレスに少しばかり冷や汗を流しそうになった。

だがそれだけだ。受け止めて、確信する。俺の壁は破れない。どれだけ地竜が強くなろうとも、俺の魔法はさらにその上をいく……！

にぃっ、と口が思わず弧を描いた。それに気づいたからなのかはわからないが、地竜のブレスは壁を押し切ろうとさらにその威力を増していく。

それでも。

「今の俺の方が、強いっ……！」

ブレスを防ぐ【分隔】の壁はそのままに、俺は【転移】で上空へ飛び上がった。

俺の【分隔】の壁に向かってブレスを吐き続ける地竜。そんな光景を眼下にしながら、俺は地竜の頭へと降り立つ。

俺の存在に気付いた地竜は、着地と同時に俺を振り落とそうと身じろぎするが……もう遅い。俺

と地竜の戦いを見守る観衆にも見えるように、【転移】で地竜とともに上空へと移動した。

ピタと、地竜の頭に手をつける。

「じゃあな地竜。今度こそ、これで舞台は終幕だ！【圧縮】！」

魔法を唱える。それだけで、地竜の体は何かに圧《お》し潰《つぶ》されたかのように血を噴き出しながら全身をひしゃげさせ、瞬く間にその体を小さくさせていく。

端から見れば少々グロテスクな光景に思わず顔を顰めてしまうが、斬っても意味がない以上はこうして圧し潰すほうがいいだろう。

みるみるうちにその姿を縮めていく地竜は、やがて俺の手のひらに収まる程度の球体へと姿を変えた。

球体となったそれをもう一度よく確認してみるが、先ほどのような魔力の反応は感じられない。

基本的に生きている魔物は魔力を持っているため、それがないということはもうこの地竜は生命活動を停止したと考えていいだろう。

試しに地竜だったその球体を握り潰してみたが再生することはなく、手から零れ落ちた球体の破片がパラパラと大地へ落ちていく。

そして破片は風に吹かれて舞い上がり、俺はそれを見送ってから【転移】で地上へと戻った。

数多《あまた》の魔物の死体がいたるところに転がる大地の中心に現れた俺を、東門で待機していた冒険者と騎士が見守っている。

俺にはわかる。

竜を倒し、街を救ったこの瞬間こそが、俺の名声を高める最高のタイミングだろうと。

「聞けぇ！　ボーリスを守ろうと立ち上がり、しかし地竜という絶望に打ちひしがれた者たちよ！」

声を張りあげながら見る彼らの中には、未《いま》だに不安や緊張の表情を浮かべた者も多い。

だがこれは当然のこと。彼らからしてみれば、上空で戦っていた地竜の姿が突然小さくなり、そしてそのまま消えてしまったのだ。死体のように明確に死んだと思える証拠がない以上、まだ地竜が生きているかもと心配する者がいることも理解できる。

だからこそ、今なんだ。

この俺の名前を……そう！　密《ひそ》かに温めていた名を轟かせるのは……！

「俺の名は！《究極の空間魔法使い《アルテマ・ラオムウィザード》》!!　お前たちを助けに来た魔法使い！　そしてぇ!!」

一度息を吐き、俺は拳《こぶし》を突き上げて叫んだ。

「地竜！　討ち取ったりぃいいいいいいいいいいいい!!!!」

「「「「お……おおおぉぉぉぉぉぉぉぉぉぉおおおおおおおお!!!!!!」」」」

湧き起こる大歓声とともに、皆が俺と同じように拳を突き上げる。

その様を見た俺は仮面の中でにんまりと笑みを浮かべ、体の芯にまで響く俺を称賛する大歓声に思わず身震いしていた。

(決まった……名乗りも勝鬨《かちどき》も、なにもかも!!　完璧に!!)

なにこれ最高。名乗りをちゃんと考えといてよかった。

一部にはドイツ語を使用するという、我ながらかなりおしゃれなネーミング。考えついたときは、「さては俺天才だな？」と思ったほどだ。

叫んではしゃぎまわりたい衝動をぐっと抑える。今はまだ我慢の時。この後に堪能する酒を楽しみにすることにしよう。

「ん？　あれは……ギルドマスターか」

すると、城壁の上に立っていたうちの一人が急に飛び降りた。

怪我《けが》はポーションでも使ったか、すでに一人で立って歩ける程度には回復しているらしい。

そしてその後を追うように先ほどの騎士の男も城壁から飛び降りたのが見える。どうやら俺のところに向かっているようだが、話を聞きたいとか、きっとそういう面倒なことだろう。

（だが残念。そんなことになっちゃ、謎の魔法使いムーブはできねぇんだなこれが）

何者なのかとか、そういった話の考察はぜひ自分たちでしていただきたい。俺から公式《ヽヽ》全部説明してしまうと面白くないだろう。

第一、その噂話やらを酒場の隅で聞きたいがためにこんなことをしているのだ。無駄にはしない。

「というわけで、だ。俺はこの辺にておさらばさせてもらおう！」

ではこれにて、とこちらへと歩み寄ってきていたギルドマスターたちに二本指を軽く振り、その場を【転移】で離脱する。

直前に、「待ってくれ！」というギルドマスターの声が聞こえた気もするが、それもまるっと無視して街の中へと戻った俺は、誰にもバレないように一人の冒険者として東門に集まる一団へ合流するのだった。

◇

「消えやがった……魔法、なのは魔力の感じからわかったが……ありゃ何の魔法だ？　ガウェン殿は何か知っているか？」

「……風魔法には姿を眩《くら》ます魔法がありますが……あいにく、魔法にそこまで詳しくはないので。ですが、気配はもうありません」

「かぁー、またとんでもないのが出てきやがったなこりゃ。まさか、伝説の勇者様なんてことはねぇだろうな？」

「少なくとも、王城で勇者召喚が成されたという話は聞いていませんね」

ガウェンの言葉に、そうかぁ、とため息をつくゼブルス。

そんな彼に対して、ガウェンは「そんなことより」と言葉を続けた。

「この件、どう報告したものか……」

「そうだよなぁ……討伐した本人がいねぇし、よくわからないことばかりだ。地竜の姿が変わるわ、かと思えば空の上でちっさくなって消えちまうわ。何が起きてんだか」

さぁ、とガウェンも同意するように苦笑を浮かべる。

だがしかし、たしかなのはボーリスを襲っていた脅威が去ったということだろう。東門を振り返ってみれば、そこにはまだ興奮冷めやらぬ冒険者と騎士たちの姿があった。

「ふっ……帰りましょうか。ゼブルス殿」

「だな。一杯奢《おご》ろうか？」

「嬉《うれ》しいお誘いですがね、あなたには、まだそこらに転がっている魔物の死体処理があるのでは？」

「……思い出させねぇでくれよ。気が遠くなる」

はぁ、と周囲に散らばる魔物を見回したゼブルス。

解体屋の職員たちに心の中で手を合わせながら、ゼブルスは魔物の死体回収のために冒険者たちを呼びつけた。

「にしても……いったい何者なんだ……？」

冒険者と兵士たちが手分けして魔物たちの死体を運ぶ中、ゼブルスは独り言のように呟いた。

「今は味方……てこたぁ、いつかは敵になるかもしれねぇが……勝てるのか？　あれに？」
☆6の冒険者ですら束になってようやく互角とされる最強の魔物、竜種。
そんな竜種を前にして互角どころか圧倒してみせた、仮面をつけた黒ローブの魔法使い。

そんな魔法使いの使用していた魔法も、ゼブルスには見当がつかなかった。竜種の攻撃やブレスを歯牙にもかけない魔法など聞いたこともない。

あの《魔女》ですら、そんな魔法は使えないだろう。

「文献でも漁《あさ》れば出てくるか？　苦手なんだがなぁ……」

「ギルドマスター！　こっち、手伝ってくださいよー！」

どうしたもんかと頭を悩ませるゼブルスだったが、やがて近くにいた冒険者に呼ばれてからは考えることをやめた。

とりあえず、今はこの街を守りきれたことを喜んでおこう。

「もっと老体を労りやがれ。それくらい自分で運べ！」

「いや、俺より筋肉ついてる人が何言ってんですか」

ちなみにであるが。

この魔物の大暴走《スタンピード》に現れた謎の魔法使いのことを知った《斬姫《ざんき》》が、ギルドマスターの執務室に突撃をかましてドアを破壊することになるのだが……それはまた別の話、ということで。

◇

ボーリスへ急ぐ。

最初こそ馬車を使っていたが、妙な胸騒ぎを感じてからは馬車は使わずにプロプトホーフを駆けさせた。

「トーリ……」

無事でいてほしい、と手綱を握りしめたマリーンは、この数ヶ月で仲良くなった友人の顔を思い浮かべる。

知り合ったきっかけは、粗悪品を掴まされそうになっていたのを見かけたという些細《ささい》な出来事であり、交友を持つようになったのも、自分にはない四属性という特異性に興味を持ったからに過ぎなかった。

けれども、その隣でいることが心地よくなっていたのは、いったいいつからだっただろうかと彼女は自問する。

アイシャや《白亜の剣》の皆に感じているものとはまた別のようにも感じられるそれ。

それが何なのかはわからない。けれども、はっきりしていることもある。

マリーンにとってトーリという友人は、アイシャたちと同じくらい大切な人だということだ。

「待ってて、トーリ」

踵《かかと》でプロプトホーフの腹を叩けば、嘶《いなな》きと共に加速する。

すでにトルキーの街を出てしばらく。このまま進めばもう間もなくボーリスに到着するはずだ。

街についたら、すぐにトーリの様子を見に行こうと決心するマリーン。しかし、その考えは途中で感じた凄《すさ》まじい魔力によって掻《か》き消されることとなった。

感じ取った魔力に驚いて空を見れば、膨大な魔力の込められた光が雲の一部を掻き消しながら空の彼方《かなた》へと消えていくのが見えた。

「ッ!?……ブレス！」

その魔力と光を目にしたマリーンの脳裏によみがえったのは、あの時自分を含めた仲間たちへと向けられた竜種のブレスだった。

間違いない。ボーリスに、竜種が出た。

「こんなときに……」

少しだけ眉を顰《ひそ》めたマリーンは、無理をさせてごめんと謝りながらプロプトホーフをさらに加速させる。

《白亜の剣》が不在の今、ボーリスには竜種をどうにかできる力はないだろう。ギルドマスターであるゼブルスがいるとはいえ、一人ではどうにもできないはずだ。

「……」

そして、同時に思う。

そこに自分一人が加わったとしても、竜種という存在には勝てないだろうと。

揺れるプロプトホーフの上で、目を伏せ、大きく息を吐く。

「勝てなくても、退《ひ》かせるくらいは」

マリーンは覚悟を決める。

ボーリスはアイシャの好きな街であり、そこに住む人たちも、アイシャにとっては大切な守るべき民なのだ。

なら自分は、そんなアイシャの大切なものを守らなければならない。

たとえ、この命に代えたとしても。

「ごめん、トーリ」

もう会えないかもしれない友人のことは、ギルドマスターに任せようと決心するマリーン。

彼に託せばトーリも安全に冒険者として過ごせるはずだと、そう考えてボーリスへ向かった。

やがてボーリスの西門へとたどり着いたマリーンは、プロプトホーフから飛び降りると、避難誘導に当たっていた兵士にあとを任せて東門へと走る。

【纏い】によって強化された足で人通りの少なくなった大通りを突き進むと、彼女は一足で東門の上へと跳び乗った。


そこで、彼女は目にすることになる。

自身と同じく、東門の上に集まった冒険者や騎士たちの姿。

そして彼らが視線を向けた先。遥か上空で戦う、異形と化した竜種と一人の黒ローブの魔法使い

の姿。

異形の竜種は簡単に街を消し飛ばせるほどの魔力を込めたブレスを放ち、黒ローブの魔法使いはそのブレスの前に飛び出すと容易《たやす》くそれを受け止めてみせた。

「この、魔力は……」

温かくて懐かしいと感じた、あの魔力。

間違いなく、あの時の魔法使いであるとマリーンは確信した。

「いったい、あなたは誰？　ボクは、何を忘れている……？」

いつの間にか竜種の姿は消え、代わりに地上へと降り立った魔法使いが拳を突き上げて声をあげていた。

そして魔法使いが姿を消し、周りの冒険者が動き始めたころ。マリーンは友人であるトーリのことを探し始めるのだった。

EPILOGUE 憧れの美酒

「かくして、竜種まで現れた魔物の大暴走《スタンピード》は、謎の魔法使いの手によって終息を迎えた。いったいあの魔法使いは誰なのか、敵か？　味方か？　あるいは……!?　んんんん!!　素晴らしい幕引きだなぁ！」

「おにーさんどうしたの？」

「おっと……ンンッ！　なんでもないよリップちゃん」

《安らぎ亭》の部屋の中で一人で演劇のように喋《しゃべ》っていると、いつの間にか扉を開けて立っていたリップちゃんに見られてしまった。

こう、一人でいるときのハイテンションを人に見られるのって、たとえ相手が理解していない七歳児であっても恥ずかしいものだよね。

こてーん、と首を傾《かし》げているリップちゃんに、なんでもないよと笑って答えた。

ちなみに。

リップちゃんに見られた仮面とローブについては、大金はたいて購入した両手いっぱいのお菓子を犠牲にして、二人だけの秘密にしてもらうことになった。

こういう小さい子って、秘密とか大好きだからね。

……なお、なぜか秘密にしていたことが次の日には広まっていた小学生時代。

油断はしないようにしよう。

「それより、どうしたのかな？　もう眠たくない？」

「うん、いっぱいねたよ」

ててて、とリップちゃんが俺のところまで来たため、何か用なのかと目線を合わせる。

そんな彼女に「どうしたんだい？」と聞く前に、リップちゃんの顔が近づいて俺の頬《ほお》に柔こいものが当たった。

「……ん？」

「えっとね……たすけてくれてありがとうのおれい！　おかーさんがおとーさんにしたらよろこんでた！」

「Oh……」

東山東里《ひがしやまとうり》、この度リップちゃんからお礼のキッスをいただいてしまった。

まぁ子供のすることだし、挨拶みたいなものだろう。リップちゃんも見たことあるのを真似しているだけみたいだ。

だからね、オヤジさん。

ドアの隙間《すきま》からハイライトのない目で包丁を手にしてこっちを見るのは、やめたほうがいいと思うんだ、俺。

口パクで「コ　ロ　ス」も、リップちゃんの教育によくないと思うんだ俺！

「おにーさん、あのね」

「……ん？　お、おう……ま、まだなにかあるの……？」

「リップ、おおきくなったらおにーさんとけっこんする！」

「……オヤジさん！　ステイ！」

「ガァァァァ!!」

それからのオヤジさんのことを、俺は恐ろしくてとても語る気にはなれない。

リップちゃん、恐ろしい子。あれは将来、魔性の看板娘だわ。

◇

竜種の出現、および魔物の大暴走《スタンピード》の発生から三日が経《た》った。あれだけの事態であったにもかかわらず、ボーリスの街はいつもどおりの日常を送っている。

まぁ大事件ではあったものの、結果的には東門の壁の一部が崩れた程度で、街そのものの被害はゼロに等しいのだ。おまけに冒険者や騎士たちも怪我人《けがにん》はあれど、死者はなしときた。竜種が出たという割には上々すぎる結果ともいえる。

とはいえ、竜種が出たのだ。解決はしても、もう少し混乱が続くかもと心配していたのだが……もう日常に戻っているのはいささか逞《たくま》しすぎるのでは？　とも思う。まぁそこは異世界だし、勝手に納得しておくことにしよう。

それにせっかく活躍したのだ。どうせなら怖い思いをしたという記憶は捨て置いて、ぜひ竜を倒した一人の魔法使いについて話をしてほしい。

まぁそんなわけで。

魔物の大暴走《スタンピード》という一大事件は、謎の魔法使いこと《究極の空間魔法使い《アルテマ・ラオムウィザード》》のおかげで無事解決することとなったのだった。

そう！　つまり！　俺のおかげ！

クフフフ、と手で口元を隠しながら笑みを浮かべる。大丈夫、今のこの気持ち悪いであろう笑みは誰にも見られてはいない。

チラチラと周囲の様子を確認しながら、腕を組んだ。

「しっかし……《魔暴走の灯《スタンピードランタン》》、ねぇ」

ギルドからの調査報告として発表されたその魔道具の存在を口に出す。

当初、あの魔物の大暴走《スタンピード》の原因はあの魔法使いにあるのではないか、とあらぬ疑いをかけられそうになっていたのだが、それはギルドマスターおよびなぜかボーリスに帰っていた《白亜の剣《はくあつるぎ》》のマリーンによって待ったがかけられた。

そして改めて原因の調査を行ったところ、ギルドの調査班が森の中で枯れたように亡くなっていた複数の冒険者たちを発見。加えて、バラバラになっていた魔道具を回収した。

その結果、冒険者たちは《王蛇《おうじゃ》》イーケンスを含めた《蛇の巣》の構成員であり、さらに魔道具は違法とされていた《魔暴走の灯《スタンピードランタン》》であることが判明。そして、構成員の一人とされていたアロウが魔物の大暴走《スタンピード》直前に森へ入っていたことが、依頼の受注から明らかとなっている。

これにより、《王蛇》を含めた《蛇の巣》は依頼の体《てい》で森へと入り、そこで《魔暴走の灯《スタンピードランタン》》を使用した、ということで話がまとまった。

俺を騙《だま》すためだったとはいえ、あの森への依頼をアロウが一人で受注していたことは不幸中の幸いだったな。

もし俺と二人で受注していれば、今ごろ俺も魔物の大暴走《スタンピード》を引き起こした犯人と疑われていただろう。逃げることは簡単だが、余計な面倒は背負わないほうがいい。

ただ一点気になったのは、その《魔暴走の灯《スタンピードランタン》》についてだ。

本来の《魔暴走の灯《スタンピードランタン》》では、竜種までもを魔物の大暴走《スタンピード》に引き込む力はないうえに、巨大化や再生能力の付与などの効果もないという。

これはギルドマスターがギルドの職員さんと話している様子を、【接続】で作った穴からこっそり盗み聞きしたから間違いはないはずだ。

ではそんな魔道具をどうやって手に入れたのか、そして誰がなぜそんなものを使ったのか……考えたところで俺にはわからないため、とりあえず今は頭の片隅に置いておくことにしよう。

そんなことよりも、俺には大事なことがある。

「なぁなぁ、聞いたか――」

近くのテーブルを囲んでいる冒険者たちの話に耳を澄ませる。

冒険者たちはいつもどおりだ。依頼を受け、報酬を受け取り、暇そうな奴らはギルド内で酒を飲みながらダラダラと過ごす。ギルドに来たらいつも目にする光景だ。

ただ一つだけ、そんないつもの光景とは違う部分があった。

普段は割のいい依頼だったり、狩場の話だったり。あるいは己の武勇伝だったりと、色々な話でギルドを賑《にぎ》わせるはずの冒険者たちが揃《そろ》って口にするのは、とある魔法使いの話だった。

思わず聞き耳を立ててしまう。

「ああ、黒いローブに仮面の魔法使い……いったい何者なんだろうな……」

「たしか名乗ってただろ？　何だっけか、ある……あろ……あの……？」

「まぁいいじゃねぇか。重要なのは名前じゃねぇよ。なんでも、元宮廷魔法使いって話だぜ？　強すぎて疎まれたからやめたって話だ」

「は？　どこ情報だよそれ。勇者の末裔《まつえい》に決まってんだろ。竜種を倒せる奴だ。そうに決まってる」

「どっちも人伝《ひとづて》じゃねぇかよ。まぁいい。ここは俺が真実を話してやろう。あの魔法使いは――」

……クフッ。

きっと第三者が見れば完全に不審者だと思われるであろう笑い声をかみ殺す。

近くで飲んでいた冒険者たちが、「うわぁ……」という目を向けて離れていくが気にしない。気にしないったら気にしない。そんなこと、今の俺にとっては些事《さじ》に過ぎない……!!

(んんんん!!!!　さいっこうの気分だなぁ……!!)

どこもかしこも、俺の……謎の魔法使いの話題で持ちきりだった。

どういうわけか、あれだけ熟考したカッコいい名前は上手《うま》く浸透していないみたいだが……まぁまた次も名乗ればいいだろう。

それを抜きにしても、今の俺はたいっへん気分がよろしい。顔には出さないが、内心では呵々大笑《かかたいしょう》よぉ。

これぞ俺の求めていた光景。求めていた名声。誰もかれもが、俺の話をしている。

(これだけで、転生した甲斐《かい》があったというものだ)

あれは誰なのか、いったいどこから来たのか、以前は何をしていたのか。

ありもしない憶測《おくそく》が飛び交い、それがあちこちで否定され、そしてまた新たな噂《うわさ》が生まれて尾ひれがついていく。

中には、ちょっとそれどこからきたんだよ、と笑ってしまいそうになる噂まであった。

改めて言おう。

(たーのしー!)

これだよこれ、と一人で口元を手で覆いにやけ面《づら》を隠す。

「お?」

そんな中、俺は一人の魔法使いの少女がギルドに入ってきたことに気づくと、にやけ面を戻してから「よう」と軽く手を上げた。

ぐるりとギルドの中を見回したその魔法使いは、俺を見つけてこちらへと向かってくる。

そしてつい三日前、俺と顔を合わせたときと同じように、俺の服を指先でちょいと摘《つ》まんでこちらを見つめてきた。

「トーリ」

「おう、マリーン。三日ぶりだな。あれからずいぶんと大活躍だったみたいじゃないか。今回の魔物の大暴走《スタンピード》の原因も、マリーンのおかげで判明したんだって?」

おかげで、俺が犯人ではないということが多くの人たちに知られることとなったんだ。やっぱりすごいなぁ、と褒めると、マリーンは何も言わずに隣の席に腰を下ろす。

だが、小さく左右に揺れているのを見るに満更《まんざら》でもないのだろう。本当に感情が行動に出てくる奴だな。

「そういえば、マリーンはアイシャさんたちよりも一足早く帰ってきたんだっけか。何か忘れものでもあったのか？」

そう聞くと、隣に座ったマリーンはジィッとそのジト目を俺に向けていたのだが、やがて「大丈夫になった」と答えてそっぽを向く。

いまいちよくわからないマリーンの様子に、俺は「？」と頭に疑問符を浮かべるのだが、そんな俺を他所《よそ》に「そういえば」とマリーンが口を開いた。

「ボク、見たよ。噂の魔法使いと竜種が戦っているところ」

「……おお！　マリーンもか！　いやぁ、あの戦い、すごかったよな。俺も見てたんだが、あんなすごいのは今まで見たことがなかったぞ。マリーンもそう思うだろ？」

一瞬、彼女に見られていたのはまずかったか？　とは思ったが、あの時の戦いはかなりの上空だったため、よくは見えていないはずだ。最初とは違い仮面もしていたため、バレることは絶対にない。なら正体バレについての心配をする必要はない！　であれば、国でもトップレベルの魔法使いと言われるマリーンに、噂の魔法使いの活躍について聞いてみたいと思うのは至極当然のことだろう。ぜひともその眼で見たすごさをここで存分に語り聞かせてほしい。

とてもよい肴《さかな》になるからな！

「ん、同意。あんな魔法、今まで見たことがない」

「そうだよなー！　すっごいよなあれ！　さすが、地竜を倒したってだけのことはある！　俺もあんなすごい魔法が使えたらなぁ……」

もちろん、正体は俺じゃないんだぜアピールも欠かさない。さすがは俺、と内心でふふふと笑う。

「……ねぇ、トーリ」

「ん？　どうした」

「トーリの魔法、もう一回見せてほしい」

「俺の魔法？　まぁ別にいいが……これとあの魔法使いの魔法を比較しても、天と地ほど違うぞ」

ほれ、と指先に火を灯《とも》してみせれば、やはり彼女はその炎を食い入るように見つめている。

そのまましばらくして、マリーンが「ありがとう」と言ったので炎を消すと、なぜか彼女は首を傾げて唸《うな》っていた。

「懐かしいは、ある……けど、何か違う……？　ん……わからない……」

「おいおい、マリーン。何に悩んでるのか知らないけど、せっかく街が救われた祝いの席なんだ。そんな辛気臭い顔してないで、もっと楽しく飲もうぜ。噂の魔法使いについて、マリーンの意見も聞かせてくれよ」

すみませーん！　と手を上げて店員を呼ぶと、他の冒険者の注文を取っていた店員さんが反応してくれた。駆け足でこちらに来てくれた彼女は、俺の顔を見ると「いつものジュースですか？」と尋ねてきた。

「いや、今日はちょっとね」

そう言って注文を伝えると、店員さんは少し驚いたような顔をして、「かしこまりましたー！」と笑顔で厨房《ちゅうぼう》に注文を伝えに行く。そして驚いていたのは店員さんだけではなかったようで、隣でジュースを頼んでいたマリーンも、俺の注文には意外そうに少しだけ目を見開いていた。

「トーリ、飲めるんだね」

「ま、今日くらいはな」

そして少しして、「お待たせしましたー！　今後もぜひ頼んでくださいね！」と女性店員が注文したそれを目の前に置く。

マリーンのジュースと共に運ばれてきたそれに、「これだこれだ」と手を伸ばした俺は、隣に座るマリーンへ手にした杯を突き出した。それに合わせて、マリーンもジュースの入った杯を突き出してくれる。

カコン、という杯のぶつかる軽い音がギルドの喧騒《けんそう》に消え、そして二人並んで杯を呷《あお》った。

当然、この世界における酒はあっちで飲んでいた安酒にも劣るだろう。キンキンに冷えているとか、そういうわけでもない。なんだったら少しぬるいかもしれない。

「……カァァァアッ!!　美味《うま》いっ！」

だがしかし、転生してから初めて飲んだこの美酒の味を、俺はきっと忘れないだろう。

それくらい、今の俺にとってはこの酒は最高の一杯なのだった。

約束は果たされた

「パンパカパーン！　ようこそ、先ほど子供を庇《かば》って代わりに死んでしまった東山東里《ひがしやまとうり》くん！　私は君のことを歓迎しようじゃないか！」

「……はい？」

真っ白の部屋の中で、二つの人影が邂逅《かいこう》する。

一つは部屋と同じく真っ白の簡素な貫頭着《かんとうぎ》を身に纏《まと》った青年。もう一つは日本ならどこにでもいるような、いたって普通のスーツを身につけた青年、東山東里。

貫頭着の青年は尻もちをついて唖然《あぜん》とする東里の顔を覗《のぞ》き見ると、ふむふむと全身にまで視線を巡らせた。

「あの……」

「ん？　おおっと、不躾《ぶしつけ》に見すぎたね。これは申し訳ない。大いに困惑していると思うんだが、とりあえず吾《われ》の話を聞いてからでも遅くはないだろう？　どうか最後まで聞いてから質問をしてもらいたい」

いいかな？　と有無を言わせぬ口調で東里に問う貫頭着の青年。

そんな彼の言葉にコクリと頷《うなず》いた東里を見て、貫頭着の青年は「ありがとう！」と花のような笑みを浮かべた。

「まずは自己紹介だ。といっても、名前なんてないからそこは許してほしい。では我は誰なんだという話なんだが、いたってシンプル。君たちが言うところの神様ってやつがこの俺だ。おーっと、まだ質問はよしておくれよ？　君がよく知る宗教に登場する神とは違うとか、そんなテンプレじみたことはもううんざりだからね！　どぅーゆーあんだすたん？」

「あ、はい……」

「よろしい。では次にいこう！　ここはどこなのか。うん、もっともな質問だね。ごくごく普通のどこにでもある、ラーメン屋に行ったら豚骨ラーメンを頼むくらいいたって普通の質問だ！」

「あの、俺は醤油《しょうゆ》で――」

「お黙り！　まだ小生のターンだよ！」

何かを言いかけた東里の言葉を遮る、神と名乗って一人称をコロコロと変える貫頭着の青年。

そんな彼の勢いに圧倒されて押し黙った東里の姿を見て、神と名乗った青年は続ける。

「それでここがどこかという回答だけど……この答えもいたってシンプル。死後、選ばれた魂が到達する場所なのさ」

「……はい？」

「おん？　今の説明でピンとこなかったかな？　つまり、君は死んだんだよ。死、Ｄｅａｔｈ、お陀仏《だぶつ》だ」

「で、でも俺は今ここで生きて……」

「本当かい？」

神と名乗る青年の、あまりにも非現実的なその言葉に戸惑う東里は、自身の体にペタペタと触れながら言う。

自分は生きていると、ここにいると。

だがそんな彼の言葉を否定するかのように、神と名乗る青年はズイと顔を寄せて問いかけた。

「よーく、思い出すんだ。君の最期を。君が何をして、その結果どうなったのかを」

「俺が……あ……」

そして東里は思い出す。

己が何をしたのかを。神と名乗った青年が言う最期の光景を。そしてその結果自分がどうなったのかを。

飛び出す子供。その背を追いかけた体。

入れ替わるように車道へと飛び出し、そしてその直後に宙を舞ったことを思い出す。

その後、重力に引かれて頭から落ちたことも。

「……そうか。俺、死んだんだ」

「そう！　そのとおり！　いやはや、冷静に自分の中で自己解決してくれたんだ。相変わらずで嬉《うれ》しいねぇ。さすがは君だ！　ちなみに君は気になるだろうから先に結論を言うけど、あの子供は無事だよ！　君のおかげで怪我《けが》もなく無傷さ！」

「……そうか。それは、よかった」

「ふふふ……君のそういうところは、昔から変わらないねぇ！」

クックック、と顔をにやけさせて小さく笑う神と名乗った青年だったが、「さて」と言葉を区切ったことでその様子が一変した。

先ほどまでの、おどけてふざけてからかういたずら小僧のような顔は、能面のような無表情を張りつけたものへと変貌した。

「本来であれば、あの日、あの場所で死ぬのは、君が助けた子供だったはずなんだ。君はあの場にはいても、決して子供を助けるような行動をとることはなかったはずだった」

打って変わっての重苦しい口調に、東里はごくりと思わず息を飲む。

そして彼に構わず「じゃあ」と声を発した。

「あの子を助けたことが、間違いだったと。そう言いたいのか」

「質問はまだ許可していないよ」

まだ待っていたまえ、と神を名乗る何かは東里の目の前に座り込むと、真《ま》っ直《す》ぐに彼の目を見据えた。

金色のあまりにも澄んだ綺麗《きれい》な瞳に、東里は再び押し黙る。

「……だぁー！　もう疲れた！　やめだやめ！」

だがしかし、そんな時間も長くは続かなかった。

一方的に東里を見つめていた神を名乗った少年は、大きく腕でバッテンを作ってため息をつく。

突然姿形が変化したことや、重苦しい雰囲気そのものが霧散したことで、東里は困惑の表情で、今度は女性を見上げた。

「ごめんね、変な空気出しちゃってさ！　別に取って食おうとか、何やってんだお前ー！　とか、そういうことはいっさいないんだ。信じてね！」

「……は、はぁ」

「ありがと！　じゃあ早速《さっそく》本題だ！」

今からかよ、という言葉を東里は心の内側に押し込んだ。

そしてどこから取り出してきたのか、ホワイトボードのようなものを運んできた老人は「つまりだなぁ」と人差し指を立てる。

「本来消える命が消えず、消えない命が代わりとなって消えた。これって実はものすごくすごいことなのさ。いわば、『運命を変える』というやつだね。ここまでのことはなかなかできるものじゃないのさ」

「運命を……変える……？」

「そのとおり！」

バンッ！　と結局使わなかったホワイトボードを押し倒してははしゃぐ幼女は、キャッキャと東里の周りをくるくると回りだす。

そしていつの間にか青年へと戻っていた神は「そこでだ！」と今まで以上のテンションで彼の両肩に手を置いた。

「そんな運命を変えた君だからこそ、僕は興味を持ったのさ。運命を変える君の今後をもっと見たい。もっと可能性を見せてほしい。そう思って君をこの場所に呼んだのさ！」

ワクワクするよねぇ！　と同意を求めるようにまくし立てる神に東里は訳もわからず「はぁ……」と曖昧な言葉を返した。

だがそれでも満足だったのだろう。神を名乗った赤子は、東里の言葉を確認するとハイハイで元の立ち位置へと戻っていく。

そして再び青年へと姿を変えたそれは、東里に言うのだ。

——異世界転生って、興味ないかな？

◇

かくして、東里《とうり》は異世界を生き抜くための力を授かり、そして元とは異なる世界へと旅立った。

そんな彼を見送った神を名乗る青年は、一人残された真っ白の部屋の中で小さく笑う。手元の水晶には、竜を倒して街を救った、見知った顔の英雄がそこにいた。

「運命を変えた、なんて。そんなわけないでしょうに」

青年から少年へ、少年から幼子へ。かと思えば老人にも、妙齢の女性にも姿を変える神はグッと伸びをして息を吐いた。

「これは君との約束。世界を救った功績に対して、君が望んだ報酬だったんだからね。そのために、今までずっと見ていたんだ。あっちの世界で生きている君を、いつこちらに招くのか。今回の転生のあれこれなんてのは、体《てい》のいいこじつけに過ぎないのさ」

踵《きびす》を返すと、徐々にその体が光に包まれる。

足先から消えていく己の体を見て「やっぱり無理をしすぎたかなー！」とおどけてみせた。

「さぁ、君の願いは叶《かな》えたんだ。約束どおり、彼女にも無事巡り会えただろう？　僕の役目はこれでおしまい。また思い出せるかどうかなんてのは、今後の君次第《しだい》ってところだが……なに、きっと問題はないはずさ」

——君の今後に、幸多からんことを。

神は笑う。

無邪気に笑い、そして消える。

Extra

《火妖精》ウィーネの暴走

「ふん、ふふーん、ふんふんふーん。しっしょう、しっしょう！」

私はウィーネ。《白亜《はくあ》の剣《つるぎ》》に所属する☆４の冒険者で魔法使い！

そしてなによりも大事なのは、マリーン先輩こと師匠唯一の弟子であることですね！

さて、そんな素晴らしい師匠を持つ私が何をしているのかといえば、毎朝の日課でもある師匠の起床のお手伝いです。

魔法使いとして、とても素晴らしい腕を持つ師匠ではありますが、その反面、自分のことには無頓着だったり、朝にはとっても弱かったりします。

さすが師匠。かわいい。やっぱり師匠は、神に愛されすぎているのではないでしょうか？

そんな師匠の弟子になれた私は、やはりこの世界で一番幸福だと言えます。否定は却下です。燃やしますよ？

「ししょ〜、起きてますか〜？」

いつものように、できるだけ音を立てず、静かに扉を開けます。

そ〜っと顔だけ覗《のぞ》かせて聞き耳を立てますが、やはりいつもどおり、師匠が目を覚ます気配はありません。

それを確認した私は、足音を立てないように部屋の中へと踏み入りました。

「ふふ……やっぱり、師匠の寝顔はいつ見てもかわいいです」

小さな寝息を立てて眠る師匠は、やはり毎日でも見飽きないほど素晴らしいですね。これを独占できるなんて、たとえ勇者でも魔王でも、最高以外の言葉を口にすることは許されません。

「さて、それじゃあ師匠を起こす前に……お部屋のお掃除を済ませちゃいましょう」

チラと部屋の中を見回せば、脱ぎっぱなしの服や元は積み重なっていたであろう魔法書、魔法に関するメモ書きなどが散らかっています。

きっと昨日も遅くまで調べ物をしていたのでしょう。頑張り屋さんな師匠も、とっても素敵です。

メモ書き等に関しては、師匠から見てもいいという許可を貰《もら》っています。

「スンスン……なるほどなるほど……スンスン」

メモに目を通し、師匠の服を顔に巻き付けながら片づけを済ませ、最後には惜しみながらも泣く泣く服も片づけます。

でも大丈夫です。片づけを終えた私に待っているのは、師匠との添い寝！

師匠にはぶつからないよう、かつ音も立てずにベッドへ入り込み、思わずムフフと笑みを浮かべてしまいます。

「スゥ……スゥ……」

「はわわわ……し、ししょ～……」

こんな気持ちよく眠っている師匠を起こさなければいけないなんて、私はなんて罪深い弟子なんでしょうか。しかしこれも私に課せられた使命……！　あまり遅くなっては、メイドのルンさんに朝食が冷めると怒られてしまいます！

「ししょ〜、起きてくださ〜い。朝ですよ〜」

起こさなければいけない。でも、まだまだもっと、師匠の寝顔を間近で見ていたい。そんな相反する思いを胸に、私は師匠に声をかけます。

「……あれ？」

いつもなら、ここでうっすらと目を覚ますのですが、今日はなかなか起きてくれません。

嬉《うれ》しい反面、いつもよりも目覚めが悪い様子に困惑していると、突然師匠が私を抱きしめてきました！

「ッ〜〜!?」

私は声にならない嬉しい悲鳴をあげながら、しかし師匠の期待に応えなければならないと、同じように師匠を抱きしめます。

は、はわわわ……！　な、なんて抱き心地がいいのでしょう！　こんなの知ってしまったら、私はもっとダメになってしまいます〜！

「……リ」

「大丈夫ですよ、師匠。あなたの弟子のウィーネは、ちゃんとここにいます。安心してくださいね〜。えへへへ……」

「トーリ……」

「誰ですかそいつ」

おっと、思わず真顔になってしまいました。

「……ん。ウィーネ、おはよう。もう朝？」

「はい、おはようございます師匠。朝ですよ」

いけない、師匠が起きてしまいました。

師匠が起きる直前にベッドから抜け出した私は、用意しておいた着替えを手に朝の挨拶をします。

「ところで師匠」

「なに？」

「トーリとは、誰のことですか？」

「最近、仲良くなった。ハウスでも話してたけど、知らない？」

「知らないですね～。師匠のかわいいお口から男の人の名前が出ていたことなんて。なるほど、そうですか～。悪い人とは、あまり関わってはいけませんよ？」

「トーリは、悪い人じゃないから大丈夫」

純粋で無垢《むく》な師匠のことです。きっと騙《だま》されているんでしょう。

男なんて、みんな下半身のことしか考えていない獣《けだもの》同然の生き物なんです。師匠に近づいたのも、きっと師匠のかわいさに惹《ひ》かれたからに決まっています！　師匠の前ではいい人ぶって、虎視眈々《こしたんたん》と機会を狙っているに違いありません！

「安心してください師匠！　この弟子である私が、必ず正体を暴いてやります！」

「……？　わかった」

こうして師匠の許可を得た私は、そのトーリとかいう獣の本性を暴くことにしたのです。

待ってなさい！　その皮ひっぺがして、醜い本性を丸裸にしてやりますから！

転生した空間魔法使いは正体隠して目立ちたい!

The reincarnated Spatial Mage wants to stand out being masked his identity!

TORI
トーリ
剣士スタイル

CHARACTER SETTINGS

魔法使いスタイル

マリーン

MARINE

CHARACTER SETTINGS

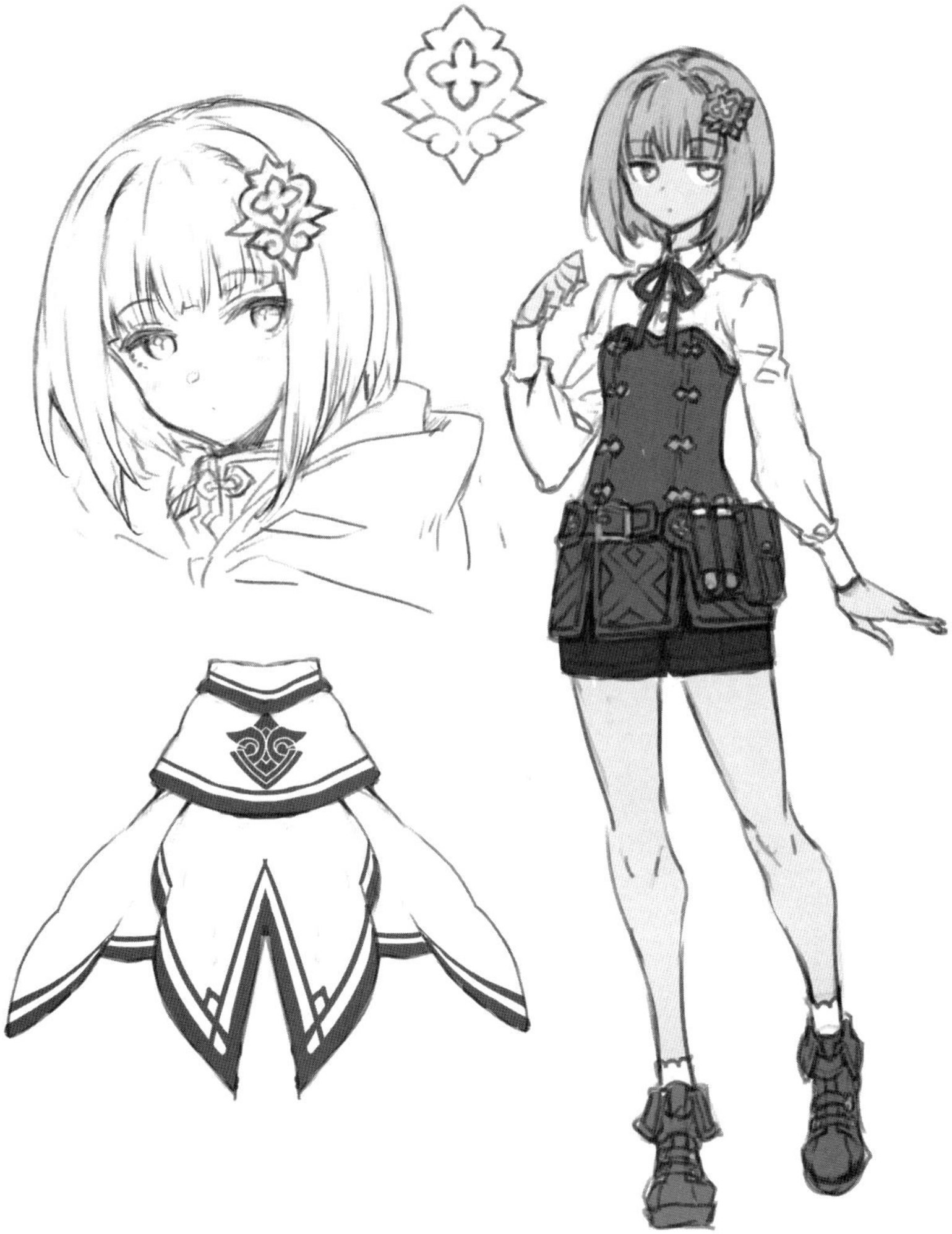

The reincarnated Spatial Mage
wants to stand out
being masked his identity!

アイシャ

AISHA

CHARACTER SETTINGS

リリタン

LILLITAN

The reincarnated Spatial Mage
wants to stand out
being masked his identity!

WIENE

ウィーネ

The reincarnated Spatial Mage
wants to stand out
being masked his identity!

CHARACTER SETTINGS

GOLIATH&LIP

ゴリアテ

リップ

MFブックス

転生《てんせい》した空間《くうかん》魔法《まほう》使《つか》いは正体《しょうたい》隠《かく》して目立《めだ》ちたい！ 1

それ俺《おれ》ですとは言《い》いません

2025年2月25日　初版発行

著者　岳鳥翁
発行者　山下直久
発行　株式会社KADOKAWA
〒102-8177　東京都千代田区富士見2-13-3
0570-002-301（ナビダイヤル）
印刷　株式会社広済堂ネクスト
製本　株式会社広済堂ネクスト

ISBN 978-4-04-684139-1 C0093　Printed in JAPAN

担当編集　姫野聡也
ブックデザイン　藤田峻矢（TSUYOSHI KUSANO DESIGN）
デザインフォーマット　AFTERGLOW
イラスト　KeG

本書は、2023年から2024年に「カクヨム」で実施された「MFブックス10周年記念小説コンテスト」で大賞を受賞した「転生チートの空間魔法使いは正体隠して目立ちたい！～国でもトップレベルの美人･美少女パーティに探されてますが、それ俺ですとは言えません～」を改題の上、加筆修正したものです。

この作品はフィクションです。実在の人物・団体・事件・地名・名称等とは一切関係ありません。

かくして少年は迷宮を駆ける
あかのまに
Illustration 深遊
何も持たない少年は、
全てをかけて狂気へ誘う迷宮に挑む
これは冒険《たたかい》の物語
借金のカタに妹を奪われたウルは忌み嫌う冒険者になり迷宮へ挑む中で、謎の魔法使いシズクと邂逅する。二人は大金と冒険者としての地位を手に入れるため、迷宮を駆ける!
MFブックス新シリーズ発売中!!

MFブックス既刊

永年雇用は可能でしょうか　～無愛想無口な魔法使いと始める再就職ライフ～　①～⑤
著：yokuu／イラスト：烏羽雨
新しい雇い主は（推定）300歳の偏屈オジサマ魔法使い!?

アラフォー賢者の異世界生活日記　①～⑳
著：寿安清／イラスト：ジョンディー
40歳おっさん、ゲームの能力を引き継いで異世界に転生す！

アラフォー賢者の異世界生活日記　ZERO　－ソード・アンド・ソーサリス・ワールド－　①～②
著：寿安清／イラスト：ジョンディー
アラフォーおっさん、VRRPG《ソード・アンド・ソーサリス》で大冒険！

忘れられ令嬢は気ままに暮らしたい　①
著：はぐれうさぎ／イラスト：potg
転生少女、謎の屋敷で初めての一人暮らし。

はらぺこ令嬢、れべるあっぷ食堂はじめました　～うっかり抜いた包丁が聖剣でした!?～　①～②
著：宮之みやこ／イラスト：kodamazon
お腹を空かせたゆるふわ令嬢の聖剣料理ライフがはじまる！

スキル【庭いじり】持ち令嬢、島流しにあう　～未開の島でスキルが大進化！　簡単開拓始めます～　①～②
著：たかたちひろ／イラスト：麻谷知世
島流しから始まる開拓ライフ!?　スキルで楽しい島暮らし始めます！

苔から始まる異世界ライフ　①
著：ももぱぱ／イラスト：むに
転生先は苔!?　種族を超えて強くなる異世界進化ファンタジー！

異世界で貸倉庫屋はじめました　①
著：凰百花／イラスト：さかもと侑
日本のトランクルームにつながれる!?　スキルを駆使してスローライフ

俺の愛娘は悪役令嬢　①
著：かわもりかぐら／イラスト：縞
俺の可愛い娘を、悪役になんて絶対させない！

転生した空間魔法使いは正体隠して目立ちたい！　①
著：岳鳥翁／イラスト：KeG
転生したので最強の《空間魔法》で目立ちまくる！（正体は明かしません）

元オッサン、チープな魔法でしぶとく生き残る　～大人の知恵で異世界を謳歌する～　①
著：頼北佳史／イラスト：へいろー
「俺の能力、しょっぱすぎ？」――元オッサン、魔法戦士として異世界へ！

異世界に行ったので手に職を持って生き延びます　①
著：白露鶺鴒／イラスト：LINO
過酷でも生き延びる！　天才薬師の弟子&冒険者としてコツコツ頑張ります！

少年アウルのほんわか異世界ライフ　～新しいご主人と巡り合い最強パーティーとゆったり生活します～　①
著：ザック・リ／イラスト：京一
新しいご主人のお世話をしながら、アウル、ほのぼの成長中！

「こぼれ話」の内容は、
あとがきだったり
ショートストーリーだったり、
タイトルによってさまざまです。
読んでみてのお楽しみ！

アンケートに答えて著者書き下ろし「こぼれ話」を読もう！

よりよい本作りのため、
読者の皆様のご意見を参考にさせて頂きたく、
アンケートを実施しております。

奥付掲載の二次元コード（またはURL）にお手持ちの端末でアクセス。

↓

奥付掲載のパスワードを入力すると、アンケートページが開きます。

↓

アンケートにご協力頂きますと、著者書き下ろしの「こぼれ話」がWEBで読めます。

- PC・スマートフォンに対応しております（一部対応していない機種もございます）。
- サイトにアクセスする際や、登録・メール送信時にかかる通信費はご負担ください。
- やむを得ない事情により公開を中断・終了する場合があります。